中国诗词大汇 品读醉美

田园诗词

韩宁 编著

中国言实出版社

图书在版编目（CIP）数据

品读醉美田园诗词 / 韩宁编著. -- 北京 : 中国言实出版社, 2021.11

ISBN 978-7-5171-3889-1

Ⅰ. ①品… Ⅱ. ①韩… Ⅲ. ①古典诗歌—诗歌欣赏—中国 Ⅳ. ①I207.2

中国版本图书馆CIP数据核字(2021)第190282号

品读醉美田园诗词

责任编辑：郭江妮
责任校对：敖　华

出版发行：中国言实出版社
地　址：北京市朝阳区北苑路180号加利大厦5号楼105室
邮　编：100101
编辑部：北京市海淀区花园路6号院B座6层
邮　编：100088
电　话：64924853（总编室）　64924716（发行部）
网　址：www.zgyscbs.cn　E-mail：zgyscbs@263.net

经　销：新华书店
印　刷：北京市兴怀印刷厂
版　次：2022年8月第1版　2022年8月第1次印刷
规　格：850毫米×1168毫米　1/32　7.5印张
字　数：224千字

定　价：42.80元
书　号：ISBN 978-7-5171-3889-1

前言

优秀的诗词是我们中华民族传统文化的精粹，也是中华儿女引以为豪的瑰宝。我们伟大的祖国在悠久的历史长河中，造就了一个闻名世界的诗国。从《诗经》《楚辞》到汉乐府民歌，从魏晋诗歌到唐诗、宋词、元曲，无数诗人在祖国灵山秀水的孕育下，写下了一首首脍炙人口的诗篇。

看那优美的词句、听那和谐的音韵，或激励人奋发图强，或诉说爱情的悲欢离合，或追忆流金岁月，或赞美清幽的田园生活、山川田野的秀美景色；时而悲壮苍凉，时而清新优美，时而幽默风趣，时而沉郁激愤……内容五彩缤纷，情感细腻真挚。一首首诗词就像夜空中璀璨的星儿不断把光明洒向人间，驱散我们内心的迷惘，照亮我们的前程，这怎能不让我们为之震撼？怎能不让我们为之心动？

诵读经典诗词是中华民族的优良传统，对陶冶情操，开拓视野，继承古代优秀的文化遗产，提高文化修养、审美能力、想象能力和读写能力，都具有相当重要的作用。为此，我们在浩如烟海的中国诗词中精心选录了千余首，并按爱国、励志、怀古、思乡、登临、田园、言情、友谊、童趣等9个主题分为9册，更方便读者有针对性的选读。每册除了将诗词原汁原味地呈献给大家外，还增设了注释、作者名片、译文、赏析等四个板块，旨在让读者更准确、更深入地掌握这些诗词的内涵和特色。

本册将带您感受田园诗词的清幽妙趣。何为田园诗词？田园诗词指歌咏田园生活的诗词，它多以农村景物和农民、牧人、渔夫等的劳动为题材。但是，它不是以揭露或者表达现实生活中农民、牧人和渔夫的疾苦为目的，而是在纷繁动荡的世俗找一片最后的净土、一个精神家园。东晋大诗人陶渊明开创田园诗体，唐宋时隐居不仕的文人和从官场退居田园的仕宦者们作了大量田园诗词，讴歌田园生活……斗转星移，世殊事异，千年岁月付水流，时至今日这片热土依旧令人魂牵梦萦，而且愈加浓烈。让我们一起走进这神奇的热土吧！

目录

山居秋暝①

【唐】王维

空山②新③雨后，
天气晚来秋。
明月松间照，
清泉石上流。
竹喧④归浣⑤女，
莲动下渔舟。
随意春芳⑥歇⑦，
王孙⑧自可留。

注释

①暝（míng）：日落时分，天色将晚。
②空山：空旷、空寂的山野。
③新：刚刚。
④喧：喧哗，这里指竹叶发出沙沙声响。
⑤浣（huàn）女：洗衣服的女子。
⑥春芳：春天的花草。
⑦歇：消散，消失。
⑧王孙：原指贵族子弟，此处指诗人自己。

作者名片

王维（701? —761），字摩诘，汉族，河东蒲州（今山西运城）人，祖籍山西祁县，唐朝诗人，有“诗佛”之称。苏轼评价其：“味摩诘之诗，诗中有画；观摩诘之画，画中有诗。”开元九年（721）进士，任太乐丞。王维是盛唐诗人的代表，今存诗400余首，重要诗作有《相思》《山居秋暝》等。王维精通佛学，受禅宗影响很大。佛教有一部《维摩诘经》，是王维名和字的由来。王维诗书画都很有名，多才多艺，音乐也很精通。与孟浩然合称“王孟”。

译文

新雨过后山谷里空旷清新，初秋傍晚的天气特别凉爽。

明月映照着幽静的松林间，清澈泉水在山石上淙淙流淌。

竹林中少女喧笑洗衣归来，莲叶轻摇是上游荡下轻舟。

任凭春天的美景消歇，眼前的秋景足以令人流连，秋天的山中王孙自可以久留。

赏析

这首诗为山水名篇，于诗情画意之中寄托着诗人高洁的情怀和对理想境界的追求。

“空山新雨后，天气晚来秋。”诗中明确写有浣女渔舟，诗人却下笔说是“空山”，这是因为山中树木繁茂，掩盖了人们活动的痕迹，正所谓“空山不见人，但闻人语响”（《鹿柴》）。

“明月松间照，清泉石上流。”天色已暝，却有皓月当空；群芳已谢，却有青松如盖。山泉清冽，淙淙流泻于山石之上，犹如一条洁白无瑕的素练，在月光下闪闪发光，生动表现了幽清明净的自然美。这两句写景如画，随意洒脱，毫不着力。像这样又动人又自然的写景，达到了艺术上炉火纯青的地步，的确非一般人所能学到。

“竹喧归浣女，莲动下渔舟。”竹林里传来了一阵阵歌声笑语，那是一些天真无邪的姑娘洗罢衣服笑着归来了；亭亭玉立的荷叶纷纷向两旁披纷，掀翻了无数珍珠般晶莹的水珠，那是顺流而下的渔舟划破了荷塘月色的宁静。诗人先写“竹喧”“莲动”，因为浣女隐在竹林之中，渔舟被莲叶遮蔽，起初未见，等到听到竹林喧声，看到莲叶纷披，才发现浣女、莲舟。这样写更富有真情实感，更富有诗意。

诗的中间两联同是写景，而各有侧重。颔联侧重写物，以物芳而明志洁；颈联侧重写人，以人和而望政通。同时，二者又互为补充，泉水、青松、翠竹、青莲，可以说都是诗人高尚情操的写照，都是诗人理想境界的环境烘托。

既然诗人是那样的高洁，而他在那貌似“空山”之中又找到了一个称心的世外桃源，所以就情不自禁地说："随意春芳歇，王孙自可留。"本来，《楚辞·招隐士》说："王孙兮归来，山中兮不可久留。"诗人的体会恰好相反，他觉得"山中"比"朝中"好，洁净纯朴，可以远离官场而洁身自好，所以就决然归隐了。

这首诗一个重要的艺术手法，是以自然美来表现诗人的人格美和一种理想中的社会之美。表面看来，这首诗只是用"赋"的方法模山范水，对景物作细致感人的刻画，实际上通篇都是比兴。诗人通过对山水的描绘寄慨言志，含蕴丰富，耐人寻味。

春园即事①

【唐】王维

宿雨乘轻屐，
春寒著弊袍②。
开畦③分白水，
间柳④发红桃。
草际成棋局⑤，
林端举桔槔⑥。
还持鹿皮几⑦，
日暮隐蓬蒿。

注释

①即事：以当前事物为题材的诗。
②弊袍：即敝袍，破旧棉衣。
③畦（qí）：田园里分成的小区。
④间（jiàn）柳：杨柳丛中。
⑤棋局：棋盘。古代多指围棋棋盘。
⑥桔槔（jié gāo）：亦作"桔皋"。井上汲水的工具。在井旁架上设一杠杆，一端系汲器，一端悬、绑石块等重物，用不大的力量即可将灌满水的汲器提起。《庄子·天运》："且子独不见夫桔槔者乎，引之则俯，舍之则仰。"
⑦鹿皮几：古人设于座旁之小桌。倦时可以凭倚。鹿皮做成，隐士所用。

译文

昨夜雨湿蹬上轻便木屐，春寒料峭穿起破旧棉袍。

挖开畦埂清水分灌田垄，绿柳丛中盛开几树红桃。

草地中间画出棋枰对弈，树林一头升降汲水桔槔。

还拿来那鹿皮面的小儿，黄昏后凭倚它隐身蓬蒿。

赏析

这首诗写春中田园景色，意境清丽淡远，然而又色彩鲜明，写景如画。诗中流动着自然的美景和诗人安闲恬适的情怀，清新优美。田畦既分，白水流入畦垄之间，从远处望去，清水在阳光的映照下闪着白光；在翠绿的柳树丛中夹杂着几树火红怒放的桃花。红桃绿柳，桔槔起落，畦开水流，一片春意盎然的景象。在这良辰美景之中，摆棋对局，凭几蓬蒿，其乐也融融。如画般的景象，似梦般的意境，一切都是那么清幽绮丽，赏心悦目。

此诗颔联“开畦分白水，间柳发红桃”写出了诗人眼中清水灌田，桃红柳绿的春景。这里注意了冷色与暖色的对比映衬，并注意到亮度转换的巧妙处理，每句的意象虽单用一种色调，两句之间又有鲜明的反差，但是这样不同颜色的两组意象的并置投射在人的视觉“荧屏”上所呈现的是“一种互相作用的复合效果”，使意象色彩空间的构形更具张力。颈联“草际成棋局，林端举桔槔”写出诗人眼里草际棋局、林端汲水的景象。这是人们的劳动生活场面，是真正的田园生活图景。后人对颈联两句评价甚高。这两联描绘了一幅梦幻般的田园风光图，生动形象地体现了王维诗歌“诗中有画”的艺术特色。

在这首诗中，作者以具体形象的语言，描写出隐者的生活，写出了特定环境中的特有景象。但这种渲染之笔，很像一篇高士传，所写的是理想中的人物。

终南别业

【唐】王维

中岁颇好道①，
晚家②南山③陲④。
兴来每独往，
胜事⑤空自知。
行到水穷处，
坐看云起时。
偶然值林叟⑥，
谈笑无还期⑦。

注释

①中岁：中年。好（hào）：喜好。道：这里指佛教。
②家：安家。
③南山：即终南山。
④陲（chuí）：边缘，旁边，边境。
⑤胜事：美好的事。
⑥值：遇到。叟（sǒu）：老翁。
⑦无还期：没有回家的准确时间。

译文

中年以后存有较浓的好道之心，直到晚年才安家于终南山边陲。兴趣浓时常常独来独往去游玩，有快乐的事自我欣赏自我陶醉。间或走到水的尽头去寻求源流，间或坐看上升的云雾千变万化。偶然在林间遇见个把乡村父老，偶与他谈笑聊天每每忘了还家。

赏析

开头两句“中岁颇好道，晚家南山陲”，叙述诗人中年以后即厌尘俗，而信奉佛教。“晚”是晚年；“南山陲”指辋川别墅所在地。此处原为宋之问别墅，王维得到这个地方后，完全被那里秀丽、寂静的田园山水陶醉了。他在《山中与裴秀才迪书》中说："足下方温经，猥不敢相烦。辄便往山中，憩感配寺，与山僧饭讫而去。北涉玄灞，清月映郭；夜登华子冈，辋水沦涟，与月上下。寒山远火，明灭林外；深巷寒犬，吠声如豹；村墟夜舂，复与疏钟相间。此时独坐，僮仆静默，多思曩昔，携手赋诗，步仄径、临清流也。"

第三联，即说"胜事自知"。"行到水穷处"，是说随意而行，走到哪里算哪里，然而不知不觉，竟来到流水的尽头，看似无路可走了，于是索性就地坐了下来。"坐看云起时"，是心情悠闲到极点的表示。云本来就给人以悠闲的感觉，也给人以无心的印象，因此陶潜才有"云无心以出岫"的话（见《归去来兮辞》）。通过这一行、一到、一坐、一看的描写，诗人此时心境的闲适也就明白地揭示出来了。此二句深为后代诗家所赞赏。近人俞陛云说："行至水穷，若已到尽头，而又看云起，见妙境之无穷。可悟处世事变之无穷，求学之义理亦无穷。此二句有一片化机之妙。"（《诗境浅说》）这是很有见地的。再从艺术上看，这二句诗是诗中有画，天然便是一幅山水画。《宣和画谱》指出："'行到水穷处，坐看云起时'及'白云回望合，青霭入看无'之类，以其句法，皆所画也。"

最后一联："偶然值林叟，谈笑无还期。"突出了"偶然"二字。其实不止遇见这林叟是出于偶然，本来出游便是乘兴而去，带有偶然性。"行到水穷处"又是偶然。"偶然"二字贯穿上下，成为此次出游的一个特色。而且正因处处偶然，所以处处都是"无心的遇合"，更显出心中的悠闲，如行云自由翱翔，如流水自由流淌，行迹毫无拘束。它写出了诗人那种天性淡逸、超然物外的风采，对于读者了解王维的思想是有认识意义的。

这首诗没有描绘具体的山川景物，而重在表现诗人隐居山间时悠闲自得的心境。诗的前六句自然闲静，诗人的形象如同一位不食人间烟火的世外高人，他不问世事，视山间为乐土。不刻意探幽寻胜，而能随时随处领略到大自然的美好。结尾两句，引入人的活动，带来生活气息，诗人的形象也更为可亲。

渭川[1]田家

【唐】王维

斜阳照墟落[2]，
穷巷[3]牛羊归。
野老念牧童[4]，
倚杖候荆扉[5]。
雉雊[6]麦苗秀，
蚕眠桑叶稀。
田夫荷[7]锄至，
相见语依依。
即此羡闲逸，
怅然吟式微[8]。

注释

①渭川：一作“渭水”。渭水源于甘肃鸟鼠山，经陕西，流入黄河。

②墟落：村庄。斜阳：一作“斜光”。

③穷巷：深巷。

④牧童：一作“僮仆”。

⑤倚杖：靠着拐杖。荆扉：柴门。

⑥雉雊（zhì gòu）：野鸡鸣叫。《诗经·小雅·小弁》：“雉之朝雊，尚求其雌。”

⑦荷（hè）：肩负的意思。

⑧式微：《诗经》篇名，其中有“式微，式微，胡不归”之句，表归隐之意。

译文

夕阳的余晖洒向村庄，牛羊沿着深巷纷纷回归。

村中老人惦念着放牧的孙儿，倚着拐杖在柴门边等候。

麦田里的野鸡鸣叫个不停，蚕儿开始吐丝作茧，桑林里的桑叶已所剩无几。

农夫们三三两两扛着锄头归来，在田间小道上偶然相遇，亲切絮语，乐而忘归。

这种时刻如此闲情怎不叫我羡慕？我不禁怅然吟起《式微》。

赏析

诗人描绘了一幅恬然自乐的田家暮归图，虽都是平常事物，却表现出诗人高超的写景技巧。全诗以朴素的白描手法，写出了人与物皆有所归的景象，抒发了诗人渴望有所归，羡慕平静悠闲的田园生活的心情，也流露出诗人在官场的孤苦、郁闷。

“斜阳照墟落，穷巷牛羊归。”墟落：村庄。穷巷：深巷。这两句是说，村庄处处披满夕阳的余晖，牛羊沿着深巷纷纷回归。

这里诗人一开头，首先描写夕阳斜照村落的景象，渲染暮色苍茫的浓烈气氛，作为总背景，统摄全篇。接着，诗人一笔落到“归”字上，描绘了牛羊徐徐归村的情景。诗人痴情地目送牛羊归村，直至没入深巷。

诗人感到这田野上的一切生命，在这黄昏时节，似乎都在思归。麦田里的野鸡叫得多动情啊，那是在呼唤自己的配偶呢；桑林里的桑叶已经所剩无几，蚕儿开始吐丝作茧，营就自己的安乐窝，找到自己的归宿了。

“田夫荷锄至，相见语依依。”这两句是说，农夫们荷锄回到了村里，相见欢笑，依依不舍。

“即此羡闲逸，怅然吟式微。”这两句是说，如此安逸怎不叫我羡慕？我不禁怅然地吟起《式微》。《式微》是《诗经·邶风》中的一篇，诗中反复咏叹：“式微，式微，胡不归？”诗人借以抒发自己急欲归隐田园的心情，不仅在意境上与首句“斜阳照墟落”相照应，而且在内容上也落在“归”字上，使写景与抒情契合无间，浑然一体，画龙点睛式地揭示了主题。

读完最后一句，才恍然大悟：前面写了那么多的“归”，实际上都是反衬，以人皆有所归，反衬自己独无所归；以人皆归得及时、亲切、惬意，反衬自己归隐太迟以及自己混迹官场的孤单、苦闷。这最后一句是全诗的重心和灵魂。如果以为诗人的本意就在于完成那幅田家晚归图，这就失之于肤浅了。全诗不事雕绘，纯用白描，自然清新，诗意盎然。

春中①田园作

【唐】王维

屋上春鸠②鸣，
村边杏花白。
持斧伐远扬③，
荷锄觇④泉脉⑤。
归燕识故巢，
旧人看新历⑥。
临觞⑦忽不御，
惆怅远行客。

注释

①春中（zhòng）：即仲春，农历二月。

②春鸠（jiū）：鸟名，即布谷鸟、杜鹃，像鸽子，有斑鸠、山鸠等。曹植《赠徐干》：“春鸠鸣飞栋，流飙激棂轩”。

③远扬：又长又高的桑枝。《诗经·豳风·七月》：“蚕月条桑，取彼斧斨，以伐远扬。”砍去又高又长的桑枝，便于以后采桑。

④觇（chān）：探测、察看。

⑤泉脉：地下的泉水。地层中的泉流像人体内血脉一样，故称之泉脉。

⑥看新历：开始新的一年。

⑦觞（shāng）：古代饮酒用的器皿，此指酒杯。

译文

屋上有一只杜鹃鸟在鸣叫，村落旁边大片杏花开得雪白。

手持斧子去整理桑树那长长的枝条，扛起锄头去察看地下的泉水。

去年的燕子飞回来了，好像认识它的旧巢。屋里的旧主人在翻看新年的日历。

举杯欲饮又停了下来，想到离开家园作客在外的人，不由得惆怅惋惜。

赏析

此诗写出了春天的欣欣向荣和农民的愉快欢欣，透露出唐代前期的社会生活和人的精神面貌的某些特征，表现了作者对大自然敏锐的感受以及对田园生活的热爱，表达了远行者对乡土的眷恋。全诗健康活泼，清新纯朴。

开头两句十个字，通过鸟鸣、花开，就把春意写得很浓了。冬天很难见到的斑鸠，随着春的来临，很早就飞到村庄来了，在屋上不时鸣叫着，村中的杏花也赶在桃花之前争先开放，开得雪白一片，整个村子掩映在一片白色杏花之中。接着，诗人由春天的景物写到农事，好像是春鸠的鸣声和耀眼的杏花，使得农民在家里待不住了，农民有的拿着斧子去修整桑枝，有的扛着锄头去察看泉水的通路。整桑理水是经冬以后最早的一种劳动，可说是农事的序幕。

归燕、新历更是春天开始的标志。燕子回来了，飞上屋梁，在巢边呢喃着，似乎还认识它的故巢，而屋中的旧主人却在翻看新一年的日历。旧人、归燕，和平安定，故居依然，但“东风暗换年华”。对着故巢、新历，燕子和人将怎样规划和建设新的生活，这是用极富诗意的笔调，写出春天的序幕。新历出现在人们面前的时候，就像春天的幕布在眼前拉开了一样。

诗的前六句，都是写诗人所看到的春天的景象。结尾两句，写自己的感情活动。诗人觉得这春天田园的景象太美好了，“木欣欣以向荣，泉涓涓以始流”，一切是那样富有生气，充满着生活之美。诗人很想开怀畅饮，可是，对着酒又停住了，想到那离开家园作客在外的人，无缘享受与领略这种生活，不由得为之惋惜、惆怅。

此诗春天的气息很浓，而诗人只是平静地淡淡地描述，始终没有渲染春天的万紫千红。但从淡淡的色调和平静的活动中却成功地表现了春天的到来。诗人凭着敏锐的感受，捕捉的都是春天较早发生的景象，仿佛不是在欣赏春天的外貌，而是在倾听春天的脉搏，追踪春天的脚步。诗中无论是人是物，似乎都在春天的启动下，满怀憧憬，展望和追求美好的明天，透露出唐代前期的社会生活和人的精神面貌的某些特征。人们的精神状态也有点像万物欣欣然地适应着春天，显得健康、饱满。

新晴野望①

【唐】王维

新晴原野旷，
极目无氛垢②。
郭门③临渡头，
村树连溪口。
白水明田外④，
碧峰出山后。
农月⑤无闲人，
倾家事南亩⑥。

注释

①新晴：初晴。野望：放眼向田野眺望。
②极目：穷尽目力向远处看。氛垢：雾气和尘埃；氛，雾气，云气；垢，污秽，肮脏。
③郭门：外城之门。郭，外城。
④白水明田外：田埂外流水在阳光下闪闪发光。
⑤农月：农忙季节。
⑥倾家：全家出动。事南亩：在田野干活。事：动词，从事。南亩：《诗经》有“今适南亩，或耘或耔”句，指到南边的田地里耕耘播种，后来南亩便成为农田的代称。

译文

雨后初晴，放眼向田野眺望，视野开阔空旷，极目远望不见半点雾气尘埃。

外城的门楼紧靠着摆渡的码头，村庄边的绿树连接着溪流的入河口。

田埂外流水在阳光下闪闪发光，苍翠的山峰突兀出现在山脊背后。

农忙季节没有悠闲的人，农民们都是全家出动在田亩间忙碌地干活。

赏析

开篇两句，概写诗人“新晴野望”的感受：经过雨水的洗涤，空气显得格外清新明净，一尘不染；纵目四望，雨后的田野不仅开阔而且明亮，让人可以看到很远很远，仿佛可以把目光用尽似的。

诗人仅仅用了十个字，就牢牢抓住了雨后新晴的景物特征。读者也一下子被引进到这一特定的情境中去，随着诗人一起远眺。

一座临着溪水的山村，村子的门楼紧靠着渡口，村中绿树环抱，一直延伸到溪边。溪水的白，城门的灰，村树的绿，在阳光的普照下交相辉映。这是一片令人神往的景色。而在平时，是不可能看得如此清晰分明的。随着雨过天晴而变化的，还不止这些。

“白水明田外，碧峰出山后。”这两句诗对仗工整，音韵优美，“明”“出”二字用得尤其巧妙。“明”在这里是形容词用作动词，在雨后阳光的照耀下，溪水兀自明亮着，晃人眼目。与“明”相对应的“出”，将山峰拟人化了：远处碧色的峰峦，就仿佛一个个调皮的孩子，突然出现在群山的身后，让人惊奇。

诗到这里，一幅绝妙的图画已经展现在读者眼前：开阔的原野，恬静的村庄，清亮的溪流，兀立的山峦，这些在雨水洗涤下为之一新的景象，错落有致地分布在画面上，有层次，有格局，有色彩，有明暗，意境清幽。然而，这样一幅画，虽然秀美，却总显得有些空旷，缺乏生机。于是，诗人在最后两句，给这幅静态画面加上了动态的人物。

“农月无闲人，倾家事南亩。”初夏正是农忙季节，收割麦子、播种秧苗都在这个时候。而此时正值雨过天晴，农民们自然更要抓紧这有利的时机，倾家而出，到田地里劳作。农家人忙碌的身影，顿时给田野平添了无限生气。

这样的结尾，虚写一笔，却使整个画面都生动了起来。诗人笔下的田园风光，不仅景色秀美，而且有着浓郁的生活气息，充满诗情画意，一片祥和安乐。这首诗基调明朗、健康，给读者以美的艺术享受。

积雨辋川庄①作

【唐】王维

积雨空林②烟火迟，
蒸藜③炊黍饷东菑。
漠漠④水田飞白鹭，
阴阴夏木⑤啭⑥黄鹂。
山中习静观朝槿⑦，
松下清斋折露葵。
野老⑧与人争席罢，
海鸥何事更相疑。

注释

①积雨：久雨。辋（wǎng）川庄：即王维在辋川的宅第，在今陕西蓝田终南山中，是王维隐居之地。
②空林：疏林。唐孟浩然《题大禹寺义公禅房》诗：“义公习禅处，结宇依空林。”
③藜（lí）：一年生草本植物，嫩叶可食。
④漠漠：形容广阔无际。
⑤夏木：高大的树木，犹乔木。
⑥啭（zhuàn）：小鸟婉转地鸣叫。鸟的婉转啼声。
⑦槿（jǐn）：植物名。落叶灌木，其花朝开夕谢。古人常以此物悟人生枯荣无常之理。
⑧野老：村野老人，此指作者自己。

译文

连日雨后，树木稀疏的村落里炊烟袅袅升起。烧好的粗茶淡饭是送给村东耕耘的人。

广阔平坦的水田上一行白鹭掠空而飞；田野边繁茂的树林中传来黄鹂婉转的啼声。

我在山中修身养性，观赏朝槿晨开晚谢；松下长吃素食，采摘露葵佐餐。

我已经是一个从追名逐利的官场中退出来的人，而鸥鸟为什么还要猜疑我呢？

赏析

《积雨辋川庄作》是王维田园诗的代表作，被选入清代蘅塘退士孙洙编的《唐诗三百首》。在这首七律中，诗人把自己优雅清淡的禅寂生活与辋川恬静优美的田园风光结合起来描写，创造了一个物我相惬，情景交融的意境。

“积雨空林烟火迟，蒸藜炊黍饷东菑。”首联是说，连日雨后，树木稀疏的村落里炊烟袅袅升起，烧好的粗茶淡饭是送给村东耕耘的人。这里写田家生活，是诗人山上静观所见：正是连雨时节，天阴地湿，空气潮润，静谧的丛林上空，炊烟缓缓升起来，山下农家正烧火做饭呢。女人家蒸藜炊黍，把饭菜准备好，便提着送往东菑——东面田头，男人们一清早就去那里劳作了。诗人视野所及，先写空林烟火，一个“迟”字，不仅把阴雨天的炊烟写得十分真切传神，而且透露了诗人闲散安逸的心境；再写农家早炊、饷田以至于田头野餐，展现一系列人物活动的画面，秩序井然而富有生活气息，使人想见农妇田夫那怡然自乐的心情。

颔联写自然景色，同样是诗人静观所得。白鹭飞行，黄鹂婉转。两种景象互相映衬，互相配合，把积雨天气的辋川山野写得华意盎然。所谓“诗中有画”，这便是很好的例证。

诗人独处空山之中，幽栖松林之下，参木槿而悟人生短暂，采露葵以供清斋蔬食。这情调，在一般世人看来，未免过分寂寞寡淡了吧？然而早已厌倦尘世喧嚣的诗人，却从中领略到极大的兴味，比起那纷纷扰扰、尔虞我诈的名利场，何啻天壤云泥！

这首七律，形象鲜明，兴味深远，表现了诗人隐居山林，脱离尘俗的闲情逸致，是王维田园诗的代表作。从前有人把它推为全唐七律的压卷，说成“空古准今”的极致，固然是出于封建士大夫的偏好；而有人认为“淡雅幽寂，莫过右丞《积雨》”，赞赏这首诗深邃的意境和超迈的风格，艺术见解还是不错的。

辋川[①]闲居赠裴秀才迪[②]

【唐】王维

寒山转苍翠[③]，
秋水日潺湲[④]。
倚杖柴门外，
临风听暮蝉。
渡头余落日，
墟里上孤烟[⑤]。
复值接舆[⑥]醉，
狂歌五柳[⑦]前。

注释

①辋川：水名，在今陕西省蓝田县南终南山下。

②裴秀才迪：即诗人裴迪，王维的好友，与王维唱和较多。

③转苍翠：转：转为，变为。苍翠：青绿色，苍为灰白色，翠为墨绿色。

④潺湲（chán yuán）：水流声。这里指水流缓慢的样子，当作为“缓慢地流淌”解。

⑤孤烟：直升的炊烟，可以是倚门看到的第一缕炊烟。

⑥接舆：陆通的字。接舆是春秋时楚国人，好养性，假装疯狂，不出去做官。在这里以接舆比裴迪。

⑦五柳：陶渊明。这里诗人以“五柳先生”自比。

译文

黄昏时寒冷的山野变得更加苍翠，秋水日夜缓缓流淌。

我拄着拐杖伫立在茅舍的门外，迎风细听着那暮蝉的吟唱。

渡口一片寂静，只剩斜照的落日，村子里升起缕缕炊烟。

又碰到狂放的裴迪喝醉了酒，在我面前唱歌。

赏析

本首诗所要极力表现的是辋川的秋景。一联和三联写山水原野的深秋晚景，诗人选择富有季节和时间特征的景物：苍翠的寒山、缓缓的秋水、渡口的夕阳，墟里的炊烟，有声有色，动静结合，勾勒出一幅和谐幽静而又富有生机的田园山水画。诗的二联和四联写诗人与裴迪的闲居之乐。倚杖柴门，临风听蝉，把诗人安逸的神态，超然物外的情致，写得栩栩如生；醉酒狂歌，则把裴迪的狂士风度表现得淋漓尽致。全诗物我一体，情景交融，诗中有画，画中有诗。

此诗、画、音乐完美结合，首联和颈联写景，描绘辋川附近山水田园的深秋暮色；颔联和尾联写人，刻画诗人和裴迪两个隐士的形象。风光人物，交替行文，相映成趣，形成物我一体、情景交融的艺术境界，抒写诗人的闲居之乐和对友人的真切情谊。

首、颈两联，以寒山、秋水、落日、孤烟等富有季节和时间特征的景物，构成一幅和谐静谧的山水田园风景画。但这风景并非单纯的孤立的客观存在，而是画在人眼里，人在画图中，一景一物都经过诗人主观的过滤而带上了感情色彩。颔联："倚杖柴门外，临风听暮蝉。"这就是诗人的形象。柴门，表现隐居生活和田园风味；倚杖，表现年事已高和意态安闲。柴门之外，倚杖临风，听晚树鸣蝉、寒山泉水，看渡头落日、墟里孤烟，那安逸的神态，潇洒的闲情，和"策扶老以流憩，时矫首而遐观"（《归去来兮辞》）的陶渊明有几分相似。

事实上，王维对那位"古今隐逸诗人之宗"，也是十分仰慕的，就在这首诗中，不仅仿效了陶的诗句，而且在尾联引用了陶的典故："复值接舆醉，狂歌五柳前。"陶文《五柳先生传》的主人公，是一位忘怀得失、诗酒自娱的隐者，"宅边有五柳树，因以为号焉"。实则，五柳先生正是陶潜的自我写照；而王维自称五柳，就是以陶潜自况的。颔联和尾联，对两个人物形象的刻画，也不是孤立进行，而是和景物描写密切结合的。柴门、暮蝉、晚风、五柳，有形无形，有声无声，都是写景。五柳，虽是典故，但对王维来说，模仿陶渊明笔下的人物，植五柳于柴门之外，这是自然而然的。

游山西村

【宋】陆游

莫笑农家腊酒[1]浑，
丰年留客足鸡豚[2]。
山重水复[3]疑无路，
柳暗花明[4]又一村。
箫鼓追随春社[5]近，
衣冠简朴古风存[6]。
从今若许闲乘月[7]，
拄杖无时夜叩门[8]。

注释

①腊酒：腊月里酿造的酒。
②足鸡豚（tún）：意思是准备了丰盛的菜肴。足：足够，丰盛。豚：小猪，诗中代指猪肉。
③山重水复：一座座山、一道道水重重叠叠。
④柳暗花明：柳色深绿，花色红艳。
⑤箫鼓：吹箫打鼓。春社：古代把立春后第五个戊日作为春社日，拜祭社公（土地神）和五谷神，祈求丰收。
⑥古风存：保留着淳朴古代风俗。
⑦若许：如果这样。闲乘月：有空闲时趁着月光前来。
⑧无时：没有一定的时间，即随时。叩门：敲门。

作者名片

陆游（1125—1210），字务观，号放翁。汉族，越州山阴（今浙江绍兴）人，南宋著名诗人。少时受家庭爱国思想熏陶，高宗时应礼部试，为秦桧所黜。孝宗时赐进士出身。中年入蜀，投身军旅生活，官至宝章阁待制。晚年退居家乡。创作诗歌今存九千多首，内容极为丰富。著有《剑南诗稿》《渭南文集》《南唐书》《老学庵笔记》等。

译文

不要笑农家腊月里酿的酒浑浊不醇厚，丰收的年景农家待客菜肴非常丰盛。

山峦重叠水流曲折正担心无路可走，忽然柳绿花艳间又出现一个山村。

吹着箫打起鼓春社的日子已经接近，布衣素冠，淳朴的古代风俗依旧保留。

今后如果还能乘大好月色出外闲游，我随时会拄着拐杖来敲你的家门。

赏析

这是一首纪游抒情诗，抒写江南农村日常生活。诗人紧扣诗题“游”字，但又不具体描写游村的过程，而是剪取游村的见闻，来体现不尽之游兴。全诗首写诗人出游到农家，次写村外之景物，复写村中之情事，末写频来夜游。所写虽各有侧重，但以游村贯穿，并把秀丽的山村自然风光与淳朴的村民习俗和谐地统一在完整的画面上，构成了优美的意境和恬淡、隽永的格调。此诗题材比较普通，但立意新巧，手法白描，不用辞藻涂抹，而自然成趣。

首联渲染出丰收之年农村一片宁静、欢悦的气象。“足鸡豚”一个“足”字，表达了农家待客尽其所有的盛情。“莫笑”二字，道出诗人对农村淳朴民风的赞赏。

颔联写山间水畔的景色，写景中寓含哲理，千百年来广泛被人引用。“山重水复疑无路，柳暗花明又一村。”如此流畅绚丽、开朗明快的诗句，仿佛可以看到诗人在青翠可掬的山峦间漫步，清碧的山泉在曲折溪流中汩汩穿行，草木愈见浓茂，蜿蜒的山径也愈益依稀难认。颈联则由自然入人事，描摹了南宋初年的农村风俗画卷。读者不难体味出诗人所要表达的对传统文化的深情。“社”为土地神。春社，在立春后第五个戊日。农家祭社祈年，充满着丰收的期待。苏轼《蝶恋花·密州上元》也说："击鼓吹箫，却入农桑社。"可见风俗到宋代还很盛行。陆游在这里更以"衣冠简朴古风存"，赞美着这个古老的乡土风俗，显示出他对吾土吾民之爱。

尾联诗人故而笔锋一转，表明诗人已"游"了一整天，此时明月高悬，整个大地笼罩在一片淡淡的月光之中，给春社过后的村庄也染上了一层静谧的色彩，别有一番情趣。于是这两句从胸中自然流出：但愿从今以后，能不时拄杖乘月，轻叩柴扉，与老农把酒言欢。一个热爱家乡与农民亲密无间的诗人形象跃然纸上。

陆游这首七律结构严谨，主线突出，全诗八句无一"游"字，而处处切"游"字，游兴十足，游意不尽，又层次分明。尤其中间两联，对仗工整，善写难状之景，如珠落玉盘，圆润流转，达到了很高的艺术水平。

观村童戏溪上

【宋】陆游

雨余溪水掠①堤平，
闲看村童谢晚晴②。
竹马③踉蹡④冲淖去，
纸鸢⑤跋扈挟风鸣。
三冬⑥暂就儒生⑦学，
千耦⑧还从父老耕。
识字粗堪供赋役，
不须辛苦慕公卿。

注释

①雨余：雨后。掠：拂过，漫过。
②晚晴：放晴的傍晚夕阳。
③竹马：儿童游戏，折竹骑以当马也。桓温少时，与殷浩共乘竹马。
④踉蹡：跌跌撞撞，行步歪斜貌。
⑤纸鸢：风筝，俗称鹞子。
⑥三冬：冬季的三个月。古代农村只在冬季三个月中让儿童入学读书。
⑦儒生：这里指塾师。
⑧千耦（ǒu）：指农忙景象。

译文

雨后的溪水漫过堤岸快要跟堤相平，闲来观看村童们感谢老天傍晚初晴。

有的骑着竹马跌跌撞撞冲进了烂泥坑，有的放着风筝，风筝横冲直撞地迎风飞鸣。

冬季的三个月就跟着塾师学习，农忙时节就回家跟随父兄耕田种地。

识字勉强能够应付租税劳役就好，不需要辛苦读书羡慕王公贵族。

赏析

此诗写闲居时的生活。诗中生动地勾勒出村童们在刚放晴的傍晚种种嬉戏的情态，同时也写出了农村生活的情趣和农民朴实、知足的思想。

首联“雨余溪水掠堤平，闲看村童谢晚晴”，写足诗题中童戏和静观的含蕴。

颔联“竹马踉蹡冲淖去，纸鸢跋扈挟风鸣”，则详写童戏的内容。这两句写出了村童游戏的原汁原味，若没有对乡居生活的沉潜体验，很难写出这样极富生活气息的语句。

颈联则宕开一笔由近及远，由实转虚，将时空的观照视角拉伸予以远观，读者眼前出现了另外一幅画面：村童农忙时节跟随父兄力田耦耕，在春种秋收中，体会稼穑的艰辛、人生的至理；冬闲时则入塾学习，粗通文墨。这样的生活方式正是刚刚经历宦场炎凉的诗人所钦羡的。

尾联提及当时宋朝实景：农夫冬闲跟着村里的穷书生学习，但这只是学习极基础的东西，为的是在立契、作保时不被蒙骗。

这首诗是陆游免官闲居后的人生体验，是其厌恶官场倾轧、追求澄明心境的写照。不过，诗题中一“观”字，却无意识中流露了真实心态。“观”在这里乃静观、旁观之意，并非完全融入其中与村民浑然一体。士大夫的特殊身份，决定了陆游可以唯美的眼光透视田园生活，却不一定真能躬行。

过故人庄①

【唐】孟浩然

故人具②鸡黍③，
邀我至④田家。
绿树村边合⑤，
青山郭外斜⑥。
开轩面场圃，
把酒话桑麻。
待到重阳日⑦，
还来就菊花。

注释

①过：拜访。故人庄：老朋友的田庄。庄，田庄。
②具：准备，置办。
③鸡黍（shǔ）：指农家待客的丰盛饭食（字面指鸡和黄米饭）。黍：黄米，古代认为是上等的粮食。
④邀：邀请。至：到。
⑤合：环绕。
⑥郭：古代城墙有内外两重，内为城，外为郭。这里指村庄的外墙。斜（xiá）：倾斜。因为需要与上一句押韵，所以应读xiá。
⑦重阳日：指夏历的九月初九。古人在这一天有登高、饮菊花酒的习俗。

作者名片

孟浩然（689—740），本名不详（一说名浩），字浩然，襄州襄阳（今湖北襄阳）人，世称“孟襄阳”。唐代诗人。浩然，少好节义，喜济人患难，工于诗。年四十游京师，唐玄宗诏咏其诗，至“不才明主弃”之语，玄宗谓：“卿自不求仕，朕未尝弃卿，奈何诬我？”因放还未仕，后隐居鹿门山，著诗二百余首。孟浩然与另一位山水田园诗人王维合称为“王孟”。

译文

老朋友准备了黄米饭和烧鸡，邀请我到他田舍做客。

翠绿的树林围绕着村落，一脉青山在城郭外隐隐横斜。

推开窗户面对谷场菜园，共饮美酒，闲谈农务。

等到九九重阳节到来时，我还要来这里观赏菊花。

赏析

这是一首田园诗，描写农家恬静闲适的生活情景，也写老朋友的情谊。通过写田园生活的风光，写出作者对这种生活的向往。全文十分押韵。诗由“邀”到“至”到“望”又到“约”，一径写去，自然流畅。语言朴实无华，意境清新隽永。作者以亲切省净的语言，如话家常的形式，写了从造访到告别的过程。其写田园景物清新恬静，写朋友情谊真挚深厚，写田家生活简朴亲切。

全诗描绘了美丽的山村风光和平静的田园生活，用语平淡无奇，叙事自然流畅，没有渲染与雕琢的痕迹，然而感情真挚，诗意醇厚，有“清水出芙蓉，天然去雕饰”的美学情趣，从而成为自唐代以来田园诗中的佳作。

一、二句从应邀写起，“故人”说明不是第一次做客。三、四句是描写山村风光的名句，绿树环绕，青山横斜，犹如一幅清淡的水墨画。五、六句写山村生活情趣。面对场院菜圃，把酒谈论庄稼，亲切自然，富有生活气息。结尾两句以重阳节还来相聚写出友情之深，言有尽而意无穷。

“故人具鸡黍，邀我至田家。”“具”和“邀”说明此饭局主人早有准备，说明了故友的热情和两人之间真挚的情感。“感惠徇知”，在文学艺术领域，真挚的情感能催笔开花。故人“邀”而作者“至”，大白话开门见山，简单而随便。而以“鸡黍”相邀，既显出田家特有风味，又见待客之简朴。

“绿树村边合，青山郭外斜。”走进村里，作者顾盼之间竟是这样一种清新愉悦的感受。这两句上句漫收近境，绿树环抱，显得自成一统，别有天地；下句轻宕笔锋，郭外的青山依依相伴，则又让村庄不显得孤独，并展示了一片开阔的远景。由此运用了由近及远的顺序描写景物。村庄坐落平畴而又遥接青山，使人感到清淡幽静而绝不冷傲孤僻。正是由于“故人庄”出现在这样的自然和社会环境中，所以宾主临窗举杯。

“开轩面场圃，把酒话桑麻。”轩窗一开，美景即入屋里来，“开轩”二字也似乎是很不经意地写入诗的，细微的动作表现出了主人的豪迈。窗外群山环抱绿树成荫，窗内推杯换盏，这幅场景，就是无与伦比的古人诗酒田园画。“场圃”的空旷和“桑麻”的话题又给人以不拘束、舒展的感觉。读者不仅能领略到更强烈的农村风味、劳动生产的气息，甚至仿佛可以嗅到场圃上的泥土味，看到庄稼的成长和收获。有这两句和前两句结合，绿树、青山、村舍、场圃、桑麻，和谐地构成一幅优美宁静的田园风景画，而宾主的欢笑和关于桑麻的话语，也都仿佛萦绕在读者耳边。这就是盛唐社会的现实色彩。

“待到重阳日，还来就菊花。”孟浩然深深为农庄生活所吸引，于是临走时，向主人率真地表示将在秋高气爽的重阳节再来观赏菊花和品菊花酒。淡淡两句诗，故人相待的热情，作客的愉快，主客之间的亲切融洽，都跃然纸上了。杜甫的《遭田父泥饮美严中丞》中说：“月出遮我留，仍嗔问升斗。”杜甫诗中田父留人，情切语急；孟浩然诗中与故人再约，意舒词缓。杜甫的郁结与孟浩然的恬淡之别，读者从这里可以窥见一些消息。

这首诗没有渲染雕琢的痕迹，自然的风光，普通的农院，醇厚的友谊，这些普普通通的生活场景，有“清水出芙蓉，天然去雕饰”的美学情趣。这种淡淡的平易近人的风格，与作者描写的对象——朴实的农家田园和谐一致，表现了形式和内容的高度统一，恬淡亲切却又不平浅枯燥。

田园作

【唐】孟浩然

弊庐隔尘喧[①]，
惟先养[②]恬素。
卜邻近[③]三径，
植果盈千树。
粤余任推迁[④]，
三十[⑤]犹未遇。
书剑[⑥]时将晚，
丘园日已[⑦]暮。
晨兴自多怀，
昼坐常寡悟[⑧]。
冲天羡鸿鹄，
争食羞鸡鹜[⑨]。
望断金马门，
劳歌[⑩]采樵路。
乡曲[⑪]无知己，
朝端[⑫]乏亲故。
谁能为扬雄[⑬]，
一荐甘泉赋。

注释

①隔尘喧：见陶渊明《饮酒二十首》中“结庐在人境，而无车马喧。”
②先：先辈，指自己的先祖。养：涵养。
③卜邻：择邻。近：《全唐诗》校：“一作劳。”
④粤：语助词，无意义。推迁：时间推移。
⑤三十：见《论语·为政》中“三十而立。”
⑥书剑：读书击剑，指文武兼能。
⑦已：《全唐诗》校：“一作空。”
⑧寡悟：少悟，犹言难以理解。此就“未遇”而言。
⑨羞鸡鹜（wù）：《楚辞·卜居》：“宁与黄鹄比翼乎？将与鸡鹜争食乎？”羞：《全唐诗》校：“一作嗟。”
⑩劳歌：劳作之歌。
⑪乡曲：犹乡里。曲，乡以下的行政区划。
⑫朝端：朝臣之首。
⑬扬雄：汉成帝时蜀人。

译文

房屋虽然破旧，但远离尘嚣，是祖先赖以过恬静、朴素生活的所在。

与高人隐士结友为邻，种植着众多果树可养家活口。

到了我却任凭时光推迁，年已三十还没有被知遇。

读书习剑现在为时已晚，只好虚度日月，空老家园。

清早起来独自多有感怀，白天坐着常常少能解悟。

羡慕冲天而飞的鸿鹄，羞当鸡鸭只知争食物。

对着金马门望穿双眼，唱着劳作歌走在采樵路。

身处穷乡僻壤，没有做官的知己朋友，朝廷重臣中无亲无故。

谁能替才比扬雄的人，推荐上一篇《甘泉赋》！

赏析

此诗写远离尘嚣、恬静朴素、高士为邻的田园生活，及书剑无成、空老家园的感怀，表现了其渴望仕途进取与保持独立人格的内心矛盾冲突，抒发了他胸怀大志而无人举荐的悲愤感慨。

“弊庐隔尘喧，惟先养恬素”，自己家园的房屋虽然破旧，但远隔尘世，是祖先赖以过恬静、朴素生活的所在。“卜邻近三径，植果盈千树”，接着写家室周围清幽宁静、高雅美好的自然环境。

起首四句，生动具体地勾画出田园生活的恬淡与美好，表现了诗人高尚的情操，似淡实浓，为下文转入写志向作了很好的铺垫。田园生活是“恬素”美好的，家居环境也是清幽宁静的，然而“俱怀鸿鹄志”“忠于事明主”的诗人，此时却“未能忘魏阙”，身在田园，心在朝廷，还是有着远大的政治理想的。

“粤余任推迁，三十犹未遇，书剑时将晚，丘园日空暮。”笔锋陡然一转，由“恬素”的田园生活跃向内心世界的抒发，奏响了怀才不遇而渴望展示雄才的悲壮之音。已到而立之年的诗人却毫无所成，从小读书习剑，本拟报效国家，现在为时将晚，只好虚度日月，空老家园，感到莫名的悲哀。

“冲天羡鸿鹄，争食羞鸡鹜。”抬头仰望，他羡慕那冲天高飞的鸿鹄；低首俯视，他鄙弃那争食逐利的鸡鹜。鸿鹄喻志向远大之人，鸡鹜比凡俗平庸之辈。两个生动而形象的比喻，将诗人胸怀大志而羞与世俗争利的高尚情操具体明白地抒写了出来。然而“望断金马门，劳歌采樵路”，入仕做官，为国出力，实现理想的希望渺茫难期，只好隐居乡里，采樵度日了。

最后四句再次强烈地表示了自己希望入仕的迫切愿望：身处穷乡僻壤，没有做官的知己朋友，朝廷之上又缺乏有力的亲朋故旧，没有人像当年爱惜扬雄那样，在君王面前替他推荐《甘泉赋》。这里诗人以扬雄自况，也希望走以辞赋干谒人主进入仕途的道路，因而慨叹无人推荐他入朝，不能早日实现自己的雄心壮志。其迫切求仕的欲望与怀才不遇的惆怅交织在一起，构成了深沉的呼喊和痛苦的哀叹，回肠荡气，十分感人。

这首诗出语自然，不事雕琢，显示了孟浩然诗歌平易、朴实而清淡自然的艺术风格。诗歌只是写家居田园，慨叹无人引荐，无法实现自己的政治理想，思想内容并不算深厚丰富。但对诗人内心世界的抒写却细致入微，亲切真实。由田园生活的“恬素”高雅，到内心世界的矛盾不安，从功名事业的早晚萦怀到对希求引荐的迫切愿望，层递自然，意境浑厚。全诗虽多处用典，但自然妥帖，十分巧妙；两处比喻的应用，抒写情怀，生动形象；“书剑时将晚”以下十句采用对偶句式，具有音韵和谐之美。

山行

【清】姚鼐

布谷飞飞劝早耕，
舂锄①扑扑②趁春晴。
千层石树③遥行路，
一带山田放水声。

注释

①舂（chōng）锄：白鹭。
②扑扑：扑打翅膀。
③石树：山树

作者名片

姚鼐（nài）（1731—1815）清代著名散文家，与方苞、刘大櫆并称为“桐城三祖”。字姬传，一字梦谷，室名惜抱轩（在今桐城中学内），世称惜抱先生、姚惜抱，安徽桐城人。乾隆二十八年（1763）中进士，任礼部主事、四库全书纂修官等，年才四十，辞官南归，先后主讲于扬州梅花、江南紫阳、南京钟山等地书院四十多年。著有《惜抱轩全集》等，曾编选《古文辞类纂》。

译文

布谷飞来飞去的劝说人们早些耕种，白鹭趁着天晴在天上扑打着翅膀。

在层层石树之间的路上行走，听得山里田园放水的声音。

赏析

开头两句用形象而整饬的对仗句式刻画两种鸟儿的活动，为写春耕营造一种正当其时的氛围。布谷鸟即杜鹃，是人们再熟悉不过的，它在南方春天耕种季节鸣叫。一“劝”字，将布谷鸟的叫声人格化，形象生动而富有情味。春锄即白鹭，它也是江南常见的一种鸟类，全身雪白，两腿细长，喜欢在水田与河边活动。作者以细腻的笔触，巧妙的视角，将江南山路的特点形象地表现出来了，也凸显了山乡生活的大背景。同时，又暗扣了一“行”，暗写了诗人沿山路而上，边登山边欣赏的情形，给人以无穷的想象和回味。如果没有这一句，那么最后通过山田放水声写春耕也就没有依据了。

最后一句是全诗的主旨所在，写的是山乡农民放水播谷的繁忙景象。诗人关注的是山乡的春耕，此时终于凸现出来了。这时，诗人已经来到了山上。低头俯瞰，只见山下斜坡上面层层如梯的水田平整如镜，在阳光的反射下，带子似的一道道绕在山间；从梯田方向正传来汩汩的放水声。由放水声可以想见农民们已开始播种稻谷，繁忙的春耕就此拉开序幕。至此，首句布谷鸟的劝耕得到了呼应，全诗的主旨得到了凸显，诗人山行之始就带有的欣喜之情更是溢于言表。作者本来就热爱自然，当自然景物已经和人们生活和谐地融为一体时，诗人怎能不由衷地赞美和歌唱呢?

该诗写山行所见所闻，构思巧妙，剪裁得体，卒章显“志”，语言清新雅丽，没有冗辞赘语。桐城派主张的“雅洁”和反对“冗辞”，从这里可见一斑。

归园田居·其一

【晋】陶渊明

少无适俗韵①，
性本爱丘山②。
误落尘网③中，
一去三十年④。

注释

①少：指少年时代。适俗：适应世俗。韵：气质、情致。一作“愿”。

②丘山：指山林。

③尘网：指尘世，官府生活污浊而又拘束，犹如网罗。这里指仕途。

④三十年：有人认为是“十三年”之误（陶渊明做官十三年）。

羁鸟恋[5]旧林，
池鱼[6]思故渊。
开荒南野[7]际[8]，
守拙[9]归园田。
方宅[10]十余亩，
草屋八九间。
榆柳荫[11]后檐，
桃李罗[12]堂前。
暧暧[13]远人村，
依依[14]墟里[15]烟。
狗吠深巷中，
鸡鸣桑树颠[16]。
户庭[17]无尘杂[18]，
虚室[19]有余闲。
久在樊[20]笼里，
复得返自然。

一说，此处是三又十年之意（习惯说法是十又三年），诗人意感“一去十三年”音调嫌平，故将十三年改为倒文。

⑤羁（jī）鸟：笼中之鸟。恋：一作“眷”。

⑥池鱼：池塘之鱼。鸟恋旧林、鱼思故渊，借喻自己怀恋旧居。

⑦南野：南面的田野。一作“南亩”，指农田。野：一作“亩”。

⑧际：间。

⑨守拙（zhuō）：意思是不随波逐流，固守节操。

⑩方宅：宅地方圆。一说，“方”通“旁”。

⑪荫（yìn）：荫蔽。

⑫罗：罗列。

⑬暧暧（ài）：迷蒙隐约的样子。

⑭依依：轻柔而缓慢地飘升。

⑮墟里：村落。

⑯颠：顶端。

⑰户庭：门户庭院。

⑱尘杂：尘俗杂事。

⑲虚室：空室。

⑳樊（fán）笼：蓄鸟工具，这里比喻官场生活。樊，藩篱，栅栏。

作者名片

陶渊明（352？—427），名潜，字渊明，又字元亮，自号“五柳先生”，私谥“靖节”，世称靖节先生，浔阳柴桑人。东晋末至南朝宋初期伟大的诗人、辞赋家。曾任江州祭酒、建威参军、镇军参军、彭泽县令等职，最末一次出仕为彭泽县令，八十多天便弃职而去，从此归隐田园。他是中国第一位田园诗人，被称为“古今隐逸诗人之宗”，有《陶渊明集》。

译文

年轻时就没有适应世俗的性格，生来就喜爱大自然的风物。

错误陷落到仕途罗网，转眼间远离田园已十余年。

笼子里的鸟儿怀念以前生活的森林，池子里的鱼儿思念原来嬉戏的深潭。

我愿到南边的原野里去开荒，依着愚拙的心性回家耕种田园。

绕房宅方圆有十余亩地，还有那茅屋草舍八九间。

榆树柳树成荫遮盖了后屋檐，桃树李树整齐地栽种在屋前。

远处的邻村屋舍依稀可见，村落上方飘荡着袅袅炊烟。

深深的街巷中传来了几声狗吠，桑树顶有雄鸡不停啼唤。

庭院内没有世俗琐杂的事情烦扰，静室里有的是安适悠闲。

久困于樊笼里毫无自由，我今日总算又归返林山。

赏析

起首四句，先说个性与既往人生道路的冲突。“适俗韵”无非是指逢迎世俗、周旋应酬、钻营取巧的那种情态、那种本领吧，这是诗人从来就未曾学会的东西。作为一个真诚率直的人，其本性与淳朴的乡村、宁静的自然，似乎有一种内在的共同之处，所以“爱丘山”。前两句表现了作者清高孤傲、与世不合的性格，为全诗定下了一个基调，同时又是一个伏笔，它是诗人进入官场却终于辞官归田的根本原因。但是人生常不得已，作为一个官宦人家的子弟，步入仕途乃是通常的选择；作为一个熟读儒家经书，欲在社会中寻求成功的知识分子，也必须进入社会的权力组织；便是为了供养家小、维持较舒适的日常生活，也需要做官。所以不能不违背自己的本性，奔波于官场。回头想起来，那是误入歧途，误入了束缚人性而又肮脏无聊的世俗之网。

“羁鸟恋旧林，池鱼思故渊。”这两句是说，关在笼中的鸟儿依恋居住过的山林，养在池中的鱼儿思念生活过的深潭。“开荒南野际，守拙归园田。”这两句是说，到南边的原野里去开荒，依着愚拙的心性回家耕种田园。

这四句是两种生活之间的过渡，前两句集中描写做官时的心情，从上文转接下来，语气顺畅，毫无阻隔。因为连用两个相似的比喻，又是对仗的句式，便强化了厌倦旧生活、向往新生活的情绪；再从这里转接下文，就显得自然妥帖，丝毫不着痕迹了。

“方宅十余亩，草屋八九间”，是简笔的勾勒，以此显出主人生活的简朴。但虽无雕梁画栋之堂皇宏丽，却有榆树柳树的绿荫笼罩于屋后，桃花李花竞艳于堂前，素淡与绚丽交映成趣。

“暧暧远人村，依依墟里烟。”暧暧，是模糊不清的样子，村落相隔很远，所以显得模糊，就像国画家画远景时，往往也是淡淡勾上几笔水墨一样。依依，形容炊烟轻柔而缓慢地向上飘升。这两句所描写的景致，给人以平静安详的感觉，好像这世界不受任何力量的干扰。

“狗吠深巷中，鸡鸣桑树颠”，一下子使这幅美好的田园画活起来了。这二句套用汉乐府《鸡鸣》“鸡鸣高树颠，狗吠深宫中”而稍加变化，但诗人又绝无用典炫博的意思，不过是信手拈来。他不写虫吟鸟唱，却写了极为平常的鸡鸣狗吠，因为这鸡犬之声相闻，才最富有农村环境的特征，和整个画面也最为和谐统一。隐隐之中，是否也渗透了《老子》所谓“小国寡民”“鸡犬之声相闻，民老死不相往来”的理想社会观念，那也难说。单从诗境本身来看，这二笔是不可缺少的。它恰当地表现出农村的生活气息，又丝毫不破坏那一片和平的意境，没有喧嚣和烦躁之感。以此比较王籍的名句“蝉噪林愈静，鸟鸣山更幽”，那种为人传诵的所谓“以动写静”的笔法，未免太强调、太吃力。

这八句是写归隐之后的生活，好像诗人带着我们在他的田园里参观了一番，他指东道西地向我们一一介绍：田亩、草屋、榆柳、桃李、远村、近烟、狗吠、鸡鸣，这些平平常常的景物，一经诗人点化，都添了无穷的情趣。

“户庭无尘杂，虚室有余闲。”尘杂是指尘俗杂事，虚室就是静室。既是做官，总不免有许多自己不愿干的蠢事，许多无聊应酬吧。如今可是全都摆脱了，在虚静的居所里生活得很悠闲。不过，最令作者愉快的，倒不在于悠闲，而在于从此可以按照自己的意愿生活。

“久在樊笼里，复得返自然。”这两句再次同开头“少无适俗韵，性本爱丘山”相呼应，同时又是点题之笔，揭示出《归园田居》的主旨。但这一呼应与点题，丝毫不觉勉强。全诗从对官场生活的强烈厌倦，写到田园风光的美好动人，新生活的愉快，一种如释重负的心情自然而然地流露了出来。这样的结尾，既是用笔精细，又是顺理成章。

这首诗最突出的是写景——描写田园风光运用白描手法远近景相交，有声有色。其次，诗中多处运用对偶句，如：“榆柳荫后檐，桃李罗堂前。”还有对比手法的运用，将“尘网”“樊笼”与“归园田居”对比，从而突出诗人对官场的厌恶、对自然的热爱。再有语言明白清新，几如白话，质朴无华。这首诗呈现出一个完整的意境，诗的语言完全为呈现这意境服务，不求表面的好看，于是诗便显得自然。总之，这是经过艺术追求、艺术努力而达到的自然。

归园田居·其二

【晋】陶渊明

野外罕人事①，

穷巷寡轮鞅②。

白日掩荆扉，

虚室绝尘想③。

时复墟曲④中，

披⑤草共来往。

相见无杂言⑥，

但道⑦桑麻长。

桑麻日已长，

我土日已广。

常恐霜霰⑧至，

零落同草莽。

注释

①野外：郊野。罕：少。人事：指和俗人结交往来的事。陶渊明诗里的“人事”“人境”都有贬义，“人事”即“俗事”，“人境”即“尘世”。这句是说住在田野很少和世俗交往。

②穷巷：偏僻的里巷。轮鞅（yāng）：指车马。这句是说处于陋巷，车马稀少。鞅，马驾车时套在颈上的皮带。

③白日：白天。荆扉：柴门。尘想：世俗的观念。这两句是说白天柴门紧闭，在幽静的屋子里屏绝一切尘俗的观念。

④时复：有时又。墟曲：乡野。曲，隐僻的地方。

⑤披：拨开。

⑥杂言：尘杂之言，指仕宦求禄等言论。

⑦但道：只说。

⑧霰（xiàn）：小雪粒。

译文

住在郊野很少与人结交往来，偏僻的里巷少有车马来往。

白天柴门紧闭，在幽静的屋子里屏绝一切尘俗的观念。

耕作之余不时到田里，把草拨开，和农民随意交往。

见面之后不谈世俗之事，只说田园桑麻生长。

田里的桑麻已经渐渐长高，我垦种的土地面积也日渐增广。

经常担心霜雪突降，庄稼凋零如同草莽。

赏析

陶渊明“性本爱丘山”，这不仅是因为他长期生活在田园之中，炊烟缭绕的村落，幽深的小巷中传来的鸡鸣狗吠，都会唤起他无限亲切的感情；更重要的是，在他的心目中，恬美宁静的乡村是与趋膻逐臭的官场相对立的一个理想天地，这里没有暴力、虚假，有的只是淳朴天真、和谐自然。因此，他总是借田园之景寄托胸中之“意”，挖掘田园生活内在的本质的美。《归园田居》组诗是诗人在归隐初期的作品，第一首《归园田居·少无适俗韵》着重表现他“久在樊笼里，复得返自然”的欣喜心情，这一首则着意写出乡居生活的宁静。

开头四句从正面写“静”。

“野外罕人事，穷巷寡轮鞅。”诗人“久在樊笼”之后，终于回归田园，他摆脱了“怀役不遑寐，中宵尚孤征”的仕宦生活，就极少有世俗的交际应酬，也极少有车马贵客——官场中人造访的情景，他总算又获得了属于自己的宁静。诗句的字里行间，透露出一片自得之意，那正是摆脱了官场机巧，清除了尘俗应酬“复得返自然”之后的深切感受。

“白日掩荆扉，虚室绝尘想。”在“白日”大好的时光里，可以自由地掩起柴门，把自己关在虚空安静的居室里，让那些往昔曾萦绕于心间令人烦恼的尘俗杂念，彻底断绝。那道虚掩的柴门，那间幽静的居室，已经把尘世的一切喧嚣，一切俗念都远远地摒弃了。

诗人的身心俱静。

“时复墟曲中，披草共来往。”这两句是说，经常涉足偏僻村落，拨开草丛相互来往。

虚掩的柴门也有敞开之时，诗人时常沿着野草丛生的田间小路，和乡邻们来来往往。诗人也并非总是独坐“虚室”之中，他时常和乡邻们共话桑麻，可见他在劳动中同农民也有了共同语言。与充满权诈虚伪的官场相比，这里人与人的关系是清澄明净的。这是以外在的“动”来写出乡居生活内在的“静”。

“桑麻日已长，我土日已广。”土：指被开垦的土地。这两句是说，桑麻日渐长高，我开垦的土地日渐增广。

“常恐霜霰至，零落同草莽。”霰：小冰粒。草莽：野草。莽：密生的草。这两句是说，经常担心霜雪降临，庄稼凋零如同草莽。

当然乡村生活也有他的喜惧。庄稼一天一天生长，开垦的荒地越来越多，令人喜悦；同时又生怕自己的辛勤劳动，遭到自然灾害而毁于一旦，心怀恐惧。这里的一喜一惧，反映着经过乡居劳动的洗礼，诗人的心灵变得明澈了，感情变得纯朴了。这是以心之“动”来进一步展示心之“静”。

诗人用质朴无华的语言、悠然自在的语调，叙述乡居生活的日常片断，让读者在其中去领略乡村的幽静以及心境的恬静。全诗流荡着一种古朴淳厚的情味。元好问曾说：“此翁岂作诗，直写胸中天。”诗人在这里描绘的正是一个宁静谐美的理想天地。

归园田居·其三

【晋】陶渊明

种豆南山①下，
草盛豆苗稀②。
晨兴③理荒秽④，
带月荷锄⑤归。

注释

①南山：指庐山。
②稀：稀少。
③兴：起床。
④荒秽：形容词作名词，这里指田中杂草。荒，指豆苗里的杂草。秽，肮脏。
⑤荷锄：扛着锄头。荷，扛着。

道狭[6]草木长[7]，
夕露[8]沾我衣。
衣沾不足惜，
但使愿无违。

⑥狭：狭窄。
⑦草木长：草木丛生。长，生长。
⑧夕露：傍晚的露水。

译文

我在南山下种植豆子，地里野草茂盛豆苗稀疏。
清晨早起下地铲除杂草，夜幕降临披着月光才回家。
山径狭窄草木丛生，夜间露水沾湿了我的衣裳。
衣衫被沾湿并不可惜，只愿我不违背归隐心意。

赏析

这首“种豆南山下”八句短章，在普普通通、平平常常四十个字的小空间里，表达出了深刻的思想内容，描写了诗人隐居之后躬耕劳动的情景。

本诗共分为两层，前四句为第一层。反映了作者躬耕劳动的生活。

“种豆南山下，草盛豆苗稀。”这两句写诗人归田园后在南山的山脚下种了一片豆子，那地很荒，草长得很茂盛，可是豆苗却稀稀疏疏的。起句平实自如，如叙家常，就像一个老农在和你说他种的那块豆子的情况，让人觉得淳朴自然，而又亲切。

“晨兴理荒秽，带月荷锄归。”为了不使豆田荒芜，到秋后有所收成，诗人每天一大早就下地，晚上月亮都出来了才扛着锄头回家。虽说比做官要辛苦得多，可这是诗人愿意的，是他最大的乐趣。正如诗人在《归园田居·其一》中所说的那样：“少无适俗韵，性本爱丘山。误落尘网中，一去三十年。”诗人厌倦了做官，“守拙归园田”才是最爱。从“带月荷锄归”这一美景的描述就可以看出来，他非但没有抱怨种田之苦，反而乐在其中。

后四句是本诗的第二层，抒写的则是作者经过生活的磨砺和对社会与人生深刻思索之后，对真善美理想的执着追求和与现实社会污浊官场的决裂。

“道狭草木长，夕露沾我衣。”通过道窄草深，夕露沾衣的具体细节描绘，显示出了从事农业劳动的艰苦。诗人身体力行终日劳作在田野，所以他深深地体验到了农业劳动的艰辛，它绝不像那些脱离劳动的文人墨客所描写的那般轻松潇洒。但是作者仍不辞劳苦，继续坚持下去，正像他在《庚戌岁九月中于西田获早稻》诗中所说：“田家岂不苦？弗获辞此难。”

“衣沾不足惜，但使愿无违。”对于诗人来说，人生的道路只有两条任他选择：一条是出仕做官，有俸禄保证其生活，可是必须违心地与世俗同流合污；另一条是归隐田园，靠躬耕劳动维持生存，这样可以做到任性纯真坚持操守。当他辞去彭泽县令解绶印归田之际，就已经做出了抉择，宁可肉体受苦，也要保持心灵的纯洁，他坚决地走上了归隐之路。为了不违背躬耕隐居的理想愿望，农活再苦再累又有何惧？那么“夕露沾衣”就更不足为“惜”了。这种思想已经成了他心中牢不可破的坚定信念，本诗结尾两句，可谓全篇的诗眼，一经它的点化，篇中醇厚的旨意便和盘托出。

陶诗于平淡中又富于情趣。陶诗的情趣来自于写意。“带月荷锄归”，劳动归来的诗人虽然独自一身，却有一轮明月陪伴。月下的诗人，肩扛一副锄头，穿行在齐腰深的草丛里，这是一幅多么美好的月夜归耕图啊！其中洋溢着诗人心情的愉快和归隐的自豪。“种豆南山下”平淡之语，“带月荷锄归”幽美之句；前句实，后句虚。全诗在平淡与幽美、实景与虚景的相互陪衬下相映生辉，柔和完美。

归园田居·其四

【晋】陶渊明

久去山泽游①，
浪莽②林野娱。
试③携子侄辈，
披榛④步荒墟⑤。
徘徊丘垄⑥间，
依依⑦昔人居。
井灶有遗处，
桑竹残杇株⑧。
借问采薪者，
此人皆焉如⑨？
薪者向我言，
死没⑩无复余。
一世异朝市⑪，
此语真不虚。
人生似幻化⑫，
终当归空无。

注释

①去：离开。游：游宦。
②浪莽：放荡、放旷。
③试：姑且。
④榛（zhēn）：丛生的草木。
⑤墟：废墟。
⑥丘垄（lǒng）：坟墓。
⑦依依：思念的意思。
⑧杇（wū）：涂抹。这两句是说这里有井灶的遗迹，残留的桑竹枯枝。
⑨此人：此处之人，指曾在遗迹生活过的人。焉如：何处去。
⑩没（mò）：死。一作“殁”。
⑪一世：三十年为一世。朝市：城市官吏聚居的地方。
⑫幻化：虚幻变化，指人生变化无常。

译文

离开山川湖泽而去做官已经很久了，今天有广阔无边的林野乐趣。
姑且带着子侄晚辈，拨开丛生的草木寻访废墟。
我往返在荒野墓地之间，依稀地可认出往日旧居。
房屋的水井炉灶尚有遗迹，桑竹残存枯干朽株。
上前向在这里打柴的人打听：这里过去的居民迁往何处了？
砍柴之人对我说道：全都已经去世了再无后人。
三十年就改变朝市变面貌，此语当真一点不虚。
人生好似虚幻变化，最终都不免归于空无。

赏析

这首诗的前四句写归田园后偕同子侄、信步所之的一次漫游。

首句“久去山泽游”，是对这组诗首篇所写“误落尘网中”、“久在樊笼里”的回顾。次句“浪莽林野娱”，是“羁鸟恋旧林，池鱼思故渊”的作者在脱离“尘网”、重回“故渊”，飞出“樊笼”、复返“旧林”后，投身自然、得遂本性的喜悦。这句中的“浪莽”二字，义同放浪，写作者此时无拘无束、自由自在的身心状态。尤其句中的一个“娱”字，则表达了“性本爱丘山”的作者对自然的契合和爱赏。

从第三句诗，则可见作者归田园后不仅有林野之娱，而且有“携子侄辈”同游的家人之乐。从第四句“披榛步荒墟”的描写，更可见其游兴之浓，而句末的“荒墟”二字承上启下，引出了后面的所见、所问、所感。

陶诗大多即景就事，平铺直叙，在平淡中见深意、奇趣。这首诗也是一首“平铺直叙”之作。诗的第五到第八句“徘徊丘垄间，依依昔人居，井灶有遗处，桑竹残朽株”，紧承上句“步荒墟”所见，是全诗的第二段。这四句诗与首篇中所写“暧暧远人村，依依墟里烟。狗吠深巷中，鸡鸣桑树颠”那样一幅生机盎然的田园画形成对照。这是生与死、今与昔的对照。既淡泊而又多情、既了悟人生而又热爱人生的作者，面对这世间的生与死、时间的今与昔等问题，自有深刻的感受和无穷的悲慨。其在“丘垄间”如此流连徘徊，见“昔人居”如此依依眷念、对遗存的“井灶”和残朽的“桑竹”也如此深情地观察和描述的心情，是可以想象、耐人寻味的。

诗的第九到第十二句是全诗的第三段。前两句写作者问，后两句写薪者答。问话“此人皆焉如”与答话“死没无复余”，用语都极其简朴。而简朴的问话中蕴含作者对当前荒寂之景的无限怅惘、对原居此地之人的无限关切；简朴的答话则如实地道出了一个残酷的事实，而在它的背后是一个引发古往今来无数哲人为之迷惘、思考并从各个角度寻求答案的人生问题。

诗的第十三到第十六句“一世异朝市，此语真不虚。人生似幻化，终当归空无”，是最后一段，写作者听薪者回答后的所感。这四句诗参破、说尽了盛则有衰、生则有死这样一个无可逃避的事物规律和自然法则。诗句看似平平淡淡，而所包含的感情容量极大，所蕴藏的哲理意义极深。这正是所谓厚积而薄发，也是陶诗的难以企及之处。读陶诗，正应从中看到他内心的境界、智慧的灵光，及其对世事、人生的了悟。

有些赏析文章认为作者此行是访故友，是听到故友“死没无复余”而感到悲哀。但从整首诗看，诗中并无追叙友情、忆念旧游的语句，似不必如此推测。而且，那样解释还缩小了这首诗的内涵。王国维曾说，诗人之观物是“通古今而观之”，不“域于一人一事”（《人间词话删稿》），其“所写者，非个人之性质”，而是“人类全体之性质”（《红楼梦评论·余论》）。这首诗所写及其意义正如王国维所说。作者从“昔人居”、薪者言所兴发的悲慨、所领悟的哲理，固已超越了一人一事，不是个人的、偶然的，而是带有普遍性、必然性的人间悲剧。

归园田居·其五

【晋】陶渊明

怅恨独策还，
崎岖历榛曲①。
山涧清且浅，
可以濯吾足②。
漉我新熟酒，
只鸡招近局③。
日入室中暗④，
荆薪代明烛。
欢来苦夕短，
已复至天旭⑤。

注释

①怅恨：失意的样子。策：指策杖、扶杖。还：指耕作完毕回家。曲：隐僻的道路。这两句是说怀着失意的心情独自扶杖经过草木丛生的崎岖隐僻的山路回家了。
②濯：洗。濯足：指去尘世的污垢。
③漉：滤、渗。新熟酒：新酿的酒。近局：近邻、邻居。这两句是说漉酒杀鸡，招呼近邻同饮。
④暗：昏暗。这句和下句是说日落屋里即昏暗，点一把荆柴代替蜡烛。
⑤天旭：天明。这句和上句是说欢娱之间天又亮了，深感夜晚时间之短促。

译文

我满怀失望地拄杖回家，崎岖的山路上草木丛生。
山涧小溪清澈见底，可以用来洗去尘世的污垢。
滤好家中新酿的美酒，杀一只鸡来款待邻里。
日落西山室内昏暗不明，点燃荆柴来把明烛替代。
欢乐时总是怨恨夜间太短，不觉中又看到旭日照临。

赏析

这是《归园田居》组诗的第五首。它以一天耕作完毕之后，回家的路上和到家之后的活动作为描写对象，来反映“归园田居”后的另一个生活侧面。

全诗可分作两层。前四句为第一层，集中地描绘了回家路上的情景。

“怅恨独策还，崎岖历榛曲。”写结束了劳动，独自一个人手持扶杖，怀着“怅恨”之情，转回家去。但回家的道路坎坷崎岖，荒芜曲折。从表面看，他辛苦劳作一天，且孤独无伴，只身奔家，难免怅然生恨。就深层含意说，此诗意在抒写欣然自得之情，那么，此“怅恨”二字，实具反衬下文欢快欣然的作用，若将《归园田居》组诗做一整体阅读，便会发现这里的开端“怅恨”，是紧接上诗凭吊丘垄荒墟，人生终当归于空无的感叹而来。“山涧清且浅，可以濯吾足。”路上经过清澈见底的山泉，洗洗沾染尘埃的双脚，整天耕作的疲劳，也就随之一洗而光，浑身变得舒坦自在起来。这两句一扫“怅恨”之意，那么轻松自如，正是坦然自适心态的自然流露。托出归隐之志坚持不改之意。“可以濯吾足”一句，出自古《沧浪歌》，歌曰：“沧浪之水清兮，可以濯我缨；沧浪之水浊兮，可以濯我足”。原是借沧浪之水的清浊为比兴，形象地表达时清则仕，时浊则隐的意思。而陶渊明却任凭涧水清澈见底，依旧用来“濯我足”，完美地显示了作者的生活情趣和委身自然、与自然相得相洽的质性。

最后六句为第二层，全力叙述归家之后的一些活动。

“漉我新熟酒，只鸡招近局。”过滤好自家新近酿好的熟酒，去浊存清饮用。并招来农家近邻，同桌共饮，以“只鸡”为肴，真是快慰无比。此二句诗，描画出了隐逸诗人之宗的陶渊明，归居田园之后的淳朴农家生活。他以躬耕垄亩维生，无须醇醪美酒，山珍海味，只要有自酿之熟酒，自饲之家鸡，邀上邻友，共酌共饮，即已足矣。在此组诗中，取材独特，既非描绘田园风光，亦非陈述劳动状况，而是以傍晚直至天明的一段时间里的活动为题材，相当于今天所谓“八小时以外”的业余生活为内容，来表达他于田园居中欣然自得的生活情境。其视角新颖，另辟一境。与前四首连读，可以见出组诗实乃全面深刻地再现了陶渊明辞官归隐初期的生活情景及其心路历程。

归园田居·其六

【晋】陶渊明

种苗在东皋①，

苗生满阡陌②。

虽有荷锄倦，

浊酒聊自适。

日暮巾柴车③，

路暗光已夕。

归人望烟火④，

稚子候檐隙⑤。

问君亦何为，

百年会有役⑥。

但愿桑麻⑦成，

蚕月⑧得纺绩。

素心⑨正如此，

开径望三益⑩。

注释

①东皋（gāo）：水边向阳高地。也泛指田园、原野。陶渊明《归去来兮辞》有“东皋”“西畴”。

②阡（qiān）陌：原本田界，此泛指田地。

③巾柴车：意谓驾着车子。柴车，简陋无饰的车子。

④归人：作者自指。烟火：炊烟。

⑤檐隙：檐下。

⑥百年：一生。役：劳作。

⑦桑麻：泛指农作物或农事。

⑧蚕月：忙于蚕事的月份，纺绩也是蚕事的内容。

⑨素心：本心，素愿。

⑩三益：谓直、谅、多闻。此即指志趣相投的友人。

译文

在东边高地上种植禾苗，禾苗生长茂盛遍布田野。

虽然劳作辛苦有些疲倦，但家酿浊酒还满可解乏。

傍晚时分驾着车子回来，山路也渐渐地变得幽暗。
望着前村已是袅袅炊烟，孩子们在家门等我回家。
要问我这样做是为什么？人的一生总要从事劳作。
我只希望桑麻农事兴旺，蚕事之月纺绩事务顺遂。
我不求闻达心愿就这样，望结交志趣相投的朋友。

赏析

“种苗在东皋，苗生满阡陌。”这两句叙事，显得很随意，是说在东皋种苗，长势如何如何。但就在随意的话语中，显出了一种满意的心情，他说这话好像是在欣赏自己的劳动成果。“虽有荷锄倦，浊酒聊自适。”陶诗中有“带月荷锄归”，“浊酒”云云是常见的语句。看来他对“荷锄”并不感到是多大的重负，或许已经习惯了。“日暮巾柴车，路暗光已夕。”《归去来兮辞》有“或巾柴车”的句子。这两句写得很自然，“日出而作，日入而息”，农家的生活本来就是如此自然。“归人望烟火，稚子候檐隙。”《归去来兮辞》有“稚子候门”的话。等着他的就是那么一个温暖的“归宿”，此时他的倦意会在无形中消释了。这四句写暮归，真是生动如画，画面浮动着一种安恬的、醉人的气氛。这就是陶渊明“田居”的一天，这一天过得如此充实、惬意。

“问君亦何为？百年会有役。”这是设问，自问自答，如同陶诗“问君何能尔？心远地自偏”的句式。这与陶诗“人生归有道，衣食固其端。孰是都不营，而以求自安”意思相似，表示了对劳动的重视。“但愿桑麻成，蚕月得纺绩。”桑麻兴旺，蚕事顺遂，这是他的生活理想，正如陶诗所写：“耕织称其用，过此奚所须？”下面写道：“素心正如此，开径望三益。”“素心”，也就是上面所说的心愿。后面这一段通过设问，揭示陶渊明劳动的体验、田居的用心，很是符合陶渊明的实际。

饮酒·其五

【晋】陶渊明

结庐①在人境②，
而无车马喧③。
问君何能尔④？
心远地自偏。
采菊东篱下，
悠然⑤见南山⑥。
山气⑦日夕⑧佳，
飞鸟相与还⑨。
此中有真意⑩，
欲辨已忘言。

注释

①结庐：建造房舍。结，建造、构筑。庐，简陋的房屋。
②人境：喧嚣扰攘的尘世。
③车马喧：指世俗交往的喧扰。
④何能尔：为什么能这样。尔，如此、这样。
⑤悠然：闲适淡泊的样子。
⑥南山：泛指山峰，一说指庐山。
⑦山气：山间的云气。
⑧日夕：傍晚。
⑨相与还：结伴而归。相与，相交，结伴。
⑩真意：从大自然里领会到的人生真谛。

译文

将房屋建造在人来人往的地方，却不会受到世俗交往的喧扰。

问我为什么能这样，只要心志高远，自然就会觉得所处地方僻静了。

在东篱之下采摘菊花，悠然间，那远处的南山映入眼帘。

傍晚时分南山景致甚佳，雾气峰间缭绕，飞鸟结伴而还。

这里面蕴含着人生的真正意义，想要分辨清楚，却不知怎样表达。

赏析

这首诗的意境可分为两层，前四句为一层，写诗人摆脱世俗烦恼后的感受。后六句为一层，写南山的美好晚景和诗人从中获得的无限乐趣，表现了诗人热爱田园生活的真情和高洁人格。

“结庐在人境，而无车马喧。”诗起首言自己虽然居住在人世间，但并无世俗的交往来打扰。“问君何能尔？心远地自偏” 中的“心远”是远离官场，更进一步说，是远离尘俗，超凡脱俗。

“采菊东篱下，悠然见南山。山气日夕佳，飞鸟相与还。”此四句叙写诗人归隐之后精神世界和自然景物浑然契合的那种悠然自得的神态。东篱边随便采菊，偶然间抬头见到南山。傍晚时分南山景致甚佳，雾气峰间缭绕，飞鸟结伴而还。诗人从南山美景中联想到自己的归隐，从中悟出了返朴归真的哲理。飞鸟朝去夕回，山林乃其归宿；自己屡次离家出仕，最后还得回归田园，田园也为己之归宿。诗人在《归去来兮辞》中曾这样写道：“云无心以出岫，鸟倦飞而知还。”他以云、鸟自喻，云之无心出岫，恰似自己无意于仕而仕；鸟之倦飞知还，正像本人厌恶官场而隐。本诗中“飞鸟相与还”两句，与《归去来兮辞》中“鸟倦飞而知还”两句，其寓意实为同一。

“此中有真意，欲辨已忘言。”诗末两句，诗人言自己从大自然的美景中领悟到了人生的意趣，表露了纯洁自然的恬淡心情。诗里的“此中”，我们可以理解为此时此地（秋夕篱边），也可理解为整个田园生活。所谓“忘言”，实是说恬美安闲的田园生活才是自己真正的人生，而这种人生的乐趣，只能意会，不可言传，也无须叙说。这充分体现了诗人安贫乐贱、励志守节的高尚品德。这两句说的是这里边有人生的真义，想辨别出来，却忘了怎样用语言表达。“忘言”通俗地说，就是不知道用什么语言来表达，只可意会，不可言传。“至情言语即无声”，这里强调一个“真”字，指出辞官归隐乃是人生的真谛。

饮酒·其七

【晋】陶渊明

秋菊有佳色，
裛①露掇②其英。
泛此忘忧物，
远我遗世情③。
一觞虽独尽，
杯尽壶自倾④。
日入群动息，
归鸟趋⑤林鸣。
啸傲⑥东轩⑦下，
聊复得此生⑧。

注释

①裛（yì）：通“浥”，沾湿。
②掇：采摘。
③遗世情：遗弃世俗的情怀，即隐居。
④壶自倾：谓由酒壶中再往杯中注酒。
⑤趋：归向。
⑥啸傲：谓歌咏自在，无拘无束。
⑦轩：窗。
⑧得此生：指得到人生之真意，即悠闲适意的生活。

译文

秋天的菊花颜色美好，采摘下沾着露水的菊花。
把菊花泡在酒中，使我遗弃世俗的心情更为遥远了。
一挥而尽杯中酒，再执酒壶注杯中。
日落之后各类生物都已歇息，归鸟向林欢快鸣。
纵情欢歌东窗下，姑且逍遥度此生。

赏析

秋天是菊花的季节。在百花早已凋谢的秋日，惟独菊花不畏严霜，粲然独放，表现出坚贞高洁的品格。秋菊佳色，助人酒兴，作者不觉一杯接着一杯，独自饮起酒来。如果心中无忧，就不会想到“忘忧”，这里透出了作者胸中的郁愤之情。

后面六句具体叙写饮酒的乐趣和感想，描绘出一个宁静美好的境界，是对“遗世情”的形象写照。这里写的是独醉。他既没有孔融“坐上客常满，樽中酒不空”（《后汉书·郑孔荀列传》载孔融语）那样的豪华气派，也不像竹林名士那样“纵酒昏酣”，而是一个人对菊自酌。再下二句，“日入群动息”是总论，“归鸟趋林鸣”是于群动中特取一物以证之；也可以说，因见归鸟趋林，所以悟出日入之时正是群动止息之际。“趋”是动态，“鸣”是声音，但惟有在特别空旷静寂的环境中，才能更加显出飞鸟趋林，更加清晰地听到鸟儿的声音，这是以动写静、以声写寂的表现手法。而环境的宁静优美，又衬托出作者的闲适心情。这二句是写景，同时也是作者此时志趣的寄托。作者写到鸟的诗句很多，尤其归隐以后，常常借归鸟寓意。除此诗外，又如“翼翼归鸟，相林徘徊。岂思天路，欣及旧栖”（《归鸟》），“翼翼归鸟，戢羽寒条。……矰缴奚施，已卷（倦）安劳”（《归鸟》），“羁鸟恋旧林，池鱼思故渊”（《归园田居》），还有“云无心而出岫，鸟倦飞而知还”（《归去来兮辞》），“山气日夕佳，飞鸟相与还”（《饮酒·结庐在人境》），“众鸟欣有托，吾亦爱吾庐”（《读山海经》），等等。这些诗中的归鸟，都是作者的艺术化身。趋林之鸟本来是无意中所见，但它却唤起了作者的感慨深思：“群动”皆有止息之时，飞鸟日落犹知还巢，人生何独不然？鸟儿始飞终归的过程，正好像是作者由出仕到归隐的生活历程。这里既是兴，也是比，又是即目写景，三者浑然一体，使人不觉，表现手法非常高妙。

末尾写归隐之故，表达了隐居终身的决心。“啸”是撮口发出长而清越的声音，是古人抒发感情的一种方式。“啸傲”谓歌咏自得，无拘无束。《饮酒》第五首《饮酒·结庐在人境》有“采菊东篱下，悠然见南山”。对菊饮酒，啸歌采菊，自是人生之至乐。“得此生”是说不为外物所役使，按着自己的心意自由地生活，也就是苏东坡所说的“靖节以无事自适为得此生，则凡役于物者，非失此生耶？”（《东坡题跋·题渊明诗》）“得此生”和“失此生”实指归隐和做官。啸傲东轩，是隐居悠闲之乐的形象描绘，它是赞美，是庆幸，也是意愿。然而，“聊复”（姑且算是）一词，又给这一切罩上了一层无可奈何的色彩，它上承“忘忧”“遗世”，仍然表现出壮志难酬的憾恨，并非一味悠然陶然。

饮酒·其八

【晋】陶渊明

青松在东园，
众草没其姿①，
凝霜殄②异类③，
卓然④见高枝。
连林⑤人不觉，
独树众乃奇⑥。
提壶抚寒柯⑦，
远望时复为。
吾生梦幻间，
何事绁⑧尘羁⑨。

注释

①没其姿：掩没了青松的英姿。
②殄（tiǎn）：灭尽。
③异类：指众草。
④卓然：特立的样子。
⑤连林：松树连成林。
⑥众乃奇：众人认为奇特。
⑦寒柯：指松树枝。
⑧绁：系马的缰绳，引申为牵制。
⑨尘羁：犹尘网。

译文

青翠的松树生长在东园里，荒草埋没了它的身姿。
等到寒霜凝结的时候，其他植物都枯萎了，这才显现出它卓尔不群的高枝。

在一片树林中人可能还不觉得，单独一棵树的时候人们才称奇。

我提着酒壶抚弄寒冬中的树干，有时候又极目远眺。

我生活的世界就是梦幻一样，又何必被俗世的尘嚣羁绊住脚步呢。

赏析

“青松在东园，众草没其姿。”青松之姿，挺秀而美。生在东园，却为众草所掩没。可见众草之深，其势莽莽。青松之孤独，也不言而喻。“凝霜殄异类，卓然见高枝。”殄者，灭绝也。异类，指众草，相对于青松而言。枝者，谓枝干。岁寒，严霜降临，众草凋零。于是，青松挺拔之英姿，常青之秀色，乃卓然出现于世。当春夏和暖之时节，那众草也是青青之色，甚至草势甚深，能一时掩没青松。可惜，众草究竟经受不起严霜之摧残，终于是凋零了。“连林人不觉，独树众乃奇。”倘若青松多了，蔚然连成松林，那么，它的与众不同，便难以给人以强烈印象。如果只是一株青松卓然独立于天地之间，人们这才为之诧异了。以上六句，构成全诗之大半篇幅，纯然出之以比兴。

最后四句，直接写出自己。“提壶抚寒柯，远望时复为。”寒柯，承上文“凝霜”而来。下句，陶澍注：“此倒句，言时复为远望也。”说得是。渊明心里爱这东园青松，便将酒壶挂在松枝之上，饮酒、流连于松树之下。即使不到园中，亦时常从远处来瞻望青松之姿。挂壶寒柯，这是何等亲切。远望松姿，也是一往情深。渊明之心灵，分明是常常从青松之卓然高节，汲取着一种精神上的滋养。庄子讲的“与物有宜”，“与物为春”，“独与天地精神往来”（分别见《庄子·大宗师》《德充符》《天下》篇），正是此意。“吾生梦幻间，何事绁尘羁。”结笔两句，来得有点突兀，似与上文无甚关系，实则深有关系。梦幻，喻人生之短暂，反衬生命之可珍惜。绁者，捆缚也。尘羁即尘网，谓尘世犹如罗网，指的是仕途。生命如此有限，弥可珍惜，不必把自己束缚在尘网中，失掉独立自由之人格。这种坚贞高洁的人格，正犹如青松。这才是真正的主体品格。

渊明此诗之精神境界与艺术造诣，可以喻之为完璧。上半幅纯用比兴，赞美青松之高姿；下半幅纵笔用赋，抒发对于青松之知赏，以及珍惜自己人格之情怀。全幅诗篇浑然一体，实为渊明整幅人格之写照。全诗句句可圈可点，可谓韵外之致味之而无极。尤其“连林人不觉，独树众乃奇”二句，启示着人人挺立起高尚的人格，则高尚的人格并非与众不同，意味深远，极可珍视。《诗·小雅·裳裳者华》云：“维其有之，是以似之。”只因渊明坚贞高洁之人格，与青松岁寒不凋之品格特征相似，所以此诗借青松为自己写照，境界之高，乃是出自天然。

移居·其一

【晋】陶渊明

昔欲居南村，
非为卜其宅①。
闻多素心人，
乐与数晨夕②。
怀此颇有年，
今日从兹役③。
弊庐何必广，
取足蔽床席。
邻曲时时来，
抗言谈在昔。
奇文共欣赏，
疑义相与析。

注释

①南村：各家对“南村”的解释不同，丁福保认为在浔阳城（今江西九江）下（见《陶渊明诗笺注》）。卜宅：占卜问宅之吉凶。这两句是说从前想迁居南村，并不是因为那里的宅地好。

②素心人：指心性纯洁善良的人。李公焕注云：“指颜延年、殷景仁、庞通之辈。”庞通，名遵，即《怨诗楚调示庞主簿邓治中》之庞主簿。数：屡。晨夕：朝夕相见。这两句是听说南村有很多朴素的人，自己乐意和他们朝夕共处。

③怀此：抱着移居南村这个愿望。颇有年：已经有很多年了。兹役：这种活动，指移居。从兹役：顺从心愿。这两句是说多年来怀有移居南村的心愿，今天终于实现了。

译文

从前想移居住到南村来，不是为了要挑什么好宅院；

听说这里住着许多纯朴的人，愿意同他们度过每一个早晚。

这个念头已经有了好多年，今天才算把这件大事办完。

简朴的屋子何必求大，只要够摆床铺就能心安。

邻居朋友经常来我这里，谈谈过去的事情，人人畅所欲言。

见有好文章大家一同欣赏，遇到疑难处大家一同钻研。

赏析

这首诗写移居求友的初衷，邻里过往的快乐。吟味全诗，每四句是一个层次。

“昔欲居南村，非为卜其宅。闻多素心人，乐与数晨夕。”前四句追溯往事，以“昔”字领起，将移居和求友联系起来，因事见意，重在“乐”字。古人迷信，移居选宅先卜算，问凶吉，宅地吉利才移居，凶险则不移居。但也有如古谚所云：“非宅是卜，惟邻是卜。”（《左传·昭公三年》）移居者不在乎宅地之吉凶，而在乎邻里之善恶。诗人用其意，表明自己早就向往南村，卜宅不为风水吉利，而为求友共乐。诗人听说南村多有本心质素的人，很愿意和他们一同度日，共处晨夕。陶渊明生活在“真风告逝，大伪斯兴，闾阎懈廉退之节，市朝驱易进之心”（《感士不遇赋》）的时代，对充满虚伪、机诈、钻营、倾轧的社会风气痛心疾首，却又无力拨乱反正，只能洁身自好，归隐田园，躬耕自给。卜居求友，不趋炎附势，不祈福求显，唯择善者为邻，正是诗人清高情志和内在人格的表现。

“怀此颇有年，今日从兹役。弊庐何必广，取足蔽床席。”中间四句由卜居初衷写到如愿移居，是诗意的转折和深化。兹役，指移居搬家这件事。“弊庐”，破旧的房屋，这里指简陋的新居。诗人再次表明，说移居南村的愿望早就有了，终于实现的时候，其欣欣之情，溢于言表。接着又说，只要有好邻居，好朋友，房子小一点不要紧，只要能遮蔽一张床一条席子就可以了，不必一定求其宽敞。不求华堂广厦，唯求邻里共度晨夕，弊庐虽小，乐在其中，诗人旷达不群的胸襟，物外之乐的情趣不言而喻。在对住房的追求上，古往今来，不少有识之士都表现出高远的精神境界。孔子打算到东方少数民族地区居住。有人对他说：那地方太简陋，孔子答曰："君子居之，何陋之有？"（《论语·子罕》）杜甫流寓成都，茅屋为秋风所破，愁苦中仍然热切呼唤："安得广厦千万间，大庇天下寒士俱欢颜。呜呼！何时眼前突兀见此屋，吾庐独破受冻死亦足！"（《茅屋为秋风所破歌》）推己及人，表现出忧国忧民的崇高情怀。刘禹锡为陋室作铭："山不在高，有仙则名；水不在深，有龙则灵。斯是陋室，惟吾德馨。"（《陋室铭》）其鄙视官场的卑污与腐败，追求高洁的品德与志趣，在审美气质上，和陶渊明这首诗有相通的一面。

"邻曲时时来，抗言谈在昔。奇文共欣赏，疑义相与析。"最后四句具体描写得友之乐。邻曲，即邻居。在义熙七年（411）所作《与殷晋安别》诗中，诗人说："去年家南里，薄作少时邻。"可知殷晋安（即前所说殷景仁）当时曾与诗人为邻。诗中所说的友人，多是读书人，交谈的内容自然不同于和农民"相见无杂言，但道桑麻长"限于农事（见《归园田居》），而带着读书人的特点和爱好。他们一起回忆往事，无拘无束，毫无保留地交心，他们一起欣赏奇文，共同分析疑难的文义，畅游学海，追求精神上的交流。诗人创作《移居二首》时，正值四十六、七岁的中年时代。这是人生在各方面均臻成熟的时期。中年的妙趣和魅力，在于相当地认识人生，认识自己，从而做自己所能做而且也愿意做的事，享受自己所能享受的生活。

陶渊明田园诗的风格向来以朴素平淡、自然真率见称。这种独特的风格，正是诗人质性自然的个性的外化。从这首诗来看，所写移居情事，原是十分平常的一件事。但在诗人笔下款款写来，读者却感到亲切有味。所用的语言，平常如口语，温和高妙，看似浅显，然嚼之味醇，思之情真，悟之意远。如写移居如愿以偿："弊庐何必广，取足蔽床席。"纯然日常口语，直抒人生见解。"何必"二字，率直中见深曲，映出时人普遍追名逐利的心态，矫矫脱俗，高风亮节，如松间白鹤，天际鸿鹄。又如诗人写和谐坦诚的邻里友谊，仅以“时时来”出之，可谓笔墨省净，引人遐想。欣赏奇文，状以“共”字，分析疑义，状以“相与”，均是传神笔墨。如果奇文自赏，疑义自析，也无不可，却于情味锐减，更无法深化移居之乐的主题。而“共”与“相与”前后相续则热烈抗言之情态呼之欲出，使“奇文共欣赏，疑义相与析”，成为绝妙的诗句，赢得千古读者的激赏。胡仔《苕溪渔隐丛话后集》评陶渊明《止酒》诗云：“坐止高荫下，步止荜门里。好味止园葵，大欢止稚子。’余反复味之，然后知渊明用意……故坐止于树荫之下，则广厦华堂吾何羡焉。步止于荜门之里，则朝市深利吾何趋焉。好味止于啜园葵，则五鼎方丈吾何欲焉。大欢止于戏稚子，则燕歌赵舞吾何乐焉。”要达到这种心境和生活，是要经过长期的思想斗争和痛苦的人生体验，才能对人生有睿智的领悟的，正如包孕万汇的江海，汪洋恣肆，波涛澎湃之后而臻于平静。陶诗看似寻常，却又令人在低吟回味之中感到一种特殊的魅力——“问君何能尔，心远地自偏”；“弊庐何必广，取足蔽床席”等。读者读着这样的诗句，往昔对生活中一些困惑不解的矛盾，也许会在感悟诗意的同时豁然开朗，得到解释，以坦然旷达的胸怀面对万花筒般的人生。陶诗淡而有味，外质内秀，似俗实雅的韵致，在《移居》一诗中也得到生动的体现。

移居·其二

【晋】陶渊明

春秋多佳日，
登高赋新诗。
过门更相呼，
有酒斟酌[①]之。
农务[②]各自归，

注释

①斟：盛酒于勺。酌：盛酒于觞。斟酌：倒酒而饮，劝人饮酒的意思。这两句是说邻人间互相招呼饮酒。

②农务：农活儿。

③辄（zhé）：就。

闲暇辄③相思④。
相思则披衣⑤，
言笑无厌⑥时。
此理将不胜⑦？
无为忽去兹⑧。
衣食当须纪⑨，
力耕不吾欺。

④相思：互相怀念。
⑤披衣：披上衣服，指去找人谈心。
⑥厌：满足。
⑦此理：指与邻里过从畅谈欢饮之乐。理：义蕴。将：岂。将不胜：岂不美。
⑧兹：这些，指上句“此理”。
⑨纪：经营。末两句语意一转，认为与友人谈心固然好，但应当自食其力，努力耕作必有收获。

译文

春秋两季有很多好日子，我经常同友人一起登高吟诵新诗篇。
经过门前互相招呼，聚在一起，有美酒，大家同饮共欢。
要干农活便各自归去，闲暇时则又互相思念。
思念的时候，大家就披衣相访，谈谈笑笑永不厌烦。
这种饮酒言笑的生活的确很美好，抛弃它实在无道理可言。
穿的吃的需要自己亲自去经营，躬耕的生活永不会将我欺骗。

赏析

全诗以自在之笔写自得之乐，将日常生活中邻里过从的琐碎情事串成一片行云流水。

首二句“春秋多佳日，登高赋新诗”，暗承第一首结尾“奇文共欣赏，疑义相与析”而来，接得巧妙自然，用意颇深却如不经意道出，虽无一字刻画景物，而风光之清靡高爽，足堪玩赏，诗人之神情超旷，也如在眼前。

移居南村除有登高赋诗之乐以外，更有与邻人过从招饮之乐：“过门更相呼，有酒斟酌之。”这两句与前事并不连属，但若作斟酒品诗理解，四句之间又似可承接。大呼小叫，毫不顾忌言谈举止的风度，语气粗朴，反见情意的直率。“相呼”之意可能是指邻人有酒，特意过门招饮诗人，也可能是诗人有酒招饮邻人，或邻人时来串门，恰遇诗人有酒便一起斟酌，共赏新诗。诸般境界，在陶诗这两句中皆可体味，所以愈觉含蓄不尽。

当然，人们也不是终日饮酒游乐，平时各自忙于农务，有闲时聚在一起才觉得兴味无穷：“农务各自归，闲暇辄相思。相思辄披衣，言笑无厌时。”“各自归”本来指农忙时各自在家耕作，但又与上句饮酒之事字面相连，句意相属，给人以酒后散去、自忙农务的印象。五、六句像前四句一样，利用句子之间若有若无的连贯，从时间的先后承续以及诗意的内在联系两方面，轻巧自如地将日常生活中常见的琐事融成了整体，既顶住上句招饮之事，又引出下句相思之情。忙时归去，闲时相思，相思复又聚首，似与过门相呼意义重复，造成一个回环，“相思则披衣”又有意用民歌常见的顶针格，强调了这一重复，使笔意由于音节的复沓而更加流畅自如。这种往复不已的章法多因重叠回环、曲尽其情而具有一唱三叹的韵味。陶渊明不用章法的复叠，而仅凭意思的回环形成往复不已的情韵，正是其取法前人而又富有独创之处。何况此处还不是简单的重复，而是诗意的深化。此际诗情已达高潮，再引出“此理将不胜，无为忽去兹”的感叹，便极其自然了。这两句扣住移居的题目，写出在此久居的愿望，也是对上文所述过从之乐的总结。不言“此乐”，而说“此理”，是因为乐中有理，由任情适意的乐趣中悟出的任自然的生活哲理比一切都高。陶渊明的自然观虽然仍以玄学为外壳，但他的自然之趣是脱离虚伪污浊的尘网，将田园当作返璞归真的乐土。

结尾两句“衣食当须纪，力耕不吾欺 ”点明自然之乐的根源在于勤力躬耕，这是陶渊明自然观的核心。诗人认为人生只有以生产劳动、自营衣食为根本，才能欣赏恬静的自然风光，享受纯真的人间情谊，并从中领悟最高的玄理——自然之道。

此诗虽是以写乐为主，而终以勤为根本，章法与诗意相得益彰，但见笔力矫变而不见运斧之迹。文气畅达自如而用意宛转深厚，所以看似平淡，实则浑然天成。

九日闲居·并序

【晋】陶渊明

余闲居，爱重九之名①。秋菊盈园，而持醪②靡由③，空服九华④，寄怀于言。

世短意常多，
斯人⑤乐久生。
日月依辰至⑥，
举俗爱其名⑦。
露凄⑧暄风⑨息，
气澈⑩天象明⑪。
往燕无遗影，
来雁有余声。
酒能祛⑫百虑，
菊解制颓龄⑬。
如何蓬庐士⑭，
空视时运倾⑮！
尘爵耻虚罍⑯，
寒华⑰徒自荣⑱。

注释

①爱重九之名：农历九月九日为重九；古人认为九属阳之数，故重九又称重阳。“九”和“久”谐音，有活得长久之意，所以说“爱重九之名。”
②醪（láo）：汁滓混合的酒，即浊酒，今称甜酒或醪糟。
③靡（mǐ）由：即无来由，指无从饮酒。
④九华：重九之花，即菊花。华，同“花”。
⑤斯人：指人人。
⑥依辰至：依照季节到来。
⑦举俗爱其名：整个社会风俗都喜爱“重九”的名称。
⑧露凄：秋霜凄凉。
⑨暄（xuān）风：暖风，指夏季的风。
⑩气澈：空气清澈。
⑪天象明：天空明朗。
⑫祛（qū）：除去。
⑬颓（tuí）龄：衰暮之年。
⑭蓬庐士：居住在茅草房子中的人，即贫士，作者自指。
⑮空视时运倾：指易代之事。空视，意谓白白地看着。时运，这里指重九节。倾：这里引申为转迁的意思。
⑯尘爵耻虚罍（léi）：酒杯的生尘是空酒壶的耻辱。爵，饮酒器，指酒杯。罍，古代器名，用以盛酒或水，这里指大酒壶。
⑰寒华：指秋菊。
⑱荣：开花。

敛襟[19]独闲谣，
缅[20]焉起深情。
栖迟[21]固多娱，
淹留岂无成。

⑲敛（liǎn）襟（jīn）：整一整衣襟，指正坐。谣，不用乐器伴奏的歌唱。这里指作诗。
⑳缅（miǎn）：遥远的样子，形容后面的“深情”。
㉑栖迟：隐居而游息的意思。栖，宿；迟，缓。

译文

我闲居无事，颇喜“重九”这个节名。秋菊满园，想喝酒但没有酒可喝，独自空对着秋菊丛，写下此诗以寄托怀抱。

人生短促，忧思往往很多，可人们还是盼望成为寿星。
日月依着季节来到，民间都喜欢重阳这好听的节名。
露水出现了，暖风已经停息。空气澄澈，日月星辰分外光明。
飞去的燕子已不见踪影，飞来的大雁萦绕着余音。
只有酒能驱除种种忧虑，只有菊才懂得益寿延龄。
茅草屋里的清贫士，徒然看着时运的变更。
酒杯积灰，酒樽也感到羞耻；寒菊空自开放，也让人难为情。
整整衣襟，独自个悠然歌咏，深思遐想勾起了一片深情。
盘桓休憩本有很多欢乐，隐居乡里难道就一事无成！

赏析

据《宋书·陶潜传》载，陶渊明归隐后闲居家中，某年九月九日重阳节，忽然做江州刺史的王宏派人送来了酒，陶渊明也不推辞，开怀畅饮。

开篇“世短意常多”四句，以议论领起，解释了重九之名，并提出感叹人生的主题。意谓人生在世，不过如白驹过隙，正由于其极短暂的一瞬，故人们产生了各种各样的烦忧顾虑，也导致了人们企慕长寿永生的祈求。一年一度的重阳佳节按着时序的推移又来到了，人们喜爱这个以“九”命名的节日，是因为“九”与“久”谐音，对它的喜爱也体现了对长生的渴求。这里“举俗爱其名”与小序中的“爱重九之名”一致。“世短意常多”一句炼意极精，宋代李公焕在《笺注陶渊明集》卷二中认为此句是古诗“人生不满百，常怀千岁忧”两句的浓缩，体现了陶渊明驾驭语言的本领。

“露凄暄风息”至“寒华徒自荣”十句写景抒情，感叹自己有菊无酒，空负良辰美景。露水凄清，暖风已止，秋高气爽，天象清明，飞去的燕子没有留下踪影，北来的大雁还有声声余响。诗人说：据说酒能祛除心中的种种烦恼，菊花能令人制止衰老，而为何我这隐居的贫士只能让重阳佳节白白地过去！酒器中空空如也，积满灰尘，而秋菊却在篱边空自开放。这里描写了一幅天朗气清的深秋景象，与诗人自己贫寒潦倒的处境形成鲜明对照，自然景象的美好反衬出诗人心绪的寥落，大好的时光在白白消逝，盛开的菊花也徒自争艳，诗人于是感慨系之。

“敛襟独闲谣”即写诗人的感叹，他整敛衣襟，独自闲吟，而思绪辽远，感慨遥深。想自己游息于山林固然有不少欢乐，但留滞人世不能就一无所成。诗人在这里不仅感叹人生的短暂，而且对人生的价值重新作了审视，诗中关于“深情”的内容并没有加以明确说明，只是隐隐约约地点出了作者悲从中来的原因不仅仅是为了无酒可饮，而更大的悲痛隐藏在心中，这就是诗人对人生的思考与对自身价值的探求。全诗一气直下，其主旨似在表明人生短促而自己又不能及时行乐，空负秋光的悲叹，然忽又说“淹留岂无成”，更翻出一层意思，所以延君寿说是“一意两层收束”（《老生常谈》）。

因为此诗结语的含蓄，似有不尽之意在于言外，因而历来解此诗者就以为陶渊明在此中暗寓了他对晋宋易代的悲愤，借此表示了对前朝的留恋，并有志于恢复王室之事。“空视时运倾”一句中也系有感于时事的倾覆，“尘爵”二句则表达了愿安于时命，自保贞心的愿望。最后所谓的“淹留岂无成”，即暗指自己所以羁留人间是由于还抱着复国的希望，等待一展宏图的机会。这种说法自然也不无道理，自来论陶诗的人也曾指出过陶渊明并非浑身是静穆，而是一个颇有感时伤世之情的人。龚自珍就说他“莫信诗人竟平淡，二分《梁甫》一分《骚》”（《己亥杂诗》）。考此诗序中所谓“寄怀”，诗中所谓“深情”，都似乎确有所寄托，以此推断，可能此诗确有寓意。鲁迅评陶潜说：“于朝政还是留心，也不能忘掉‘死’，这是他诗文中时时提起的。”（《魏晋风度及文章与药及酒之关系》）此诗即体现了他对政治和生命两方面的认识。

此诗以说理与写景与抒情融合在一起，体现了陶诗自然流走的特点，其中某些句子凝练而新异，可见陶渊明铸词造句的手段，如“世短意常多”“日月依辰至”及“酒能祛百虑，菊解制颓龄”等虽为叙述语，然遒劲新巧，词简意丰，同时无雕饰斧凿之痕，这正是陶诗的难以企及处。

酬①刘柴桑②

【晋】陶渊明

穷居③寡人用④，
时忘四运⑤周⑥。
门庭⑦多落叶，
慨然知已秋。
新葵⑧郁⑨北牖⑩，
嘉穟养南畴。
今我不为乐，
知有来岁不？
命室携童弱，
良日登远游。

注释

①酬（chóu）：答谢，酬答，这里是指以诗相答的意思。用诗歌赠答。
②刘柴桑：即刘程之，字仲思，曾为柴桑令，隐居庐山，自号遗民。
③穷居：偏僻之住处。
④人用：人事应酬。
⑤四运：四时运行。
⑥周：周而复始，循环。
⑦门庭：闾里内的院落。门原作“榈”，底本校曰“一作门”，今从之。
⑧葵（kuí）：冬葵，一种蔬菜。
⑨郁（yù）：繁盛貌。
⑩牖（yǒu）：原作“墉”，城墙也，高墙也，于义稍逊。底本校曰“一作牖”，今从之。和陶本亦作“牖”。

译文

偏僻的居处少有人事应酬之类的琐事，有时竟忘记了一年四季的轮回变化。

巷子里、庭院里到处都是树木的落叶，看到落叶不禁发出感叹，才知道原来已是金秋了。

北墙下新生的冬葵生长得郁郁葱葱，田地里将要收割的稻子也金黄饱满。

如今我要及时享受快乐，因为不知道明年此时我是否还活在世上。

吩咐妻子快带上孩子们，乘这美好的时光我们一道去登高远游。

赏析

《酬刘柴桑》前两句“穷居寡人用，时忘四运周”说没有什么人与他来往，所以他有时竟然忘了四季的节序变化。然事实并非如此，诗人正是在知与不知中感受生命的意趣。之后吟道：“门庭多落叶，慨然知已秋。新葵郁北牖，嘉穟养南畴。今我不为乐，知有来岁不？命室携童弱，良日登远游。”此八句所写与前两句恰好相对，时忘四运与叶落知秋，多落叶与葵穟繁茂，甘心穷居与择日远游，此数者意象矛盾，却展现了时间的永恒性与生命的暂时性。由忘时乃知穷居孤寂落寞；而枝头飘然而至的落叶，乃知秋天的到来，生命的秋天亦在浑然不觉中悄悄来临；墙角的新葵、南畴的嘉穟，虽暂时茂盛繁荣却犹似生命的晚钟难得长久，从而暗示生命的荣盛行将不再。因此诗人在穷居忘时之际又察其生命飞逝，择良日作此远游折射出生命的亮色。“今我不为乐，知有来岁不？”一句没有对来岁未知的恐怖，但有尽享今朝的胸襟。诗人情绪的宛转之变与物的荣悴之态，不能忘世的感慨之忧与对生命的达观之乐，交织成多层次的意义。

诗中以隐居躬耕的自然乐趣和人生无常的道理来酬答刘柴桑，在淳朴祥和之中，诗篇流露着田园生活的乐趣。这首小诗共十句，虽然比较简短，然而它内容醇厚。在写法上也比较独特，撇开与对方问答一类的应酬话，只写自己的感受、抱负与游兴，显得十分洒脱别样。在遣词造句上，粗线条的勾勒，并着墨点染，使全诗呈现出古朴淡雅的风格，又洋溢着轻快明朗的感情。

书湖阴先生①壁二首

【宋】王安石

一

茅檐长扫净无苔②，
花木成畦③手自栽。
一水护田④将绿绕，
两山排闼送青来⑤。

二

桑条索漠楝花⑥繁，
风敛余香暗度垣⑦。
黄鸟数声残午梦⑧，
尚疑身属半山园⑨。

注释

①书：书写，题诗。湖阴先生：本名杨德逢，隐居之士，是王安石晚年居住金陵（今江苏南京）紫金山时的邻居。
②茅檐：茅屋檐下，这里指庭院。无苔：没有青苔。
③成畦（qí）：成垄成行。畦，经过修整的一块块田地。
④护田：这里指护卫环绕着园田。
⑤排闼（tà）：开门。闼，小门。送青来：送来绿色。
⑥楝花：苦楝花，常见于北方地区，花淡紫色，有芳香。
⑦敛：收敛。垣（yuán）：矮墙。
⑧黄鸟：黄莺。午梦：午睡时的梦。
⑨半山园：王安石退隐江宁的住所，故址在今南京东郊。

作者名片

王安石（1021—1086），字介甫，号半山，谥文，封荆国公。世人又称王荆公。汉族，北宋抚州临川人（今江西省抚州市临川区邓家巷），北宋著名政治家、思想家、文学家、改革家，唐宋八大家之一。欧阳修称赞王安石：“翰林风月三千首，吏部文章二百年。老去自怜心尚在，后来谁与子争先。”传世文集有《王临川集》《临川集拾遗》等。其诗文各体兼擅，词虽不多，但亦擅长，且有名作《桂枝香》等。而王荆公最得世人哄传之诗句莫过于《泊船瓜洲》中的“春风又绿江南岸，明月何时照我还。”

译文

一

茅草房庭院经常打扫，洁净得没有一丝青苔。花草树木成行成垄，都是主人亲手栽种。

庭院外一条小河保护着农田，将绿苗紧紧环绕；两座青山打开门来为人们送去绿色。

二

桑树枝叶稀疏，楝花十分繁盛。清风吹送楝花余香，悄悄地送过墙头。

黄鸟数声啼叫，惊起了午间的残梦，恍恍惚惚，我还以为身在旧居半山园中。

赏析

这两首诗是题写在湖阴先生家屋壁上的，其中第一首很著名。这一首诗用典十分精妙，读者不知典故内容，并不妨碍对诗歌大意的理解；而诗歌的深意妙趣，则需要明白典故的出处才能更深刻地体会。

第一首前两句写杨家庭院之景，上句写庭院的洁净，下句写庭院的秀美。后两句写杨家周围的自然环境。本诗描写湖阴先生庭院和环境之美，也赞扬了湖阴先生勤劳、爱洁净、爱花木和热爱自然山水的良好品性和高尚的情趣。

过去人讲王安石此二诗，只注意其第一首，其实第二首亦有佳处。第二首的佳处，乃在作者眼耳自身的通体感受，都被浓缩在二十八字之中。所写虽片刻间景象，却见出作者体物之心细如毫发。“桑条索漠”犹王维《渭川田家》所谓的“蚕眠桑叶稀”指桑叶少而显得冷落无生气，属枯寂之静态，“楝花繁”者，犹晏殊《踏莎行》所谓的“春风不解禁杨花，乱扑行人面”，属缤纷之动态：此一句诉诸视觉。“风敛余香暗度垣”乃写嗅觉而兼及触觉，不但花香入鼻，连微风送爽也写出来了。第三句写午梦初醒未醒时偶然听到鸟啼，则在写听觉时兼涉触觉。最后一句点明身在何处，却从反面说开去。这么一句不仅写出作者同杨德逢彼此不拘形迹，而且连宾至如归的情意也和盘托出，真是“梦里不知身是客”了。

总之，此二诗前一首于着力处见功夫，后一首却于平淡处见火候。必两首连读，始能察作者谋篇之妙。只选一首，似不无遗珠之憾。

即　事①

【宋】王安石

径暖草如积②，
山晴花更繁。
纵横一川水，
高下数家村。
静憩③鸡④鸣午，
荒寻⑤犬吠昏。
归来向人说，
疑是武陵源⑥。

注释

①即事：以当前事物为题材写诗。
②积：积聚，堆积，形容草丛茂盛。
③憩：休息。
④鸡：一作“鸠”。
⑤荒寻：犹言寻幽。
⑥武陵源：即陶渊明《桃花源记》中描写的一处世外桃源。武陵，郡名，郡治在今湖南常德。

译文

野径温暖铺着柔厚的碧草，山气晴净杂花更显得茂繁。

一川清水曲曲折折无声流淌，数户村居高高低低依山而筑。

午间静憩传来几声鸡鸣，访寻幽境又遇犬吠暮烟。

出游归来向人谈起此事，以为所经本是武陵桃源。

赏析

这首诗描写山村午景，从日暖花繁的景象来看，正是春末或夏初时分，脚下的小路似乎也感到了节候的温暖，路上绿草如茵，满山的野花在阳光下更显得繁茂艳丽。首联由小径写到山色，徐徐展开，像是电影中由近到远地拉开了镜头，有一种身临其境，历历在目的印象。

颔联以“纵横”“高下”为对，工稳恰切，而且经纬交错，构成了一幅谐和匀称的画面：一道河水曲折流过，村中高高低低地散布着几户人家。自由宁静的气氛于言外可见。而“纵”与“横”、“高”与“下”，本身又各自对应，可见诗人烹字炼句的功夫。又以“一”与“数”相对，运用了数字的概念，遂令画面更加清晰可辨。

颈联进一步表现了诗人炼句的技巧。《复斋漫录》卷上说，“静憩鸡鸣午”是吸取唐人诗句“枫林社日鼓，茅屋午时鸡”的意思而来，其实未必可信，但指出了二者都是描绘午时鸡鸣的情景却是对的。鸡在正午休息的时候长鸣，可见其地的宁静安谧，而村民的悠闲恬适也从中可以想见。“荒寻犬吠昏”一句说狗在荒野里东寻西找，看到了昏暗的阴处就叫个不停，寥寥五字就将生活中这个不为人注意的细节传神地表现出来，而且由此可以推知山村远离尘嚣，难得有生人过访。这两句造语极为洗练，通过特殊的语言结构，将丰富的内容，熔铸在这极简净的十个字中。

这首诗前六句所描绘的景物，真是一幅形象的桃源图。《桃花源记》中“芳草鲜美，落英缤纷”的描写，正与“草如积”“花更繁”的景色相似；“土地平旷，屋舍俨然，有良田美池桑竹之属，阡陌交通，鸡犬相闻”，又与此诗中间二联的意境一致。从这里可以看出诗人的匠心，虽然诗名《即事》，但绝不是信笔写来的随意之作。他在景物的摄取，题材的剪裁上早已成竹在胸，虽以平易语言写来，却可见到遣字造句、构思谋篇的精心安排。这种千锤百炼而以平淡出之的手法，正是诗家化境。

尾联写自己的感受：诗人远足归来，向人谈起这番游历，就像亲身去了一次世外桃源。其中虽不言景，而景自在其中。同时，也可体会到诗人对桃源生活的向往。王安石另有《桃源行》一首，直接表达了他对陶洲明笔下桃花源的赞美。

这首诗语言简洁自然，清新流畅，全诗气势连贯，张弛有道，平缓有度，进退有法，作者似乎在不经意地吟咏，细处看却是淡静有味，从构图谋篇到遣词造句都颇具匠心，每一联都从不同的视角展示景物。

寻陆鸿渐①不遇

【唐】皎然

移家虽带郭②，
野径入桑麻。
近种篱边菊③，
秋来未著花④。
扣门⑤无犬吠，
欲去问西家⑥。
报道⑦山中去，
归时每日斜⑧。

注释

①陆鸿渐：名羽，终生不仕，隐居在苕溪（今浙江湖州境内），以擅长品茶著名，著有《茶经》一书，被后人奉为“茶圣”“茶神”。
②虽：一作“唯”。带：近。郭：外城，泛指城墙。
③篱边菊：语出陶渊明《饮酒》诗：“采菊东篱下，悠然见南山。”
④著花：开花。
⑤扣门：敲门。
⑥西家：西邻。
⑦报道：回答道，报，回报，回答。
⑧归时每日斜：一作“归来日每斜”。日斜：日将落山，暮时也。

作者名片

皎然（730—799），俗姓谢，字清昼，湖州（浙江吴兴）人，是中国山水诗创始人谢灵运的十世孙，唐代著名诗人、茶僧。吴兴杼山妙喜寺住持，在文学、佛学、茶学等方面颇有造诣。与颜真卿、灵澈、陆羽等和诗，现存皎然470首诗，多为送别酬答之作。情调闲适，语言简淡。皎然的诗歌理论著作有《诗式》。

译文

他把家迁徙到了城郭一带，乡间小路通向桑麻的地方。
近处篱笆边都种上了菊花，但是到了秋天也没有开花。
敲门后未曾听到一声犬吠，要去向西家邻居打听情况。
邻人回答他是到山里去了，归来时怕是要黄昏时分了。

赏析

这是诗人访友不遇之作。全诗描写了隐士闲适清静的生活情趣。诗人选取一些平常而又典型的事物，如种养桑麻菊花，遨游山林等，刻画了一位生活悠闲的隐士形象。全诗有乘兴而来，兴尽而返的情趣，语言朴实自然，不加雕饰，流畅潇洒。

“移家虽带郭，野径入桑麻。”是说陆羽把家迁徙到了城郭一带，乡间的小路通向桑麻的地方。陆羽的新居离城不远，但已很幽静，沿着野外小径，直走到桑麻丛中才能见到。开始两句，颇有晋陶渊明“结庐在人境，而无车马喧”的隐士风格。

“近种篱边菊，秋来未著花。”点出诗人造访的时间是在清爽的秋天，自然平淡。陆羽住宅外的菊花，大概是迁来以后刚刚才种上的，所以虽然到了秋天，还未曾开花。这两句一为转折，一为承接；用陶诗之典，一为正用，一为反用，却都表现了环境的幽僻。至此，一个超尘绝俗的隐士形象已如在眼前，而诗人访友的兴致亦侧面点出。

“扣门无犬吠，欲去问西家。”说诗人去敲陆羽的门，不但无人应答，连狗吠的声音都没有。此时的诗人也许有些茫然，立刻就回转去，似有些眷恋不舍，还是问一问西边的邻居吧。一般说来，写到“扣门无犬吠”，“不遇”之意已见，再加生发，易成蛇足。就像柳宗元的《渔翁》一诗：“渔翁夜傍西岩宿，晓汲清湘燃楚竹。烟销日出不见人，欸乃一声山水绿。回看天际下中流，崖上无心云相逐。”前人每谓末二句“着相”，情思刻露，如苏轼、严羽、胡应麟、王士祯、沈德潜等都持是说。但皎然之写问讯于西家却正得其所。一方面，见出对陆羽的思慕，表明相访不遇之惆怅；另一方面，则借西家之口，衬托出陆羽高蹈尘外的形象，表明二人相契之根由。同时对诗中所描写的对象即陆羽，并未给予任何直接的刻画，但其品格却呼之欲出，这也正符合禅宗“不着一字，尽得风流”之旨。

“报道山中去，归时每日斜。”是邻人的回答：陆羽往山中去了，经常要到太阳西下的时候才回来。这两句和贾岛的《寻隐者不遇》的后两句“只在此山中，云深不知处”恰为同趣。“每日斜”的“每”字，活脱脱地勾画出西邻说话时，对陆羽整天流连山水而迷惑不解和怪异的神态，这就从侧面烘托出陆羽不以尘事为念的高人逸士的襟怀和风度。

这首诗前半写陆羽隐居之地的景；后半写不遇的情况，似都不在陆羽身上着笔，而最终还是为了咏人。偏僻的住处，篱边未开的菊花，无犬吠的门户，西邻对陆羽行踪的叙述，都刻画出陆羽生性疏放不俗。全诗四十字，语言清空如话，不加雕饰，吐属自然，流畅潇洒，别有隽味。

下终南山①过②斛斯山人③宿置酒

【唐】李白

暮从碧山下④，
山月随人归。
却顾所来径⑤，
苍苍⑥横翠微⑦。
相携及⑧田家，
童稚开荆扉⑨。
绿竹入幽径，
青萝⑩拂行衣⑪。
欢言得所憩，
美酒聊共挥⑫。
长歌吟松风⑬，
曲尽河星稀⑭。
我醉君复乐，
陶然共忘机⑮。

注释

①终南山：即秦岭，在今西安市南，唐时士子多隐居于此山。

②过：拜访。

③斛（hú）斯山人：复姓斛斯的一位隐士。

④碧山：指终南山。下：下山。

⑤却顾：回头望。所来径：下山的小路。

⑥苍苍：一说是指灰白色，但这里不宜作此解，而应解释为苍翠、苍茫，苍苍叠用是强调群山在暮色中的那种苍茫貌。

⑦翠微：青翠的山坡，此处指终南山。

⑧相携：下山时路遇斛斯山人，携手同去其家。及：到。

⑨荆扉：荆条编扎的柴门。

⑩青萝：攀缠在树枝上下垂的藤蔓。

⑪行衣：行人的衣服。

⑫挥：举杯。

⑬松风：古乐府琴曲名，即《风入松曲》，此处也有歌声随风而入松林的意思。

⑭河星稀：银河中的星光稀微，意谓夜已深了。

⑮陶然：欢乐的样子。忘机：忘记世俗的机心，不谋虚名蝇利。机，世俗的心机。

作者名片

李白（701—762），字太白，号青莲居士，唐朝浪漫主义诗人，被后人誉为“诗仙”。祖籍陇西成纪（待考），出生于西域碎叶城，4岁再随父迁至

剑南道绵州。李白存世诗文千余篇，有《李太白集》传世。762年病逝，享年61岁。其墓在今安徽当涂，四川江油、湖北安陆有纪念馆。

译文

傍晚从终南山上走下来，山月一直跟随着我归来。
回头望下山的山间小路，山林苍苍茫茫一片青翠。
偶遇斛斯山人，携手同去其家，孩童急忙出来打开柴门。
走进竹林中的幽深小径，树枝上下垂的藤蔓拂着行人衣裳。
欢言笑谈得到放松休息，畅饮美酒宾主频频举杯。
放声高歌风入松的曲调，一曲唱罢已是星光稀微。
我喝醉酒主人非常高兴，欢欣愉悦忘了世俗奸诈心机。

赏析

中国的田园诗以晋末陶潜为开山祖，他的诗，对后代影响很大。李白这首田园诗，似也有陶诗那种描写琐事人情，平淡爽直的风格。

此诗以田家、饮酒为题材，前四句写诗人下山归途所见，中间四句写诗人到斛斯山人家所见，末六句写两人饮酒交欢及诗人的感慨，流露了诗人相携欢言，置酒共挥，长歌风松，赏心乐事，自然陶醉忘机的感情。全诗都用赋体写成，情景交融，色彩鲜明，神情飞扬，语言淳厚质朴，风格真率自然。

从诗的内容看，诗人是在月夜到长安南面的终南山去造访一位姓斛斯的隐士。首句“暮从碧山下”，“暮”字挑起了第二句的“山月”和第四句的“苍苍”，“下”字挑起了第二句的“随人归”和第三句的“却顾”，“碧”字又逗出第四句的“翠微”。平平常常五个字，却无一字虚设。“山月随人归”，把月写得如此脉脉有情。月尚如此，人则可知。

第三句“却顾所来径”，写出诗人对终南山的余情。这里虽未正面写山林暮景，却是情中有景。正是旖旎山色，使诗人迷恋不已。

第四句又是正面描写。“翠微”指青翠掩映的山林幽深处。“苍苍”两字起加倍渲染的作用。“横”有笼罩意。此句描绘出暮色苍苍中的山林美景。这四句，用笔简练而神色俱佳。

诗人漫步山径，大概遇到了斛斯山人，于是“相携及田家”，“相携”，显出情谊的密切。“童稚开荆扉”，连孩子们也开柴门来迎客了。进门后，“绿竹入幽径，青萝拂行衣”，写出了田家庭园的恬静，流露出诗人的称羡之情。“欢言得所憩，美酒聊共挥”，“得所憩”不仅是赞美山人的庭园居室，也为遇知己而高兴。因而欢言笑谈，美酒共挥。一个“挥”字写出了李白畅怀豪饮的神情。酒醉情浓，放声长歌，直唱到天河群星疏落，籁寂更深。

“长歌吟松风，曲尽河星稀”句中青松与青天，仍处处绾带上文的一片苍翠。至于河星既稀，月色自淡，这就不在话下了。最后，从美酒共挥，转到“我醉君复乐，陶然共忘机”，写出酒后的风味，陶陶然把人世的机巧之心，一扫而空，显得淡泊而恬远。

这首诗以田家、饮酒为题材，是受陶潜诗的影响，然而两者诗风又有不同之处。陶潜的写景，虽未曾无情，却显得平淡恬静，如“暧暧远人村，依依墟里烟”“道狭草木长，夕露沾我衣”“采菊东篱下，悠然见南山”“微雨从东来，好风与之俱”之类，既不染色，而口气又那么温缓舒徐。而李白就着意渲染，“却顾所来径，苍苍横翠微”“绿竹入幽径，青萝拂行衣。欢言得所憩，美酒聊共挥”，不仅色彩鲜明，而且神情飞扬，口气中也带有清俊之味。

在李白的一些饮酒诗中，豪情狂气喷薄涌泄，溢于纸上，而此诗似已大为掩抑收敛了。“长歌吟松风，曲尽河星稀。我醉君复乐，陶然共忘机。”可是一比起陶诗，意味还是有差别的。陶潜的“或有数斗酒，闲饮自欢然”“过门辄相呼，有酒斟酌之”“何以称我情，浊酒且自陶”“一觞虽自进，杯尽壶自倾”之类，称心而出，信口而道，淡淡然无可无不可的那种意味，就使人觉得李白挥酒长歌仍有股英气，与陶潜异趣。因而，从李白此诗既可以看到陶诗的影响，又可以看到两位诗人风格的不同。

题元丹丘山居

【唐】李白

故人栖东山①，
自爱丘壑美。
青春卧空林，
白日犹不起。
松风清襟袖②，
石潭洗心耳③。
羡君无纷喧，
高枕碧霞④里。

注释

①东山：东晋谢安隐居的地方，这里借指元丹丘山居。

②襟袖：意思是衣襟衣袖。

③洗心耳：洗心，《易·系辞》：圣人以此洗心，退藏于密。洗耳，据《高士传》记载，尧要让天下给许由，许由不答应，又要让他做九州长，就在颖水里洗耳朵，表示尧的话污了自己的耳朵。

④碧霞：高山深处。

译文

老友栖身嵩山，只因爱这山川之美。

大好的春光，却空林独卧，白日高照也不起。

松风徐吹，似清除襟袖中的俗气；石潭水清，清洗心里耳中的尘世污垢。

羡慕你啊，无忧无虑，静心高卧云霞里。

赏析

这首诗的头两句，先用东山表明故人隐居的事实和山居对他的意义，再写山壑之美和故人的喜好。这样交代一句，下面就不再写景了。

中间四句刻画故人的形象，还在年富力强的时候，故人就高卧山林，太阳老高了，还不起床，这是一个疏懒的人的形象。古人所谓的高士就是这样的，他们鄙弃功名利禄，追求闲云野鹤般的人生境界。“松风清襟袖，石潭洗心耳”两句运用古典故事来刻画这个形象的精神风貌，将故人比作古代隐士高人，意境深远；松涛阵阵，伫立在风中的听者心有会意；石潭清清，住在它旁边的观者心耳早已清净。其人格之高洁，尽在不言之中。前两句是画肉，这两句是画骨，这样，诗人笔下的形象不但有形态，而且有精神，于是就具有了诗人仰慕的人格魅力。其实，这也是诗人在刻画他心目中的理想的形象，追求功成身退，隐居山林的生活。

雨过山村

【唐】王建

雨里鸡鸣一两家，
竹溪①村路板桥斜。
妇姑②相唤③浴蚕④去，
闲看⑤中庭⑥栀子花⑦。

注释

①竹溪：小溪旁长着翠竹。
②妇姑：指农家的媳妇和婆婆。
③相唤：互相呼唤。
④浴蚕：古时候将蚕种浸在盐水中，用来选出优良的蚕种，称为浴蚕。
⑤闲看：农人忙着干活，没有人欣赏盛开的栀子花。
⑥中庭：庭院中间。
⑦栀子：常绿灌木，春夏开白花，很香。

作者名片

王建（768—835），字仲初，颍川（今河南许昌）人，唐朝诗人。出身寒微，一生潦倒。曾一度从军，约46岁始入仕，曾任昭应县丞、太常寺丞等职。后出为陕州司马，世称王司马。与张籍友善，乐府与张齐名，世称张王乐府。

译文

雨中传来鸡鸣，山村里依稀一两户人家。小溪夹岸绿竹苍翠，窄窄板桥连接着一线山路。

婆媳相互呼唤一起去浴蚕选种，那庭院中间的栀子花独自开放无人欣赏。

赏析

“雨里鸡鸣一两家”，诗一开头就透出山村风味，这首先是从鸡声来的。“鸡鸣桑树颠”是村居特征之一，在雨天，晦明交替似的天色，会诱得“鸡鸣不已”。倘如是平原大川，村落不会很小，一鸡打鸣往往会引起群鸡合唱（“群鸡正乱叫”）。然而山村就不同了，地形使得居民分散，即使有村，人户也不多。“鸡鸣一两家”，恰好是山村的特点，传出山村的感觉。

“竹溪村路板桥斜”，如果说首句已显出山村之幽，那么，次句就通过“曲径通幽”的描写，显出山村之深，并让读者随着诗句的引导，体验一下款步山行的味道。雨看来不大（后文有“浴蚕”之事），沿着那斗折蛇行的小路，不觉来到一座小桥。这桥，不是那种气势如虹的江桥，甚至也不是精心构筑的石梁，而是山里人随意用拖来的木板搭成的“板桥”。山民尚简，山溪不大，原不必铺张。从美的角度看，这“竹溪村路”中也只有横斜这样的板桥，才叫自然天成呢。

第三句中，“雨过山村”四字，至此全都有了。诗人转而写到农事：“妇姑相唤浴蚕去”。“浴蚕”，指古时用盐水选蚕种。据《周礼》“禁原蚕”注引《蚕书》：“蚕为龙精，月值大火（二月）则浴其种。”于此可见这是在仲春时分。在这淳朴的山村里，妇姑相唤而行，显得多么亲切，作为同一家庭的成员，关系多么和睦，她们彼此招呼，似乎不肯落在他家之后。

第四句中，田家少闲月，冒雨浴蚕，就把农忙时节的农家气氛表现得更加够味。但诗人存心要锦上添花，挥洒妙笔写下最后一句："闲看中庭栀子花"。事实上就是没有一个人"闲着"，但他偏不正面说，却要从背面、侧面落笔。用"闲"衬忙，通过栀子花之"闲"衬托人们都十分忙碌的情景，兴味尤饶。同时加入"栀子花"，又丰富饱满了诗意。雨浥栀子冉冉香，意象够美的。此外，须知此花一名"同心花"，诗中向来用作爱之象征，故少女少妇很喜采撷这种素色的花朵。此诗写栀子花无人采，主要在于表明春深农忙，似无关"同心"之意。但这恰从另一面说明，农忙时节没有谈情说爱的"闲"功夫，所以那花的这层意义便给忘记了。这含蓄不发的结尾，实在妙机横溢，摇曳生姿。

诗人处处扣住山村特色，尤其是劳动生活情事来写，从景到人，再从人到境，都散发着浓郁生活气息；其新鲜活跳的语言，清新优美的意象，更使人百读不厌。这诚如前人所说："心思之巧，辞句之秀，最易启人聪颖。"

江　村①

【唐】杜甫

清江一曲抱②村流，
长夏江村事事幽③。
自去自来④堂上燕，
相亲相近⑤水中鸥。
老妻画纸为棋局⑥，
稚子敲针作钓钩。
但有故人供禄米⑦，
微躯此外更何求？

注释

①江村：江畔村庄。

②清江：清澈的江水。江，指锦江，岷江的支流，在成都西郊的一段称浣花溪。曲：曲折。抱：怀拥，环绕。

③长夏：长长的夏日。幽：宁静，安闲。

④自去自来：来去自由，无拘无束。

⑤相亲相近：相互亲近。

⑥画纸为棋局：在纸上画棋盘。

⑦禄米：古代官吏的俸给，这里指钱米。

作者名片

杜甫（712—770），字子美，自号少陵野老，世称“杜工部”“杜少陵”等，汉族，河南府巩县（今河南省巩义市）人。唐代伟大的现实主义诗人，杜甫被世人尊为“诗圣”，其诗被称为“诗史”。杜甫与李白合称“李杜”，为了跟另外两位诗人李商隐与杜牧即“小李杜”区别开来，杜甫与李白又合称“大李杜”。他忧国忧民，人格高尚，他的约1400余首诗被保留了下来，诗艺精湛，在中国古典诗歌中备受推崇，影响深远。

译文

浣花溪清澈的江水，弯弯曲曲地绕村而流，在长长的夏日中，事事都显恬静、安闲。

梁上的燕子自由自在地飞来飞去，水中的白鸥相亲相近，相伴相随。

相伴多年的妻子在纸上画着棋盘，年幼的儿子敲弯了钢针要做成鱼钩。

只要有老朋友给予一些钱米，我除了这个还有什么可奢求的呢？

赏析

这首诗写于唐肃宗上元元年（760）。在几个月之前，诗人经过四年的流亡生活，从同州经由绵州，来到了这不曾遭到战乱骚扰的、暂时还保持安静的西南富庶之乡成都郊外浣花溪畔。他依靠亲友故旧的资助而辛苦经营的草堂已经初具规模。饱经离乡背井的苦楚、备尝颠沛流离的艰虞的诗人，终于获得了一个暂时安居的栖身之所。

本诗首联第二句“事事幽”三字，是全诗关紧的话，提挈一篇旨意。中间四句，紧紧贴住“事事幽”，一路叙下。梁间燕子，时来时去，自由而自在；江上白鸥，忽远忽近，相伴而相随。从诗人眼里看来，燕子也罢，鸥鸟也罢，都有一种忘机不疑、乐群适性的意趣。物情如此幽静，人事的幽趣尤其使诗人惬心快意：老妻画纸为棋局的痴情憨态，望而可亲；稚子敲针做钓钩的天真无邪，弥觉可爱。棋局最宜消夏，清江正好垂钓，村居乐事，件件如意。经历长期离乱之后，重新获得家室儿女之乐，诗人怎么不感到欣喜和满足呢？结句“但有故人供禄米，微躯此外更何求”，虽然表面上是喜幸之词，而骨子里正包藏着不少悲苦之情。曰“但有”，就不能保证必有；曰“更何求”，正说明已有所求。杜甫确实没有忘记，自己眼前优游闲适的生活，是建筑在“故人供禄米”的基础之上的。这是一个十分敏感的压痛点。一旦分禄赐米发生了问题，一切就都谈不到了。所以，我们无妨说，这结尾两句，与其说是幸词，倒毋宁说是苦情。艰窭贫困、依人为活的一代诗宗，在暂得栖息的同时，便吐露这样悲酸的话语，实在是对封建统治阶级摧残人才的强烈控诉。

中联四句，从物态人情方面，写足了江村幽事，然后，在结句上，用“此外更何求”一句，关合“事事幽”，收足了一篇主题，最为简净，最为稳当。

江村即事①

【唐】司空曙

钓罢归来不系船②，
江村月落正堪眠③。
纵然一夜风吹去，
只在芦花浅水边。

注释

①即事：以当前的事物为题材所作的诗。

②不系船：《庄子》曰“巧者劳而智者忧，无能者无所求，饱食而遨游，泛若不系之舟”，即以“不系之舟”为无为思想的象征。

③正堪眠：正是睡觉的好时候。

作者名片

司空曙（生卒年不详），字文初（《唐才子传》作文明，此从《新唐书》），广平府（今河北省永年县。唐时广平府辖区为现在的广平县和永年县等。依《永年县志》记载，司空曙为今天的永年县）人，唐朝诗人，约唐代宗大历初前后在世。司空曙为人磊落有奇才，与李约为至交。他是大历十才子之一，同时期作家有卢纶，钱起，韩翃等。他的诗多幽凄情调，间写乱后的心情。诗中常有好句，如后世传诵的“乍见翻疑梦，相悲各问年”，像是不很着力，却是常人心中所有。

译文

渔翁夜钓归来时已是残月西沉，正好安然入睡，懒得把缆绳系上，任凭它随风飘荡。

即使吹一夜的风，船也不会飘远，只会停搁在芦花滩畔，浅水岸边。

赏析

此诗叙写一位垂钓者在深夜归来连船也顾不得系就上岸就寝之事，描绘了江村宁静优美的景色，表现了钓者悠闲的生活情趣。诗名虽题“江村即事”咏景，实则体现了诗人无羁无束的老庄思想。全诗语言清新自然，不加任何藻饰，信手写来，反映了江村生活的一个侧面，营造出一种真切而又恬美的意境。

“钓罢归来不系船”，首句写渔翁夜钓回来，懒得系船，而让渔船任意飘荡。这就引出了下文：“纵然一夜风吹去，只在芦花浅水边。”这两句紧承第二句，回答了上面担心的问题。“纵然”“只在”两个关联词前后呼应，一放一收，把意思更推进一层：且不说夜里不一定起风，即使起风，没有缆住的小船也至多被吹到那长满芦花的浅水边，也没有什么关系。这里，诗人并没有刻画幽谧美好的环境，然而钓者悠闲的生活情趣和江村宁静优美的景色跃然纸上，表达了诗人对生活随性的态度。

这首小诗善于以个别反映一般，通过“钓罢归来不系船”这样一件小事，刻画江村情事，由小见大，就比泛泛描写江村的表面景象要显得生动新巧，别具一格。诗在申明“不系船”的原因时，不是直笔到底，一览无余，而是巧用“纵然”“只在”等关联词，以退为进，深入一步，使诗意更见曲折深蕴，笔法更显腾挪跌宕。诗的语言真率自然，清新俊逸，和富有诗情画意的幽美意境十分和谐。

浣溪沙①·渔父

【宋】苏轼

西塞山②边白鹭飞，散花洲③外片帆微。桃花流水鳜④鱼肥。

自庇⑤一身青箬⑥笠，相随到处绿蓑⑦衣。斜风细雨不须归。

注释

①浣溪沙：唐代教坊曲名，后用为词牌名，又名《浣溪沙》《小庭花》等。双调四十二字，平韵。南唐李煜有仄韵之作。此调音节明快，句式整齐，易于上口。为婉约、豪放两派词人所常用。

②西塞山：又名道士矶，今湖北省黄石市辖区之山名。

③散花州：鄂东长江一带有三个散花洲，一在黄梅县江中，早已塌没。一在浠水县江滨，今成一村。一在武昌（今湖北鄂州市）江上建“怡亭”之小岛，当地人称之为

"吴王散花滩"。该词中所写散花洲系与西塞山相对的浠水县管辖的散花洲。
④鳜（guì）鱼：又名"桂鱼"，长江中游黄州、黄石一带特产。
⑤庇：遮盖。
⑥箬（ruò）笠：用竹篾做的斗笠。
⑦蓑（suō）衣：草或棕作的雨衣。

作者名片

苏轼（1037—1101）字子瞻、和仲，号铁冠道人、东坡居士，世称苏东坡、苏仙，汉族，眉州眉山（四川省眉山市）人，祖籍河北栾城，北宋著名文学家、书法家、画家，历史治水名人。苏轼是北宋中期文坛领袖，在诗、词、散文、书、画等方面取得很高成就。文纵横恣肆；诗题材广阔，清新豪健，善用夸张比喻，独具风格，与黄庭坚并称"苏黄"；词开豪放一派，与辛弃疾同是豪放派代表，并称"苏辛"；散文著述宏富，豪放自如，与欧阳修并称"欧苏"，为"唐宋八大家"之一。苏轼善书，"宋四家"之一；擅长文人画，尤擅墨竹、怪石、枯木等。作品有《东坡七集》《东坡易传》《东坡乐府》《潇湘竹石图卷》《古木怪石图卷》等。

译文

西塞山江边白鹭在飞翔，散花洲外江上片片白帆船在轻轻地飘动。桃花水汛期鳜鱼长得肥胖。

自有遮护全身的青竹壳斗笠，与斗笠相伴的还有绿蓑衣。斜风夹杂着细雨，过着乐而忘归的渔翁生活。

赏析

上片写黄州、黄石一带山光水色和田园风味。三幅画面组缀成色彩斑斓的乡村长卷。"西塞山"配上"白鹭飞"，"桃花流水"配上"鳜鱼肥"，"散花洲"配上"片帆微"。这就是从船行的角度自右至左依次排列为山—水—洲的画卷。静中有动，动中有静。青、蓝、绿配上白、白、白，即青山、蓝水、绿洲配上白鹭、白鱼、白帆，构成一种素雅恬淡的田园生活图，这是长江中游黄州、黄石一带特有的田园春光。

下片效法张志和，追求“扁舟草履，放浪山水间，与渔樵杂处”（《答李端叔书》）的超然自由的隐士生活。“自庇一身青箬笠，相随到处绿蓑衣”，勾画出了一个典型的渔翁形象。“斜风细雨不须归”，描绘着“一蓑烟雨任平生”乐而忘归的田园生活情调。下片还是采用“青”（箬笠）、“绿”（蓑衣）与“白”（雨）的色调相配，烘托出了苏轼此时的淡泊明志、宁静致远。

全词虽属隳括词，但写出了新意。所表现的不是一般自然景物，而是黄州、黄石特有的自然风光。所表现的不是一般的隐士生活情调，而是属于苏轼此时此地特有的幽居生活乐趣。全词的辞句与韵律十分和谐，演唱起来，声情并茂，富有音乐感。

浣溪沙·软草平莎①过雨新·并序

【宋】苏轼

徐州石潭谢雨，道上作五首。潭在城东二十里，常与泗水增减清浊相应。

软草平莎过雨新，轻沙走马路无尘。何时收拾耦耕②身？

日暖桑麻光似泼③，风来蒿艾④气如薰⑤。使君元是⑥此中人。

注释

①莎：莎草，多年生草木，长于原野沙地。
②耦耕：两人各持一耜（sì，古时农具）并肩而耕。
③泼：泼水。形容雨后的桑麻，在日照下光泽明亮，犹如水泼其上。

④蒿（hāo）艾（ài）：两种草名。
⑤薰：香草名。
⑥元是：原是。我原是农夫中的一员。

译文

徐州的石潭举行谢雨仪式，我在道上作了五首诗。水潭在城东二十里外，它的状态与泗水水位的增减、水质的清澈混浊相关。

柔软的青草和长得齐刷刷的莎草经过雨洗后，显得碧绿清新；在雨后薄薄的沙土路上骑马不会扬起灰尘。不知何时才能抽身归田呢？

春日的照耀之下，田野中的桑麻欣欣向荣，闪烁着犹如被水泼过一样的光辉；一阵暖风挟带着蒿草、艾草的熏香扑鼻而来，沁人心肺。我虽身为使君，却不忘自己实是农夫出身。

赏析

此词是作者徐州谢雨词的最后一首，写词人巡视归来时的感想。词中表现了词人热爱农村，关心民生，与老百姓休戚与共的作风。作为以乡村生活为题材的作品，这首词词风朴实，格调清新，完全突破了“词为艳科”的藩篱，为有宋一代词风的变化和乡村词的发展做出了贡献。

上片首二句“软草平莎过雨新，轻沙走马路无尘”，不仅写出“草”之“软”、“沙”之“轻”，而且写出作者在这种清新宜人的环境之中舒适轻松的感受。久旱逢雨，如沐甘霖，经雨之后的道上，“软草平莎”，油绿水灵，格外清新；路面上，一层薄沙，经雨之后，净而无尘，纵马驰骋，自是十分惬意。

下片“日暖桑麻光似泼，风来蒿艾气如薰”二句，承上接转，将意境宕开，从道上写到田野里的蓬勃景象。在春日的照耀之下，桑麻欣欣向荣，闪烁着诱人的绿光；一阵暖风，挟带着蒿艾的熏香扑鼻而来，沁人心肺。这两句对仗工整，且妙用点染之法。上写日照桑麻之景，先用画笔一“点”；“光似泼”则用大笔涂抹，尽力渲染，将春日雨过天晴后田野中的蓬勃景象渲染得淋漓尽致；下句亦用点染之法，先点明“风来蒿艾”之景，再渲染其香气“如薰”。“光似泼”用实笔，“气如薰”用虚写。虚实相间，有色有香，并生妙趣。“使君元是此中人”这句，画龙点睛，为升华之笔。它既道出了作者“收拾耦耕身”的思想本源，又将作者对农村田园生活的热爱之情更进一步深化。

作者身为“使君 ”，却能不忘他“元是此中人”，且乐于如此，确实难能可贵。

这首词结构既不同于前四首，也与一般同类词的结构不同。前四首《浣溪沙》词全是写景叙事，并不直接抒情、议论，而是于字行之间蕴蓄着作者的喜悦之情。这首用写景和抒情互相错综层递的形式来写。

东 坡

【宋】苏轼

雨洗东坡月色清，
市人行尽野人①行。
莫嫌荦确②坡头路，
自爱铿然③曳杖声。

注释

①野人：泛指村野之人；农夫。

②荦确：怪石嶙峋貌，或者坚硬貌。

③铿然：声音响亮貌。

译文

雨点纷落，把东坡洗得格外干净，月亮的光辉也变得清澈。城里的人早已离开，此处只有山野中人闲游散步。

千万别去嫌弃这些坎坷的坡路不如城里平坦，我，就是喜欢这样拄着拐杖铿然的声音。

赏析

东坡是一个地名，在当时黄州州治黄冈（今属湖北）城东。它并不是什么风景胜地，但对作者来说，却是灌注了辛勤劳动、结下深厚感情的一个生活天地。宋神宗元丰初年，作者被贬官到黄州，弃置闲散，生活很困窘。老朋友马正卿看不过眼，给他从郡里申请下来一片撂荒的旧营地，苏轼加以整治，躬耕其中，这就是东坡。诗人在此不只经营禾稼果木，还筑起居室——雪堂，亲自写了“东坡雪堂”四个大字，并自称东坡居士了。所以，他对这里是倾注着爱的。

诗一开始便把东坡置于一片清景之中。僻冈幽坡，一天月色，已是可人，又加以雨后的皎洁月光，透过无尘的碧空，敷洒在澡雪一新、珠水晶莹的万物上，这是何等澄明的境界！确实当得起一个“清”字。谢灵运写雨后丛林之象说：“密林含余清”。诗人的用字直可追步大谢。

诗人偏偏拈出夜景来写，不是无谓的。这个境界非“市人”所能享有。“日中为市”，市人为财利驱迫，只能在炎日嚣尘中奔波。唯有“野人”，脱离市集、置身名利圈外而躬耕的诗人，才有余裕独享这胜境。唯幽人才有雅事，所以“市人行尽野人行”。这读来极其自然平淡的一句诗，使我们不禁从“市人”身上嗅到一股奔走闹市嚣尘的喧闹气息，又从“野人”身上感受到一股幽人守志僻处而自足于怀的味道，而那自得、自矜之意，尽在不言中。诗人在另一首诗里说：“也知造物有深意，故遣佳人在空谷。”那虽是咏定惠院海棠的，实际是借海棠自咏身世，正好帮助我们理解这句诗所包含的意境。

那么，在这个诗人独有的天地里，难道就没有一点缺憾吗？有的。那大石丛错、凸凹不平的坡头路，就够磨难人的了。然而有什么了不起呢？将拐杖着实地点在上面，铿然一声，便支撑起矫健的步伐，更加精神抖擞地前进了。没有艰险，哪里来征服的欢欣！没有“荦确坡头路”，哪有“铿然曳杖声”！一个“莫嫌”，一个“自爱”，那以险为乐、视险如夷的豪迈精神，都在这一反一正的强烈感情对比中凸现出来了。这“荦确坡头路”不就是作者脚下坎坷的仕途么？作者对待仕途挫折，从来就是抱着这种开朗乐观、意气昂扬的态度，绝不气馁颓丧。这种精神是能够给人以鼓舞和力量的。小诗所以感人，正由于诗人将这种可贵的精神与客观风物交融为一，构成浑然一体的境界；句句均是言景，又无句不是言情，寓情于景，托意深远，耐人咀嚼。同一时期，作者有《定风波》词写在风雨中的神态：“莫听穿林打叶声，何妨吟啸且徐行。竹杖芒鞋轻胜马，谁怕？一蓑烟雨任平生。”与此诗可谓异曲同工，拿来对照一读，颇为有趣。

出　郊

【明】杨慎

高田①如楼梯，
平田如棋局②。
白鹭③忽飞来，
点破秧针④绿。

注释

①高田：沿着山坡开辟的田畦，又叫梯田。
②棋局：象棋盘。
③鹭：一种长颈尖嘴的水鸟，常在河湖边、水田、沼泽地捕食鱼虾。
④秧针：水稻始生的秧苗。

作者名片

杨慎（1488—1559）字用修，号升庵，后因流放滇南，故自称博南山人、金马碧鸡老兵。明代文学家，明代三大才子之首。杨廷和之子，汉族，四川新都（今成都市新都区）人，祖籍庐陵。正德六年状元，官翰林院修撰，豫修武宗实录。武宗微行出居庸关，上疏抗谏。世宗继位，任经筵讲官。嘉靖三年，因“大礼议”受廷杖，谪戍终老于云南永昌卫。终明一世记诵之博，著述之富，慎可推为第一。其诗虽不专主盛唐，仍有拟右倾向。贬谪以后，特多感愤。又能文、词及散曲，论古考证之作范围颇广，著作达百余种。后人辑为《升庵集》。

译文

山坡上的畦田就像楼梯一样，上下平地上的畦田就像棋盘。

忽然白鹭飞到水稻田中来，在一片绿色的秧苗上点上了白点。

赏析

此诗通过诗人的视角，勾勒描绘了南方山乡水田的优美富庶，诗中有画，静中有动，最后一句尤为点睛之笔，将春日郊外的田畴景色写得秀丽如画，美不胜收。

“高田如楼梯，平田如棋局。”二句写水田的形态，喻之以楼梯、棋盘，都属整饬之美，写出了高田和平田的壮观，高田系仰视所见，层层如楼梯；平田系俯视所见，纵横如棋盘。田畦井井有条，秧苗长势喜人，通过诗人视角和所处位置的变化，描写了不同方位田野的景色。

“白鹭忽飞来，点破秧针绿。”两句写一片绿油油的秧田，忽飞来了白鹭，让秧田添上活气与亮色，让静谧的画面带有动态。诗人化用“万绿丛中一点红”的诗意，写出“万绿苗中一点白”的奇观。末句是画龙点睛之笔，诗眼在“点破”二字。

从艺术表现手法来看，此诗看似信手拈来，其实独具匠心。全诗以郊外踏青者的目光为描写的触角，先由仰视和俯视描绘了从远处到近处的秧苗所染出来的浓浓的春色，从而凸现了南方水乡水田的静态春光。紧接着，目光随突然掠来的白鹭而转移，在被“点破”的“秧针绿”的特写镜头上定格，由静而动，再配之以色彩的强烈对比，鹭之白与秧之绿使得戛然而止的诗篇更富有自然的情趣。

这首小诗写的是春日郊外水田的景色，勾画了南方山乡春天田野的秀丽景色，诗中有画，静中有动，全诗用极其浅显而流畅的语言，捕捉了西南山乡水田的典型春色意象。在一坡坡修整得非常精致的梯田旁，有一片片棋盘般的平整水田，犹如一望无际的绿色地毯。偶尔有白鹭飞来止息，点破如针芒般的绿色秧田，留下洁白的身影。

竹枝词九首·其九

【唐】刘禹锡

山上层层桃李花，
云间烟火是人家①。
银钏金钗②来负水，
长刀短笠去烧畬③。

注释

①人家：住户。
②金钗：妇女插于发髻的金制首饰，由两股合成。借指妇女。
③烧畬（shē）：指的是烧荒种田。

作者名片

刘禹锡（772—842），字梦得，汉族，彭城（今徐州）人，祖籍洛阳，唐朝文学家，哲学家。自称是汉中山靖王后裔，曾任监察御史，是王叔文政治改革集团的一员。唐代中晚期著名诗人，有“诗豪”之称。他的家庭是一个世代以儒学相传的书香门第。政治上主张革新，后来永贞革新失败被贬为朗州司马（今湖南常德）。据湖南常德历史学家、收藏家周新国先生考证刘禹锡被贬为朗州司马期间写了著名的“汉寿城春望”。

译文

山上开放的桃花、梨花层层叠叠、布满山野，遥望山顶，在花木掩映之中，升起了袅袅的炊烟，那一定是村民聚居之处。

戴着银钏金钗的妇女们到山下担水准备做饭，挎着长刀、戴着短笠的男子到山上去放火烧荒，准备播种。

赏析

这是组诗《竹枝词九首》的最后一首。这首诗是一幅巴东山区人民生活的风俗画。它不是一般的模山范水，不是着力于表现山水的容态精神，而是从中发掘出一种比自然美更为可贵的劳动的美，创造力的美。

“山上层层桃李花，云间烟火是人家。”开头用一个“山”字领起，一下子把诗人面对春山、观赏山景的形象勾画出来了。俗谚说：“桃花开，李花败。”一般是李花先开，桃花后开。现在桃花、李花同时盛开，这是山地气候不齐所特有的景象。“层层”状桃李花的繁茂与普遍。此山彼山，触处皆是。那种色彩绚烂、满山飘香的景象可以想见。次句由景及人。“云间”形容山顶之高。诗人遥望山顶，在花木掩映之中，升起了袅袅的炊烟。他推断，这一定是村民聚居之处。“是人家”三字是诗人注意力的归着点。“是”字下得醒豁，表明诗人探寻的目光越过满山的桃李，透过山顶的云雾，终于找到了绣出这满山春色的主人的所在，美是由人创造的。山美、花木美，都来自山村居民的劳动之美。以下即转为富有地方色彩的山村居民的劳动场景的描画。

“银钏金钗来负水，长刀短笠去烧畲。”两句写山村居民热气腾腾的劳动生活。挎着长刀、戴着短笠的男人们根据传统的办法前去放火烧荒，准备播种；戴着饰物的青年妇女们下山担水，准备做饭。在这里，作者运用了两种修辞手法。一、借代。用“银钏金钗”借代青年妇女，用“长刀短笠”借代壮年男子，正好捕捉了山民男女形象的特征，具有浓厚的地方色彩。二、对仗。不仅上下两句相对，而且还采用了句中自为对（即当句对）的办法，把语言锤打得十分凝练。

全诗短短四句，每句一景，犹如四幅图画。孤立起来看，有其相对的独立性；合起来看，恰好构成一个完满的艺术整体。由满山的桃李花引出山村人家，又由山村人家引出劳动男女戮力春耕的情景，全诗至此戛然而止，而把妇女们负水对歌、烧畲时火光烛天以及秋后满山金黄等情景统统留给读者去想象，画面的转接与安排极有理致。诗中没有直接发出赞美，但那种与劳动生活的旋律十分合拍的轻快的节奏，那种着力描绘创造力之美的艺术构思，都隐隐透露出诗人欣喜愉快的心情和对劳动生活的赞叹。刘禹锡贬谪巴山楚水之时，接近了人民，南国的风土人情，激荡了他的诗情，丰富和提高了他的艺术情趣，使他在美的探索中扩大了视野，在审美鉴赏力和表现力方面，都有了新的突破。

南乡子①·秋暮村居

【清】纳兰性德

红叶满寒溪②，一路空山万木齐③。试上小楼极目望，高低。一片烟笼十里陂④。

吠犬杂鸣鸡，灯火荧荧⑤归路迷。乍逐横山时近远，东西。家在寒林⑥独掩扉⑦。

注释

①南乡子：词牌名，原为唐教坊曲。分单调、双调两体：单调二十七字，两平韵、两仄韵；双调五十六字，上下片各四平韵，亦有五十八字或五十四字。
②寒溪：寒冷的溪流。
③齐：一致。这里意即秋天到了，万木都笼罩在一片肃杀的气氛中。
④陂（bēi）：池塘、湖泊。

⑤荧（yíng）荧：灯光闪烁的样子。唐杜牧《阿房宫赋》：“明星荧荧，开妆镜也。”
⑥寒林：秋冬的林木。
⑦扉（fēi）：门。

作者名片

纳兰性德（1655—1685），满洲人，字容若，号楞伽山人，清代最著名词人之一。“纳兰词”在清代以至整个中国词坛上都享有很高的声誉，在中国文学史上也占有光彩夺目的一席。他生活于满汉融合时期，其贵族家庭兴衰具有关联于王朝国事的典型性。虽侍从帝王，却向往经历平淡。特殊的生活环境背景，加之个人的超逸才华，使其诗词创作呈现出独特的个性和鲜明的艺术风格。流传至今的《木兰花令·拟古决绝词》——“人生若只如初见，何事秋风悲画扇？等闲变却故人心，却道故人心易变。”富于意境，是其众多代表作之一。

译文

寒冷的溪上飘满红色落叶，一路上山林寂静无人，万木都笼罩在一片肃杀的气氛中。试着登上小楼极目远眺，群山高低连绵。一片烟雾笼罩着数十里湖泊。

狗吠声中夹杂着鸡鸣，灯光闪烁，找不到回去的路。沿着横亘之山而行，忽远忽近，时东时西。家掩映在秋冬的林木深处，正孤独地关着门儿。

赏析

全词以轻灵浑朴的笔调描绘出秋日山村之暮景，处处洋溢着词人那跃动的欣喜和向往。全词景象由远及近，层次分明，动静相间，有声有色。其中洋溢着诗人陶然欣喜的情致，这在纳兰词中是少见的。尤其那点睛一般的双音节词语的巧妙运用更是让全篇风景霎时有了层次。于是一幅极具透视效果的风景画跃然纸上。

该词先叙去“村居”的路上所见：“红叶满寒溪，一路空山万木齐。”这也是《秋暮村居》的第一个画面：它由“红叶”“寒溪”“空山”和“万木”构成。接下来是《秋暮村居》的第二个画面，第二个画面形成了三个小层次：

“一片烟笼十里陂。”这里“陂”是一个关键词。对这个词，注释者都解释为：“池塘”，或者是“积水，指池塘湖泊”。其实，这一句“望”的是远处，又是在“烟笼”的情境下“望”的，所以眼中的景象不是很分明：有池塘，有水边或者水岸，有山坡或者斜坡。这画面虽然很淡很淡，味道却是很浓很浓，同时也为下一个层次的推出，提供了极佳的背景。

“吠犬杂鸣鸡，灯火荧荧归路迷。”这一句整合了陶渊明的“狗吠深巷中，鸡鸣桑树颠”两句。其中，“吠”“鸣”声把词人从远处拉到了眼前：狗叫声和鸡叫声此起彼伏或者同时并发。但是这“鸡鸣狗吠”（或“鸡犬相闻”），并不是这种现实情状，词人可能更把它当作一种情趣的寄托，一种精神的追求。

“乍逐横山时近远，东西。家在寒林独掩扉。”在“相低昂”而悠悠的“钟梵”声里，目光又投向了“村居”的远山，可能由于那“一片烟”，也可能是视觉的灵动或者思绪的变幻，横着的远山竟然时而“近远”延缩，时而“东西”变换，可是那“在寒林”的人家，柴扉“独掩”，并没有随着远山的变幻而变换。这“东西”是“东方与西方”和“东边与西边”的空间方位，这个远山变幻而柴扉“独掩”层面的画意，令读者明白词人需要的就是“独掩”的与世隔绝那份淡定。

把第二个画面细分为三个层面来抒写，来解读，这是为了抒写、解读的方便，其实这三个层面是有内在的逻辑性的：有次第展开的景随望而布的客观性，情感随景的变换而变幻的主观性，情景交融，浑然一体。第一个画面的情感基调是萧瑟、忧愁，而第二个画面则是淡雅、欣赏。这样是为了表达得别致而独特：要去“秋暮村居”就是为了闲适，路上所见却非如愿，是那么的萧瑟、忧愁，这是一变；登楼所望则由迷蒙开始，这是顺承，接着核心的“秋暮村居”图，终于得到了“吠犬杂鸣鸡”的陶式闲适，满足了预期的意愿，这是二变；再是从变幻的远山到柴扉“独掩”，这是第三变。

稻 田

【唐】韦庄

绿波春浪满前陂①，
极目连云②䆉稏③肥。
更被鹭鹚千点雪④，
破烟⑤来入画屏⑥飞。

注释

①前陂（bēi）：前面的池塘。
②连云：一望无际好像同云相连。
③䆉（bà）稏（yà）：水稻的别称。
④千点雪：白色鹭鹚落入绿色水田中，如同千点雪花一样。
⑤破烟：穿过烟云。
⑥画屏：把前面的景象当成一幅画屏。

作者名片

韦庄（约836—约910），字端己，汉族，长安杜陵（今陕西省西安市附近）人，晚唐诗人、词人，五代时前蜀宰相。文昌右相韦待价七世孙、苏州刺史韦应物四世孙。韦庄工诗，与温庭筠同为“花间派”代表作家，并称“温韦”。所著长诗《秦妇吟》反映战乱中妇女的不幸遭遇，在当时颇负盛名，与《孔雀东南飞》《木兰诗》并称“乐府三绝”。有《浣花集》十卷，后人又辑其词作为《浣花词》。《全唐诗》录其诗三百一十六首。

译文

碧绿的池水涟漪满前陂，极目远望无边的稻田肥。

更有那白鹭千点观不尽，穿过云烟来向这画中飞。

赏析

《稻田》这首诗所描绘的江南水田风光，就从一个侧面间接地展示了创作背景所述的社会现实，间接地表现了诗人生活在这一环境中的愉悦之情。

这是一首写景小诗。写景诗为人称道的是“诗中有画”，即用语言的勾勒描绘把周围的景物如画一般的状态呈现出来，这首诗即达到了这样的艺术效果。这是一幅极其优美恬淡的水田风光图。这幅画的近景是满是绿波春浪的池塘和一望无边的肥美的稻田；远景是蓝天、烟云和点点如雪的白鹭，还有那似有若无的蒙蒙水气。这些景物浓淡相间，疏密得体，相映成趣。池中的绿水和周围稻田，通过“极目”二字联系起来，使得画面无比开阔。这是多么美丽的景色，作者置身此间，是何等心旷神怡。同时，诗人又把眼前池塘和天上的白鹭，通过一个“飞”字巧妙地联起来。这样，就使得近景和远景交织成章，连成一片，使地面空间浑然一体。在这幅图画中除了静态的描写外，还描写了划破静寂的动态。前边说的清水池塘，连天的稻田，是静态描写，而诗人又将如同“千点雪”的白鹭摄入画面，用一个“飞”字突然使这个画面活跃起来，更显得生机盎然。不仅富有绘画美，而且《稻田》还具有绚丽的色彩美。在这幅艺术画面上，“绿”浪碧波相迭，蓝天“白”鹭相映，彩云画屏色彩斑斓，堪称佳作。

这样，诗的意境便更加深邃而耐人寻味了。总之，这首诗勾勒了一幅优美的水田风光的图画。其中有近景，有远景，有静态，有动态。诗人把这些巧妙地组成一个和谐的整体，并通过短短的四句小诗描绘出来，语言精练，构思巧妙。

新　凉①

【宋】徐玑

水满田畴②稻叶齐，
日光穿树晓烟低。
黄莺也爱新凉好，
飞过青山影里啼。

注释

①新凉：指初秋凉爽的天气。
②田畴：耕熟的田地。泛指田地。

作者名片

徐玑（1162—1214）字致中，又字文渊，号灵渊，浙江温州永嘉松台里人，祖籍福建晋江安海涂状元巷，唐状元徐晦之裔。“皇考潮州太守定，始为温州永嘉人”。福建晋江徐定第三子，受父“致仕恩”得职，浮沉州县，为官清正，守法不阿，为民办过有益之事。“诗与徐照如出一手，盖四灵同一机轴，而二人才分尤相近”（纪昀《四库全书总目录》）有《二激亭诗集》。亦喜书法，“无一食去纸笔；暮年，书稍近《兰亭》”（叶适《徐文渊墓志铭》）后改长泰令，未至官即去世。

译文

一望无际的稻田里，水波微漾，整齐的稻子如刀削一般。清晨的阳光穿过树叶，投影在地上，晨雾在树间缭绕。

黄莺也喜欢早晨的清凉时光，在青山的影子里欢快地啼鸣。

赏析

这是一首清新、明快的田园小诗，虽无深意，却具恬适、自然的情致。

“凉”是一种“心境”，很不好表现，所以，必须采用以“物境”来表达“心境”的手法。通俗一点说，就是化无形为有形，构成诗中的“图画”，以渲染气氛。诗人用白描的手法勾勒出三幅小画面，第一幅是稻田，从它灌满了水和长得绿油油、齐整整的稻叶中透出凉意。第二幅是树丛，“晓”字自含凉意，低压的雾气也自含凉意，“日”本有热意，因其初升，故也“沧沧凉凉”，何况其穿树而来。第三幅是飞莺，黄莺儿越过田野，飞向晨雾迷蒙的山阴，纳凉去了，诗人的心中仿佛也顿生凉意。把这三幅小画面合起来，便构成了一幅清新、明快的田园山水大图画。

由此，“新凉”这一心境，也就从这大图画中的每一个组成部分里渗透出来。而那黄莺的啼鸣，又为这幅大图画添上画外音，呼唤诗人投身其中，共纳新凉。诗人悠然自得的心情，一吟即出。

过山农家①

【唐】顾况

板桥人渡泉声，

茅檐日午鸡鸣。

莫嗔焙茶②烟暗，

却喜晒谷天晴。

注释

①过山农家：一本题为“山家”，说为张继所作。过：拜访，访问。

②嗔：嫌怨。焙茶：用微火烘烤茶叶，使返潮的茶叶去掉水分。焙：用微火烘。

作者名片

顾况（生卒年不详），字逋翁，号华阳真逸（一说华阳真隐）。晚年自号悲翁，汉族，唐朝海盐（今在浙江海宁境内）人。唐代诗人、画家、鉴赏家。他一生官位不高，曾任著作郎，因作诗嘲讽得罪权贵，贬饶州司户参军。晚年隐居茅山，有《华阳集》行世。

译文

走在板桥上，只听桥下泉水叮咚；来到农家门前，刚好日过正午，茅草房前公鸡啼鸣。

不要嫌怨烘茶时冒出青烟，应当庆幸晒谷正逢晴天。

赏析

这是一首访问山农的纪行六言绝句。全诗二十四字，作者按照走访的顺序，依次摄取了山行途中、到达农舍、参观焙茶和晒谷的四个镜头，层次清晰地再现了饶有兴味的访问经历。作者绘声绘色，由物及人，传神入微地表现了江南山乡焙茶晒谷的劳动场景，以及山农爽直的性格和淳朴的感情。格调明朗，节奏轻快，具有独特的艺术风格。

首句“板桥人渡泉声”，截取了行途中的一景。当作者走过横跨山溪的木板桥时，有淙淙的泉声伴随着他。句中并没有出现“山”字，只写了与山景相关的“板桥”与“泉声”，便颇有气氛地烘托出了山行的环境。“人渡泉声”，看似无理，却真切地表达了人渡板桥时满耳泉声淙淙的独特感受。“泉声”的“声”字，写活了泉水，反衬出山间的幽静。这一句写出农家附近的环境，暗点“过”字。“人渡”的“人”，实即诗人自己，写来却似画外观己，抒情的主体好像融入客体，成为景物的一部分了。短短一句，使人如临其境，如闻其声，仿佛分享到作者步入幽境时那种心旷神怡之情。

从首句到次句，有一个时间和空间的跳跃。“茅檐日午鸡鸣”，是作者穿山跨坡来到农家门前的情景。鸡鸣并不新奇，但安排在这句诗中，却使深山中的农舍顿时充满喧闹的世间情味和浓郁的生活气息。茅檐陋舍，乃“山农家”本色；日午鸡鸣，仿佛是打破山村沉静的，却更透出了山村农家特有的悠然宁静。这句中的六个字，依次构成三组情事，与首句中按同样方式构成的三组情事相对，表现出六言诗体的特点。在音节上，又正好构成两字一顿的三个“音步”。由于采用这种句子结构和下平声八庚韵的韵脚，读起来特别富于节奏感，而且音节响亮。

“莫嗔焙茶烟暗，却喜晒谷天晴。”这两句是诗人到了山农家后，正忙于劳作的主人对他讲的表示歉意的话。诗人到山农家的前几天，这里连日阴雨，茶叶有些返潮，割下的谷子也无法曝晒；来的这天，雨后初晴，全家正忙着趁晴焙茶、晒谷。屋子里因为焙茶烧柴充满烟雾，屋外晒场上的谷子又时时需要翻晒。因此好客的主人由衷地感到歉意。

山农的话不仅神情口吻毕肖，而且生动地表现了山农的朴实、好客和雨后初晴之际农家的繁忙与喜悦。如此本色的语言，质朴的人物，与前面所描绘的清幽环境和谐统一，呈现出一种朴素、真淳的生活美。而首句“泉声”暗示雨后，次句“鸡鸣”逗引天晴，更使前后句贯通密合，浑然一体。通过“板桥”“泉声”表现了“山”：既有板桥，下必有溪；溪流有声，其为山溪无疑。

前两句从环境着笔，点出人物，而第三句是从人物着笔，带出环境。笔法的改变是为了突出山农的形象，作者在“焙茶烟暗”之前，加上“莫嗔”二字，便在展现劳动场景的同时，写出了山农的感情。从山农请客人不要责怪被烟熏的口吻中，反映了他的爽直性格和劳动者的本色。“莫嗔”二字，入情入理而又富有情韵。继“莫嗔”之后，第四句又用“却喜”二字再一次表现了山农感情的淳朴和性格的爽朗，深化了对山农形象的刻画，也为全诗的明朗色调增添了鲜明的一笔。

顾况的这首六言绝句虽也采取对起对结格式，但由于纯用朴素自然的语言进行白描，前后句式又有变化，读来丝毫不感单调、板滞，而是显得相当轻快自然、清新朴素，诗的风格和内容呈现出一种高度的和谐美。

沁园春·再到期思卜筑①

【宋】辛弃疾

一水西来，千丈晴虹，十里翠屏。喜草堂经岁②，重来杜老，斜川[3]好景，不负[4]渊明。老鹤高飞，一枝投宿，长笑蜗牛戴屋行[5]。平章[6]了，待十分佳处，著[7]个茅亭。

青山意气峥嵘[8]。似为我归来妩媚[9]生。解频[10]教花鸟，前歌后舞，更催云水，暮送朝迎。酒圣诗豪，可能无势，我乃而今驾驭卿[11]。清溪上，被山灵[12]却笑，白发归耕。

注释

①卜筑：选地盖房。卜：占卜。古人盖新居有请卜者看地形，相风水以定宅地的习俗，也称卜宅、卜居。
②经岁：一年后，此泛言若干年后。
③斜川：在今江西省都昌县，为风景优美之地。陶渊明居浔阳柴桑时，曾作《斜川诗》。诗前有小序略记其与邻居同游斜川的情景。辛词以斜川比期思。
④不负：不辜负
⑤蜗牛戴屋行：蜗牛是一种很小的软体动物，背有硬壳，呈螺旋形，似圆形之屋。爬动时如戴屋而行。
⑥平章：筹划，品评。
⑦著：此作建造讲。
⑧峥嵘：高峻不凡貌。
⑨妩媚：此处形容青山秀丽。
⑩解：领会、理解。频：屡屡不断。
⑪酒圣诗豪：指酷爱诗酒的人。乃：却。驾驭：主宰，统率。卿："你"的美称，此指大自然。
⑫山灵：山神。

作者名片

辛弃疾（1140—1207），原字坦夫，改字幼安，别号稼轩，汉族，历城（今山东济南）人。南宋词人。出生时，中原已为金兵所占。21岁参加抗金义军，不久归南宋。历任湖北、江西、湖南、福建、浙东安抚使等职。一生力主抗金。曾上《美芹十论》与《九议》，条陈战守之策。其词抒写力图恢复国家统一的爱国热情，倾诉壮志难酬的悲愤，对当时执政者的屈辱求和颇多谴责，也有不少吟咏祖国河山的作品。题材广阔又善化用前人典故入词，风格沉雄豪迈又不乏细腻柔媚之处。由于辛弃疾的抗金主张与当政的主和派政见不合，后被弹劾落职，退隐江西带湖。

译文

一条溪水从西面来，晴空万里映射出千丈长虹，十里的青山像翠绿的屏风，迤逦蜿蜒。叫人喜欢的是：草堂经过一年的修建已经好了。我像杜甫二次来到草堂。这里的风光像斜川那么美丽，总算没有辜负热爱山水的陶渊明。我像老鹤高飞天空，有一条可以栖息的树枝就满足了。我常笑一些人像蜗牛似的戴着屋到处爬行。对期思这个地方的建筑，我都规划和评论过了，待我找一个十分美好的地方，盖上小茅草亭子。

挺拔险峻的青山，气势磅礴，一片生机，像是为了欢迎我回来，表现出妩媚可爱的姿态。为解除忧愁，调教花鸟在我的前后唱歌跳舞，更能催令云和水暮送朝迎我来这里游玩。我是喝酒的圣人，吟诗的豪杰，但不是官员，我可能已经失去了权势，但我告诉花、鸟、云、水，我仍然可以统率你们。我站在清清的溪水上面，却被山神看见了，它嘲笑我，说我的头发白了，已经是罢职回家种田的人了。

赏析

这首词将作者重回田园，见到秀美的田园风光时的欣喜之情，借期思卜筑的所见表达得妙趣横生，同时也隐含着几许感慨之意。

词的上片，描绘期思秀美的山水风光，表明作者要在此地选地造屋的意图。起韵总揽期思山水，看见在翠色屏风般围绕的万山中，一条水从西边流出，在山间形成巨大的瀑布，宛如千丈白虹，从晴天垂下。此处“翠屏”写山，表现出山的秀丽，“千丈晴虹”形容瀑布，化动为静，化力为美。而在美中依然有足够的气势。把期思这个小山村的地理环境形容得雄奇秀逸，流露出作者的不胜欣喜之情。接韵以一“喜”字，领起一个参差对仗的“扇面对”，直接点明自己的喜欢。作者借杜甫经乱之后得以重回他所心爱的成都草堂的喜悦，和陶渊明隐居柴桑时对斜川的赞美，来表明自己类似的心情。从中看不出作者被罢官的失意，说明作者与上次被罢免的心态不同，对于官场这块“鸡肋”似乎已经无所留恋。“老鹤高飞，一枝投宿，长笑蜗牛戴屋行”，以带有浓郁感情色彩的议论，表明自己志同老鹤，随遇而安，栖身一枝，即可逍遥的旷达的人生态度，并以那戴屋而行、为物所累的蜗牛做对比，显示出不肯卸下物质重担者的愚蠢。这一句是承接上文描绘期思的美和欣喜而来，同时又为下文“卜筑”于此做了铺垫。最后一句正面点出卜筑的意思。

下片以拟人手法，叙写作者寄情山水的乐趣。写得融情入景，意象灵动而笔力遒劲。接下来两句，遥接开始的“十里翠屏”一句，总写青山对自己归来的欢迎。作者赋予青山以人的性格和感情，说这高峻的青山，本来是意气峥嵘，颇不趋俗的，现在为了欢迎自己回来，竟然显出一副妩媚的样子。以下用一个“解”字，领起一个扇面对，专写青山的妩媚。说青山懂得驱使花鸟云水，对作者频频前歌后舞，暮送朝迎，殷勤、盛情之状可掬，足以令自己乐而忘忧。这里用笔灵活，意态妩媚，本来作者自己喜欢这山中风光，见到花歌鸟舞、云水来去十分欢欣，可是偏翻转来说，从青山的角度来描写。下句顺势写作者对此佳山好水的逢迎，感到心旷神怡，并油然升起了驾驭它的豪情。词人说：作为一个酒圣诗豪，怎么能够没有“权势”呢？既然你这青山对我如此有情，我于是从今天开始要驾驭你了。在这里，作者以酒圣诗豪自居，以主宰山水自许，表现出他的豪迈。然而，作者以山水主人自命，也隐含着无所事事，一腔才情只落得驾驭山水的悲凉。结尾由前文的兴高采烈，转入托笑山灵的自嘲，嘲笑自己一事无成，白发归耕的失意。前文明快喜悦的调子，产生了一个出人意料的跌宕，暗示出作者受挫失意的心情。

全词即兴抒怀，指点山河，妙用比喻和拟人手法，造出一个雄奇妩媚兼容的意境，风格旷放而豪迈。

春暮西园

【明】高启

绿池芳草满晴波①，
春色②都从雨里过。
知是人家花落尽，
菜畦③今日蝶来多。

注释

①晴波：阳光下的水波。
②春色：春天的景色。
③菜畦：指菜地。

作者名片

高启（1336—1373），字季迪，号槎轩，平江路（明改苏州府）长洲县（今江苏省苏州市）人。元末明初著名诗人，与杨基、张羽、徐贲被誉为“吴中四杰”，当时论者把他们比作“明初四杰”，又与王行等号“北郭十友”。洪武初，以荐参修《元史》，授翰林院国史编修官，受命教授诸王。擢户部右侍郎。苏州知府魏观在张士诚宫址改修府治，获罪被诛。高启曾为之作《上梁文》，有“龙蟠虎踞”四字，被疑为歌颂张士诚，连坐腰斩。有《高太史大全集》《凫藻集》等。

译文

在绿水盈盈、芳草萋萋的美景里，春天的美丽的光景仿佛快要从春雨中走过的样子。

而在这暮春时节里虽然农人家的花快要落尽了，但菜畦地里今天来的蝴蝶分外多。

赏析

这首《春暮西园》诗是“明初诗文三大家”之一、并有“明代诗人之冠”美誉的诗人高启的作品。此诗曾作为诗歌鉴赏题的材料出现在2011年普通高等学校招生全国统一考试湖南卷的语文试题中。

从诗题可以看出这是一首田园诗，写的是晚春时景。首句“绿池芳草满晴波”，“绿”“芳”，从视觉和嗅觉两个角度描绘了绿水盈盈、芳草萋萋的春天美景，“晴波”即阳光，“满”字形象地写出阳光洒满水池的景象。次句“春色都从雨里过”，点明春天的气候特点以及春色将尽的情景，从春天的多雨更衬托出阳光的可贵。

第三句“知是人家花落尽”，“花落尽”进一步说明已是暮春时节，“知”字表明“花落尽”是作者的推测，为虚写。末句“菜畦今日蝶来多”暗点西园，诗人不因春光逝去而感伤，而是描写“蝶来多”，写出尽管春尽，但仍充满生机和盎然情趣。

全诗语言清新自然，通畅流转，意象动静皆备，丰富唯美，写景状物虚实相生，形象地表现了作者对美好的田园生活的喜爱之情。

秋夜喜遇王处士①

【唐】王绩

北场芸藿②罢，
东皋③刈④黍归。
相逢秋月满，
更值夜萤飞。

注释

①处士：对有德才而不愿做官隐居民间的人的敬称。
②芸藿（huò）：锄豆。芸，通“耘”，指耕耘。藿，指豆叶。
③东皋（gāo）：房舍东边的田地。皋，水边高地。
④刈（yì）：割。

译文

在房屋北边的菜园锄豆完毕，又从东边田地里收割黄米归来。

在这月圆的秋夜，恰与老友王处士相遇，更有星星点点的秋萤穿梭飞舞。

作者名片

王绩（约590—644），字无功，号东皋子，绛州龙门（今山西河津）人。隋末举孝廉，除秘书正字。不乐在朝，辞疾，复授扬州六合丞。时天下大乱，弃官还故乡。唐武德中，诏以前朝官待诏门下省。贞观初，以疾罢归河渚间，躬耕东皋，自号“东皋子”。性简傲，嗜酒，能饮五斗，自作《五斗先生传》，撰《酒经》《酒谱》。其诗近而不浅，质而不俗，真率疏放，有旷怀高致，直追魏晋高风。律体滥觞于六朝，而成型于隋唐之际，无功实为先声。

赏析

作者王绩由隋入唐，诗风朴实自然，一洗齐梁华靡浮艳的旧习，在唐初诗上独树一帜。这首描写田园生活情趣小诗，质朴平淡中蕴含着丰富隽永诗情。颇能代表他艺术风格。

前两句写农事活动归来。北场、东皋不过泛说屋北场圃家东田野，并非实指地名。“东皋”暗用陶渊明《归去来兮辞》“登东皋以舒啸”诗句点明归隐躬耕身份。芸（通“耘”）藿就是锄豆，它和“刈黍”一样都是秋天农事活动。这两句平平叙述没有任何刻画渲染，平淡到几乎不见有诗。但这种随意平淡语调和舒缓从容节奏中透露出诗人对田园生活的习惯和一片萧散自得、悠闲自如的情趣。王绩归隐生活条件优裕。参加“芸藿”“刈黍”一类田间劳动，只是他田园生活一种轻松愉快的点缀。这种生活所造成心境和谐平衡，是下两句所描绘“秋夜喜遇”情景的背景与条件。

“相逢秋月满，更值夜萤飞。”带着日间田野劳动后的轻微疲乏和快意安恬，怀着对归隐田园生活欣然自适，两位乡居老朋友在宁静美好的秋夜不期而遇了。这一个满月之夜，整个村庄和田野笼罩在一片明月辉映之中，显得格外静谧、安闲、和谐。穿梭飞舞着星星点点秋萤，织成一幅幅变幻不定的图案。它们的出现，给这宁静安闲山村秋夜增添了流动意致和欣然生意，使它不致显得单调与冷寂。同时这局部流动变幻又反过来更衬出了整个秋夜山村宁静安恬。这里对两人的相遇场面没有作任何描写，也没有写一笔“喜”字，但透过这幅由溶溶明月、点点流萤所组成山村秋夜画图，借助于“相逢”“更值”这些感情色彩浓郁词语点染，诗人那种沉醉于眼前美好景色中快意微醺，那种心境与环境契合无间、舒适安恬以及共对如此良夜幽景，两位朋友别有会心微笑和得意忘言情景都已经鲜明地呈现于读者面前了。

以情驭景，以景托情，是这首诗突出的艺术特色。诗中选取“北场”“东皋”“秋月”“夜萤”这不同方位的四景对诗人逢友的兴奋心情进行点染，但每景又都饱含着诗人喜悦的情愫。前两句描绘在满载劳动的喜悦中与好友相逢的场景，有喜上加喜的意味蕴含其中。后两句写天公作美，友人得团聚，以喜庆之景来烘托遇友之喜，使诗歌境界弥漫着一种欢快的氛围。

王绩不少诗篇尽管流露出对封建礼教羁束不满却又往往表现出遗世独立、消极隐遁思想。他名篇《野望》同样不免有这种消极倾向。这首小诗虽写田园隐居生活，却表现了乡居秋夜特有的美以及对这种美的心领神会，色调明朗富于生活气息。他诗有真率自然、不假雕饰之长，但有时却过于率真质朴而乏余蕴。

这首诗则既保持朴素自然优点又融情入景，不经意地点染出富于含蕴意境。从田园诗发展上看，陶诗重写意，王维田园诗则着意创造情景交融的优美意境。王绩这首诗不妨看作王维田园诗先声。从诗中还可以看到陶诗影响，但它从整体上说，已经属于未来诗歌发展时代作品了。

观田家

【唐】韦应物

微雨众卉新，
一雷惊蛰[1]始。
田家几日闲，
耕种从此起。
丁壮俱在野，
场圃[2]亦就理。
归来景[3]常晏[4]，
饮犊[5]西涧水。
饥劬[6]不自苦，
膏泽[7]且为喜。
仓禀[8]无宿储[9]，
徭役[10]犹未已。
方惭不耕者[11]，
禄食[12]出闾里[13]。

注释

①惊蛰（zhé）：二十四节气之一。
②场圃（pǔ）：春天用来种菜、秋天打场的地方。
③景：日光。
④晏（yàn）：晚。
⑤犊（dú）：小牛。
⑥劬（qú）：过分劳苦。
⑦膏（gāo）泽：谓贵如油的春雨。
⑧禀（lǐn）：同“廪”。储存谷物的屋舍。
⑨宿储（sù chǔ）：隔夜之粮。
⑩徭役（yáo yì）：古时官府向人民摊派的无偿劳动。
⑪不耕（gēng）者：做官的人。
⑫禄食（lù shí）：俸禄。
⑬闾（lǘ）里：乡里，泛指民间。

作者名片

韦应物（737—792），汉族，长安（今陕西西安）人。唐代诗人。因出任过苏州刺史，世称“韦苏州”。诗风恬淡高远，

以善于写景和描写隐逸生活著称。今传有10卷本《韦江州集》、两卷本《韦苏州诗集》、10卷本《韦苏州集》。散文仅存一篇。

译文

一场微细的春雨百草充满生机，一声隆隆的春雷惊蛰节令来临。

种田人家一年能有几天空闲，田中劳作从惊蛰便开始忙碌起来。

年轻力壮的都去田野耕地，场院又改成菜地也整理出来了。

从田中归来常是太阳落山以后，还要牵上牛犊到西边山涧去饮水。

挨饿辛劳农夫们从不叫苦，一场贵如油的春雨降下就使他们充满了喜悦。

粮仓中早已没了往日的存粮，但官府的派差却还无尽无休。

看到农民这样，我这不耕者深感惭愧，我所得的俸禄可都出自这些种田百姓。

赏析

“微雨众卉新，一雷惊蛰始”，扣住诗题“田家”，从春雨春雷写起，点出春耕。“微雨”二字写春雨，用白描手法，没有细密地描绘“微雨”，而将重点放在“众卉新”三字上，既写出万木逢春雨的欣欣向荣，又表达了诗人的欣喜之情。“一雷惊蛰始”以民间传说“惊蛰”这天雷鸣而万虫惊动是春耕之始。

“田家几日闲，耕种从此起”，总写农家耕作。“几日闲”更是用反问句式道出了农民劳作的艰辛。

“丁壮俱在野，场圃亦就理。归来景常晏，饮犊西涧水。”具体写农夫终日忙碌不休的事情。写农忙，既是一年到头，又是从早到晚，可见时间之长；从空间来讲，也是十分广阔的，既有田地、场院、又有菜圃、涧水。另外“俱”字将农夫忙碌无一人轻闲点出，“就理”又写出农夫虽忙，但有条不紊，忙而不乱。这四句是白描手法，语言简明而无雕饰，自然平淡，极炼如不炼。

“饥劬不自苦，膏泽且为喜”，这二句写出了农民的勤劳朴实。

“仓廪无宿储，徭役犹未已”，在前面铺叙农忙之后，突然转笔写到农夫的无粮与徭役之苦，笔墨虽朴实，但同情之意流注其间，此二句可使读者纵观封建社会农夫被压迫之惨状。

“方惭不耕者，禄食出闾里”，是诗人以观感作结。讲食禄不耕者对衣食父母的农夫们的艰辛劳作而又饥寒情况惭然生愧。“方惭”二字既是对不劳者的谴责，也是诗人对自己宦游食禄生活的自责。

诗人在此诗中用通俗易懂的诗句描写了田家的劳碌和辛苦，表达了对其的同情，惭愧官吏的不劳而食。笔法朴实自然，不加渲染夸饰。

摸鱼儿·东皋寓居①

【宋】晁补之

买陂塘②、旋③栽杨柳，依稀④淮岸江浦。东皋嘉雨⑤新痕涨，沙觜⑥鹭来鸥聚。堪爱处最好是、一川夜月光流渚⑦。无人独舞。任翠幄⑧张天，柔茵藉⑨地，酒尽未能去。

青绫被⑩，莫忆金闺⑪故步。儒冠⑫曾把身误。弓刀千骑⑬成何事，荒了邵平瓜圃⑭。君试觑⑮。满青镜⑯、星星⑰鬓影今如许⑱。功名浪语⑲。便似得班超⑳，封侯万里，归计恐迟暮。

注释

①摸鱼儿：本为唐教坊曲，后用为词牌。又名“摸鱼子”。双调一百一十六字，前片六仄韵，后片七仄韵。东皋：即东山。作者在贬谪后退居故乡时，曾修葺了东山的归来园。寓居：寄居。

②陂（bēi）塘：池塘。
③旋：很快，不久。
④依稀：好像是。
⑤嘉雨：一场好雨。
⑥沙觜（zuǐ）：即沙嘴，突出在水中的沙洲。觜，同“嘴”。
⑦渚（zhǔ）：水中的小洲（岛）。
⑧翠幄（wò）：绿色的帐幕，指池岸边的垂柳。
⑨柔茵：柔软的褥子。这里指草地。藉：铺垫。
⑩青绫被：汉代制度规定，尚书郎值夜班，官供新青缣白绫被或锦被。这里用来代表做官时的物质享受。
⑪金闺：汉朝宫门的名称，又叫金马门，是学士们著作和草拟文稿的地方。这里泛指朝廷。晁补之曾做过校书郎、著作佐郎这样的官。
⑫儒冠：指读书人。
⑬弓刀千骑（jì）：指地方官手下佩带武器的卫队。
⑭邵平瓜圃：邵平是秦时人，曾被封为东陵侯。秦亡，在长安城东种瓜，瓜有五色，味很甜美。世称东陵瓜。
⑮觑（qù）：细看，细观。
⑯青镜：青铜镜。古代镜子多用青铜制成，故称青镜。
⑰星星：指头发花白的样子。
⑱如许：这么多。
⑲浪语：空话，废话。
⑳班超：东汉名将，在西域三十余年，七十余岁才回到京都洛阳，不久即去世。

作者名片

晁补之（1053—1110），字无咎，号归来子，汉族，济州巨野（今属山东巨野县）人，北宋时期著名文学家。为“苏门四学士”（另有北宋诗人黄庭坚、秦观、张耒）之一。曾任吏部员外郎、礼部郎中。工书画，能诗词，善属文。与张耒并称“晁张”。其散文语言凝练、流畅，风格近柳宗元。诗学陶渊明。其词格调豪爽，语言清秀晓畅，近苏轼。但其诗词流露出浓厚的消极归隐思想。著有《鸡肋集》《晁氏琴趣外篇》等。

译文

买到池塘，在岸边栽上杨柳，看上去好似淮岸江边，风光极为秀美。刚下过雨，鹭、鸥在池塘中间的沙洲上聚集，很是好看。而最好看的是一川溪水映着明月，点点银光照着水上沙洲。四周无人，翩然独舞，自斟自饮。头上是浓绿的树幕，脚底有如茵的柔草，酒喝光了还不忍离开。

不要留恋过去的仕宦生涯，读书做官是耽误了自己。自己也曾做过地方官，但仍一事无成，反而因做官而使田园荒芜。您不妨看看，从镜子里可发现鬓发已经白了不少。所谓功名，不过是一句空话。连班超那样立功于万里之外，被封为定远侯，但归故乡时已经年岁老大，也是太晚了。

赏析

这首《摸鱼儿》，是晁补之的代表作。此词不仅描写了东山“归去来园”的园中景色，还叹恨自己为功名而耽误了隐居生涯。其主旨是表示对官场生活的厌弃，对美好的田园生活的向往。

上片写景，描绘出一幅冲淡平和、闲适宁静的风景画，表现了归隐的乐趣：陂塘杨柳，野趣天成，仿佛淮水两岸、湘江之滨的青山绿水。

下片即景抒情，以议论出之，表现了厌弃官场、激流勇退的情怀。词人直陈胸臆，以为做官拘束，不值得留恋，儒冠误身，功名亦难久恃，这一句是从杜甫《奉赠韦左丞丈》“儒冠多误身”句化出。作者对于“功名浪语”“儒冠曾把身误”，有着切身的感受，并非一般的激愤之词。所以，是不能把这首词简单地归入“有强烈的消极退隐思想”之列的。

此词一反传统词家所谓“词须宛转绵丽”的常规，慷慨磊落，直抒胸臆，辞气充沛，感情爽豁，词境开阔，颇富豁达清旷的情趣，与作者的恩师苏东坡在词风上一脉相承，并对辛弃疾的词作产生了重要影响。

横溪堂春晓[①]

【宋】虞似良

一把青秧趁手青[②]，
轻烟漠漠[③]雨冥冥[④]。
东风染尽三千顷，
白鹭飞来无处停。

注释

①横溪堂春晓：横溪堂春天的早晨。横溪堂，作者居住之处，旧址在今浙江省天台山附近。春晓，春天的早晨。
②趁手青：插秧下田，随手就青。
③漠漠：漫无边际。
④冥冥：昏暗的样子。

作者名片

虞似良，字仲房，号横溪真逸，又号宝莲山人，横溪（今大吕乡横溪村）人，祖籍余杭。南宋诗人。宋建炎初父官于台，遂居属黄岩横溪，淳熙年间为兵部侍郎，后任成都府路运判官。工诗，其诗词清婉，得唐人旨趣。善篆隶，尤工隶书，家藏汉碑刻数千本，心摹手追，尽得旨趣，晚自成一家。有《篆隶韵书》行于世，所书碑碣极多。宋释居简曾评："虞兵部仲房书《杜工部李潮八分小篆》《王宰山水图》两篇，隶法。"

译文

将一把青色的秧苗插入水中，瞬间就变得青葱，好似农夫的手，将它染绿。天空中，飘洒着朦胧如烟的细雨。

和煦的春风，吹绿了无边无际的稻田。白鹭飞来，望着那无涯的青翠，竟找不到落脚的地方。

赏析

首句“一把青秧趁手青”，写插下的秧苗迅速返青，说明春天孕育着强大的生命力。前一个“青”做形容词，后一个“青”做动词。第二句“轻烟漠漠雨冥冥”，写春天的季节特点：薄雾弥漫，细雨蒙蒙，这正是万物生长的好时机。这样的天气特点，是江南水乡春天常见的景象，有鲜明的地区色彩。第三句“东风染尽三千顷”，写春风吹绿了广阔的田野。这里用“东风”代替春风，并用“染尽”强调春风的力量。到底染尽了什么？诗人不说，也不需说，读者自然会想到和煦的春风把一望无际的稻田都吹绿了，大地好像用绿色染过似的，到处都充满了无限的生机。第四句“白鹭飞来无处停”，以白鹭飞来没有落脚的地方作结，反衬禾苗长得密密麻麻，热情歌颂农民的辛勤劳动，是他们改变了大地的面貌。

天上细雨霏霏，地上绿茵一片，农民们正在弯着腰插秧，田野上白鹭飞翔。这就是诗人描绘的一幅江南田园风光图。而这幅图画中突出一个“青”字，展示了春风春雨的力量。诗歌画面鲜明，语言优美，情趣盎然。

山　家①

【元】刘因

马蹄踏水乱明霞，
醉袖②迎风受落花。
怪见③溪童出门望，
鹊声先我到山家。

注释

①山家：居住在山区的隐士之家。
②醉袖：醉人的衣袖。
③怪见：很奇怪地看到。

作者名片

刘因（1249—1293），字梦吉，号静修。初名骃，字梦骥，雄州容城

（今河北容城县）人。元代著名理学家、诗人。3岁识字，6岁能诗，10岁能文，落笔惊人。年刚20，才华出众，性不苟合。家贫教授生徒，皆有成就。因爱诸葛亮“静以修身”之语，题所居为“静修”。元世祖至元十九年（1282）应诏入朝，为承德郎、右赞善大夫。不久借口母病辞官归，母死后居丧在家。至元二十八年，忽必烈再度遣使召刘因为官，他以疾辞。死后追赠翰林学士、资政大夫、上护军、追封“容城郡公”，谥“文靖”。明朝，县官乡绅为刘因建祠堂。

译文

策马踏溪，搅乱了映在水中的霞影，我挥洒着衣袖，迎面吹来的微风还夹杂着飘落的花瓣。

看到已经站在溪旁的孩童，甚使人惊奇，原来是他听到鹊声而早早出门迎接了。

赏析

这首诗前两句描写赶路情形，反映了山间的优美景致和诗人的潇洒神态；后两句表现了诗人的心理活动，渲染出到达“山家”时的欢乐气氛。这首小诗纯用白描，灵动有致，清新隽永。

“马蹄踏水乱明霞，醉袖迎风受落花。”是写途中所见。骑马过溪，踏乱了映在水中的霞影，点明了溪水的明澈，霞影的明丽。“怪见溪童出门望，鹊声先我到山家。”诗人来到山居人家门口，见儿童早已出门探望，甚使诗人惊奇。“怪”字为末句伏笔。原来是因为“鹊声先我到山家”。这两句先“果”后“因”，巧作安排，末句点明溪童出望的原因，则见“怪”不怪了。重点突出了末句的鹊声。“喜鹊叫，客人到”。故而山家的儿童闻鹊声而早已出门迎接了。山鹊报喜，幼童迎望，具有浓郁的生活气息。

道间即事

【宋】黄公度

花枝已尽莺将老，
桑叶渐稀蚕欲眠。
半湿半晴梅雨道，
乍寒乍暖麦秋天。
村垆①沽酒谁能择，
邮②壁题诗尽偶然。
方寸③怡怡④无一事，
粗裘⑤粝⑥食地行仙⑦。

注释

①村垆（lú）：乡村酒店。
②邮：驿站、旅舍。
③方寸：指心。
④怡怡：和悦顺从。
⑤粗裘（qiú）：粗布衣服。
⑥粝（lì）食：粗米饭。
⑦地行仙：原是佛典中记载的长寿佛，后指人间安乐长寿的人。

作者名片

黄公度（1109—1156），字师宪，号知稼翁，莆田（今属福建）人。绍兴八年进士第一，签书平海军节度判官。后被秦桧诬陷，罢归。除秘书省正字，罢为主管台州崇道观。十九年，差通判肇庆府，摄知南恩州。桧死复起，仕至尚书考功员外郎兼金部员外郎，卒年四十八，著有《知稼翁集》十一卷，《知稼翁词》一卷。

译文

枝头的花已经开败，莺啼的声音也渐渐稀残；桑树上叶子渐渐稀疏，蚕也作茧欲眠。

梅雨的道路总是忽干忽湿，麦收时节天气常常乍暖乍寒。

我在小村的酒店停下，喝着薄酒，没有选择的余地；在旅店的墙上题诗，也只是偶然。

只要心境怡然，全然没有尘俗杂事；即使天天粗衣淡饭，也悠闲自乐宛如神仙。

赏析

这首诗写旅途所见，刻画了江南初夏的田园风光，描述了恬淡闲适的行旅生活，通过景物的描写，抒发自己闲适的心情及随遇而安的处世观，每联以两句分写两个侧面，合成一层意思，相互衬托，得体物抒情的真趣。

起句“花枝已尽莺将老”，选用富有时令特色的景物，点明了季节。此中未遣一字表示感情，但已含有对韶华易逝的惋惜之情。次句又转换镜头，映出“桑叶渐稀”的画面。“渐稀”并非凋零，而是被采摘殆尽，这说明蚕要进入不食不动的眠期了。“蚕欲眠”以季节性和地区性的特点，形象地显示了诗人在初夏行经江南农村的情景。

“梅雨”是江南初夏特有的气候。诗人抓住这一季节特点，抒写路途境况，渲染初夏的气氛。黄梅雨是下一阵停一阵，行人还能在间歇中赶路，用“半湿半晴”形容梅雨天气的道路，十分贴切。

上两联写景，突出了时令特征，而且用对偶句式，把各种物象组合在一起，互相衬托，像电影中的“叠印”镜头，将江南乡村的初夏景色刻画得鲜明生动。作者还把养蚕和麦收等农事活动摄入诗中，不仅丰富了季节感，同时也增添了浓郁的生活气息。

下两联转入叙事抒怀。诗人在梅雨时节赶路，已见羁旅行役之苦。走累了，也只能在乡村酒店歇歇脚，饮几杯水酒解解乏，更显出沉滞下僚仕途奔波之艰辛。“谁能择”一句反问，深化了意境，隐隐露出蹭蹬失意的情怀。逆旅生活的另一侧面也反映了诗人随遇而安、恬然自适的心境。在邮馆客舍的墙壁上，即兴题诗，把偶然的感受信手写出，只不过是为了排遣旅途的寂寞，消除心头的郁闷。旅人皆然，己亦如是。“尽偶然”与“谁能择”相对应，用全称判断加强语势，蕴含着不得不随俗浮沉，与时俯仰的衷曲。

尾联笔意洒脱，诗人决心丢开烦恼，以旷达求解脱。“怡怡”一词，用意精到。诗人仕途坎坷，生活清苦，但还有“粗裘粝食”，自然应无怨尤。结句以“地行仙”自喻。作者在尾联直抒胸臆，以作收煞，说自己虽然劳累途路，但心中怡然，毫不把得失萦绕胸中，穿着粗布衣服、吃着粗食，仍然恬淡无忧，犹如地行仙一样。

这首诗用白描手法，把眼前常见景象组合入诗，不堆砌辞藻，写得简淡而不近俗，此外也寄托了作者仕宦不达，有志未酬的感慨，表现出不慕荣利，洁身自好的精神。

蝶恋花·春涨一篙添水面

【宋】范成大

春涨一篙添水面。芳草鹅儿，绿满微风岸。画舫①夷犹②湾百转。横塘③塔近依前远。

江国多寒农事晚。村北村南，谷雨④才耕遍。秀麦连冈桑叶贱。看看⑤尝面收新茧。

注释

①画舫：彩船。
②夷犹：犹豫迟疑，这里是指船行迟缓。
③横塘：在苏州西南，是个人塘。
④谷雨：二十四节气之一，在清明之后。
⑤看看：转眼之间，即将之意。

作者名片

范成大（1126—1193），字致能，号称石湖居士。汉族，平江吴县（今江苏苏州）人。南宋诗人。从江西派入手，后学习中、晚唐诗，继承了白居易、王建、张籍等诗人新乐府的现实主义精神，终于自成一家。风格平易浅显、清新妩媚。诗题材广泛，以反映农村社会生活内容的作品成就最高。他与杨万里、陆游、尤袤合称南宋“中兴四大诗人”。

译文

春来，绿水新涨一篙深，盈盈地涨平了水面。水边芳草如茵，鹅儿的脚丫蹒跚，鲜嫩的草色，在微风习习吹拂里，染绿了河塘堤岸。画船轻缓移动，绕着九曲水湾游转。望去，横塘高塔在眼前很近，却又像启船时一样遥远。

江南水乡，春寒迟迟农事也晚。村北，村南，谷雨时节开犁破土，将田耕种遍。春麦已结秀穗，随风起伏连冈成片，山冈上桑树茂盛，桑叶卖价很贱。转眼就可以品尝新面，收取新茧。

赏析

这是一首田园词，描绘出一幅清新、明净的水乡春景，散发着浓郁而恬美的农家生活气息，自始至终流露出对乡村景色、人情淳朴、宁静、和谐的赞美，读了令人心醉。

词的上片向读者讲述了一幅早春水乡的五彩画面。

“春涨一篙添水面。芳草鹅儿，绿满微风岸。”“一篙”，是指水的深度，池涨一篙深。“添水面”，有两重意思，一是水面上涨，二是水满后面积也大了。“鹅儿”，小鹅，黄中透绿，与嫩草色相似。“绿”，就是“绿柳才黄半未匀”那样的色调。春水涨满，一直浸润到岸边的芳草；芳草、鹅儿在微风中活泼泼地抖动、游动，那嫩嫩、和谐的色调，透出了生命的温馨与活力；微风轻轻地吹，吹绿了河岸，吹绿了河水。

“画舫夷犹湾百转。横塘塔近依前远。”“画舫”，彩船。“夷犹”，犹豫迟疑，这里是指船行迟缓。“横塘”，在苏州西南，是个大塘。江南水乡河渠纵横，湾道也多。作者乘彩船往横塘方向游去，河道曲折多湾画舫缓慢行进。看着前方的塔近了，其实还远。这就像 俗语所说“望山走倒马”。其实，作者并不急于到塔边，所以对远近并不在意，此时更使他欣悦的倒是一路好景致，便很令人流连。这两句写船行，也带出了沿途风光，更带出了自己盎然兴趣。全词欢快，气氛也由此而兴。

词的下片写到农事，视野更加开阔了。如此写，既与上片紧密相连，又避免了重复。

“江国多寒农事晚。村北村南，谷雨才耕遍。”“江国”，水乡。“寒”指水冷。旱地早已种植或翻耕了，水田要晚些，江南农谚曰：“清明浸种（稻种），谷雨下秧。”所以“耕遍”正是时候。着一“才”字，这不紧不慢的节奏见出农事的轻松，农作的井然有序。“村北村南”耕过的水田，一片连着一片，真是“村南村北皆春水”“绿遍山原白满川”，一派水乡风光现于读者面前，虽然农事紧张或繁重，但农民们各得其乐，一切进行得有条不紊。

“秀麦连冈桑叶贱。看看尝面收新茧。”“秀麦”，出穗扬花的麦子。“面”当为炒面，将已熟未割的麦穗摘取下来，揉下麦粒炒干研碎，取以尝新，现代农村仍有此俗。这两句是写高地上景象，虽然水稻刚刚下种，但漫冈遍野的麦子拔穗了，蚕眠，桑叶也便宜了，农桑丰收在望。所以下面写道：“看看尝面收新茧”。“看看”，即将之意，透着津津乐道、喜迎丰收的神情。下片写田园，写农事，流露出对农家生活的认同感、满足感。

本词是一首田园词，体现了田地间春意盎然的一幕，笔调清新愉悦，将景物与农事描写得自然连贯，充分表现出作者对田园生活的长期向往之情，是一篇很有特色的词作。

采莲词①

【唐】张潮

朝出沙头②日正红，
晚来云起半江中。
赖③逢邻女曾相识，
并著莲舟④不畏风。

注释

①采莲词：六朝乐府已有《采莲曲》《江南可采莲》等。唐代《采莲子》七言四句带和声，从内容到形式都可以看出受民歌的影响。
②沙头：即江岸，因为江岸常有河沙淤积，故称。
③赖：亏得，幸好。
④莲舟：采莲的船。南朝梁萧子范《东亭极望》诗："水鸟衔鱼上，莲舟拂芰归。"

作者名片

张潮，唐代诗人。曲阿（今江苏丹阳县）人，主要活动于唐肃宗李亨、代宗李豫时代。他的诗在《全唐诗》中仅存五首（其中《长干行》一首，亦作李白或李益诗）。张潮的诗，除了一首《采莲词》是写采莲女的生活，其余都是抒写商妇的思想感情。从这些诗的内容和形式来看，都不难发现其深受南方民歌的影响。不仅《采莲词》《江南行》，明显地受民歌影响，其余三首也全采用白描手法和歌行体。主要写商妇的思想感情，说明他对当时的城市生活比较熟悉。《唐诗纪事》和《全唐诗》说张潮是大历（唐代宗年号，766—779）中处士。《闻一多全集·唐诗大系》将他排列在张巡前，常建后。

译文

早晨的江岸边红红的太阳当空朗照；傍晚时分，江面上空风起云涌，骤雨袭来。

幸亏碰上了已经相识的邻家女子，两只莲舟并在一起，这样就不怕风吹雨打了。

赏析

自六朝到唐代，描写采莲女的诗歌往往写得活泼清新，并多以男女之间的爱慕艳情为主。张潮的这首《采莲词》独辟蹊径，生动刻画了一群采莲女与风浪搏击的形象，展现了她们朝出暮归，遇到险情互相依靠，比肩拼搏而战胜困难的风姿。

“朝出沙头日正红”，一开篇便写采莲女晨起采莲，太阳刚露头就已来到滩头上船出塘。至于一天中怎样采莲，如何经受风吹日晒，诗人没有写，但从这句的早起和下句的晚归中完全能够想象得到其中的艰苦。“晚来云起半江中”，写船归至半路，风云突起，一场战胜狂风恶浪的战斗摆在采莲女的面前，或许有人会为这群女子担起心来。“赖逢邻女曾相识，并著莲舟不畏风”两句回答了这种担心。风浪虽起，但这群女子并不畏缩、慌张，她们邻里伙伴之间迅速地靠拢船头，并肩前进。一个“赖”字，写出了她们之间的精诚团结、相互信任；一个“并”字又极尽她们的机智；“不畏风”三字更充分地表现了她们的坚定、沉着，对战胜风浪充满了信心。可以想象，这场突如其来的狂风恶浪，对一群采莲女来说是何等凶险，她们战斗的场面是非常紧张激烈的。尽管诗人没有详加描绘，但通过“赖”“并”“不畏风”等字词，这群采莲女在这场搏斗中的音容姿态，以及她们所显露出来的坚强勇敢性格都被生动形象地描绘出来，感觉到个个英气勃勃，鲜活俏丽，可敬可佩，使诗歌产生如见其人、如闻其声的效果。这末两句语言精练，内涵丰富，给人们留下了咀嚼不尽的余味。

张潮这首《采莲词》语言精练，构思新颖，匠心独运，寄兴遥深，突出了采莲女的美好品质，不愧为一首传世佳作。

山 行

【唐】项斯

青枥林深①亦有人，
一渠流水数家分②。
山当日午③回④峰影，
草带泥痕过鹿群。
蒸茗气从⑤茅舍⑥出，
缫丝⑦声隔竹篱闻。
行逢卖药归来客，
不惜相随入岛云⑧。

注释

①青枥（lì）：一种落叶乔木，亦称枥树。深：一作“疏”。
②分：分配，分享。
③日午：中午。
④回：一作“移”。
⑤从：一作“冲”。
⑥茅舍：茅屋。
⑦缫丝：煮茧抽丝。
⑧不惜：不顾惜，不吝惜。岛云：白云飘浮山间，有如水中岛屿。

作者名片

项斯（唐约836年前后在世），字子迁，台州府乐安县（今浙江仙居）人。晚唐著名诗人。因受国子祭酒杨敬之的赏识而声名鹊起，诗达长安，于会昌四年擢进士第，官终丹徒尉，卒于任所。项斯是台州第一位进士，也是台州第一位走向全国的诗人。他的诗在《全唐诗》中就收录了一卷计88首，被列为唐朝百家之一。项斯著有诗集一卷，《新唐书·艺文志》传于世。

译文

青青的枥树林的深处也住着人，一条小溪由几户人家共享同分。

高山在正午时分峰影已经移动，草叶上沾着泥痕因刚跑过鹿群。
蒸煮茶叶的香气从茅屋里冒出，缫丝的声响隔着竹篱也能听闻。
在路上遇见了卖药归来的山客，心甘情愿随他进入如岛的白云。

赏析

“青枥林深亦有人，一渠流水数家分。”起笔展示山间佳境——有景，有人，有村落。“亦”“分”二字下得活脱。“亦”字表明此处枥木虽已蔚成深林，但并非杳无人烟，而是“亦有人”。有人必有村，可诗人并不正面说“亦有村”，却说一条溪水被几户人家分享着，这就显得出语不凡。这里一片枥林，一条溪水，几户人家，一幅恬美的山村图都从十四字绘出。次联写景更细。诗人用“点染法”，选取“山当日午”“草带泥痕”两种寻常事物，写出极不寻常的诗境来。乍看“山当日午”，似乎平淡无奇，可一经“回峰影”渲染，那一渠流水，奇峰倒影，婆娑荡漾的美姿，立刻呈现目前。

在第三联里，诗人准确地捕捉暮春山村最具特色的物事——烘茶与抽茧来开拓诗的意境。巧妙的是，诗人并未直说山村农民如何忙碌于捡茶、分茶、炒茶和煮茧、退蛹、抽丝，而只是说从茅舍升出袅袅炊烟中闻到了蒸茗的香味，隔着竹篱听到了缫丝声音，从而使读者自己去领略农事丰收的盛景。这里，诗人创造的意境因借助于通感作用，产生了一种令人倍感亲切的氛围。

按照诗意发展，尾联似应写诗人走进山村了。但是不然，“行逢卖药归来客，不惜相随入岛云。”当诗人走着走着，邂逅卖药材回来的老者，便随同这位年老的药农一道进入那烟霭茫茫的深山岛云中去。这一收笔，意味深长，是诗旨所在。

这首诗的特点是构思奇巧，移步换形，环绕山中之行，层次分明地写出作者在村里村外的见闻。写景，景物明丽；抒情，情味隽永；造境，境界深邃，委实是一首佳作。

村 行

【唐】杜牧

春半南阳①西，
柔桑过村坞②。
娉娉③垂柳风，
点点回塘④雨。
蓑⑤唱牧牛儿，
篱窥茜裙⑥女。
半湿解征衫⑦，
主人馈鸡黍⑧。

注释

①春半：阴历二月。南阳：地名，古称宛，今河南省南阳市。

②村坞：村庄，村落。坞，四面如屏的花木深处，或四面挡风的建筑物。

③娉娉：姿态美好的样子。

④回塘：曲折的池塘。

⑤蓑：草制的雨衣。

⑥茜裙：用茜草制作的红色染料印染的裙子。茜，茜草，多年生植物，根黄赤色，可作染料。

⑦征衫：行途中所穿的衣服。

⑧馈：招待。鸡黍：指村人准备的丰盛饭菜。

作者名片

杜牧（803—约852），字牧之，号樊川居士，汉族，京兆万年（今陕西西安）人，唐代诗人。杜牧人称“小杜”，以别于杜甫。与李商隐并称“小李杜”。因晚年居长安南樊川别墅，故后世称“杜樊川”，著有《樊川文集》。

译文

仲春时节我经过南阳县西，村庄里的桑树都长出了嫩芽。
和风吹拂着依依垂柳，点点细雨滴在曲折的池塘上。
披着蓑衣的牧童正在唱歌，穿着红裙的少女隔着篱笆偷偷张望。
我走进农家脱下半湿的衣裳，主人摆出丰盛的饭菜招待我。

赏析

这是一幅美丽的农村风景画。仲春季节，南阳之西，一派大好春光。美时，美地，美景，在“春半南阳西”中，隐约而至。遍村柔桑，欣欣向荣。着一“过”字，境界全出。“柔桑过村坞”，在动态中，柔桑生长的姿态和鲜嫩的形状，活现在眼前，这就把春天的乡村，点缀得更美了。加之垂柳扶风，娉娉袅袅，春雨点点，回落塘中，更有一种说不出的情趣。再看，那农家牧童，披着蓑衣，愉快地唱着歌；竹篱笆内，可窥见那穿着绛黄色裙子的农家女的倩影。行路征人，解松半湿的衣衫，在村里歇脚，村主人热情地用鸡黍招待客人。这首诗，首联、颔联是写村景，颈联、尾联是写村情。其景实，其情真，与诗题是呼应的。

《村行》的艺术特色，可用轻倩秀艳来总括。《李调元诗话》云：“杜牧之诗，轻倩秀艳，在唐贤中另是一种笔意，故学诗者不读小杜诗必不韵。”所谓轻倩秀艳，即轻盈巧倩，秀美艳丽。它好像是个风华正茂的女子，秋波流转，含情脉脉，秀而不媚，艳而不淫，风姿婀娜，楚楚动人。

《村行》不是静止的田园画，而是运动着的风光图。从诗题中，就点出了“行”的特色。这时，春天已过去一半，故曰“春半”。这个半字，虽本身不是动词，但诗人却赋予它以动作性，它显示出大好的仲春季节的来临。此外，在诗人笔下，柔桑处处，生机勃勃，但诗人在描绘它的长势时，不用满字，而用“过”字。这个“过”字，既写了柔桑的生长过程之快，又写了柔桑长势之茂盛及其涵盖面之大。此外，诗人笔下之柳，不是呈一种动势，而是呈多种动势。它不仅下垂，而且随风摇动，仿佛少女娉娉的腰肢一样，左右摆动。此外，作者所写的雨，不是大雨，而是点点细雨。“点点”，还呈现出落雨的动势。雨落水塘，溅起圆圆的水花，“回”字，与前面的“垂”字对照，“点点”与前面的“娉娉”对照，更加强了风景的动态美。如果说，前面两联是写风景动态美的话，那么，后面两联就是写风情动态美了。放牛娃唱着动听的歌，给人以听觉上的美感；从外边可以窥及篱内村女绚丽的衣裙，给人以视觉上的美感；征衫半湿，且解且歇，村人好客，馈以鸡黍，给人以味觉上、触觉上的美感。诗人就是如此地善于捕捉刹那间的人物的动态去表现农村的人情美。

游东田①

【南北朝】谢朓

戚戚①苦无悰③，
携手共行乐。
寻云④陟⑤累榭⑥，
随山望菌阁⑦。
远树暖⑧阡阡⑨，
生烟纷漠漠。
鱼戏新荷动，
鸟散余花落。
不对芳春酒，
还望青山郭。

注释

①东田：南朝太子萧长懋在钟山（今南京紫金山）下所建的楼馆。
②戚戚（qī）：忧愁的样子。
③悰（cóng）：快乐。
④寻云：追寻云霞的踪迹，指登高。
⑤陟（zhì）：登，上。《诗经·周南·卷耳》：“陟彼高冈。”
⑥累榭（xiè）：重重叠叠的楼阁。榭，台上有屋叫榭。
⑦菌阁：华美的楼阁。王褒《九怀》有句：“菌阁兮蕙楼”，用菌、蕙等香草来形容楼阁的华美。
⑧暖（ài）：昏暗，不明晰。
⑨阡阡（qiān）：同“芊芊”，茂盛的样子。

作者名片

谢朓（464—499），字玄晖。汉族，陈郡阳夏（今河南太康县）人。南朝齐时著名的山水诗人。谢朓与谢灵运同族，世称“小谢”。初任竟陵王萧子良功曹、文学，为“竟陵八友”之一。后官宣城太守，终尚书吏部郎，所以又称谢宣城、谢吏部。东昏侯永元初，遭始安王萧遥光诬陷，下狱死。曾与沈约等共创“永明体”。今存诗二百余首，多描写自然景物，间亦直抒怀抱，诗风清新秀丽，圆美流转，善于发端，时有佳句；又平仄协调，对偶工整，开启唐代律绝之先河。

译文

戚然无欢，邀友一同游乐。

登上云雾笼罩中的高高楼榭，顺着山势眺望远处华美台阁。

远处树木郁郁葱葱，一片烟霭迷离的景象。

游鱼嬉戏，触动水中新荷；飞鸟辞树，枝上余花散落。

春酒虽美，还是停杯对景，眺望青山。

赏析

诗的第一、二句说自己心中不乐（悰，乐），故与朋友携手来游东田。次二句写登上耸入云霄的层层台榭，随山势望去，只见楼阁华美无比（菌阁）。接着四句继续描写远近景色，远处树木苍翠茂密，山间烟霭缭绕弥漫，“阡阡”“漠漠”两个叠音词将树木的葱茏和云烟的氤氲表现得非常生动。接着，诗人目光稍稍收回，只见水面上荷叶颤动，于是推想一定有游鱼在水下嬉戏，又见栖息着的鸟雀一飞而散，留在枝条上的残花纷纷飘落下来。诗人在“鱼戏新荷动，鸟散余花落”二句中将鱼、荷、鸟、花结合起来写。由荷动可推知鱼戏，此以实写虚也；“鸟散”是瞬间的景象，稍纵即逝，而“余花落”相对和缓些，诗人用“余花落”这一细致的动态描写来表现飞鸟散去后由动入静的一瞬间，显得余韵悠悠，体现了诗人闲适恬静的心境。“新荷”“余花”也点出了时节正是初夏。

全诗写景既有全景式的概括描写，显得视野开阔；又有局部细腻的生动刻画，精警工丽，富有思致。这样写景避免了冗长的铺排，同谢灵运的某些写景铺排过多相比有了进步，显得流丽清新。

送友游吴越①

【唐】杜荀鹤

去越从吴②过，
吴疆与越连。
有园多种橘，
无水不生莲。
夜市桥边火③，
春风寺外船。
此中偏重客，
君去必经年④。

注释

①吴越：指今苏浙一带。
②吴：指现在浙江一带。
③火：繁荣、热闹的景象。
④必经年：泛指要待很长时间，客人乐而忘返了。

作者名片

杜荀鹤（846—904），字彦之，号九华山人，汉族，池州石埭（今安徽石台）人。唐代诗人。大顺进士，以诗名，自成一家，尤长于宫词。大顺二年，第一人擢第，复还旧山。宣州田頵遣至汴通好，朱全忠厚遇之，表授翰林学士、主客员外郎、知制诰。恃势侮易缙绅，众怒，欲杀之而未及。天祐初卒。自序其文为《唐风集》十卷，今编诗三卷。事迹见孙光宪《北梦琐言》、何光远《鉴诫录》、《旧五代史·梁书》本传、《唐诗纪事》及《唐才子传》。

译文

要去越地，必须从吴地经过，因为吴越接壤。

橘和莲皆吴越名产，吴越种橘与莲，无水不生。

灯火通明的夜市，春风沉醉的夜晚，桥边灯火辉煌，寺外舳舻辐辏。

吴越之人多好客之风，你此去可能要待很长时间，乐而忘返了。

赏析

这是一首向友人介绍吴越美好风光的送行诗。吴越，指今苏杭一带。这里田园沃饶，山川佳丽，历来为人称道。

开头两句“去越从吴过，吴疆与越连”，点明吴越接壤，也暗示以下所写，乃两地共有的特色。

颔联“有园多种橘，无水不生莲”，点明橘和莲，别处也有，而吴越的不同，就在于“有园多种”“无水不生”。诗人选取橘和莲为代表，也颇为精当。橘和莲皆吴越名产，而橘生陆上，莲出水中，又可从而想见吴越地区水陆风光俱美。

颈联“夜市桥边火，春风寺外船”，则着眼于写水乡市镇的繁荣。吴越水乡，市镇大都紧挨河港。不写日市写夜市，只因夜市是吴越物产丰富、商业繁荣的一大标志；而桥边夜市，更是水乡特有风情。夜市的场面形形色色，独取一“火”字，既可使人想象夜市繁荣、热闹的景象，而“火”与桥下的水相映照，波光粼粼，更增添诗情画意。江南多古寺，“南朝四百八十寺，多少楼台烟雨中”（杜牧《江南春绝句》），古寺是游人必到之处。“春风寺外船”，令人想见春风吹拂、临水寺前游船辐辏的景象，这是水乡又一特色。

结尾两句“此中偏重客，君去必经年”，一个“偏”字特别介绍了吴越人情之美。如此旖旎的风光，又如此好客的人情，他乡游子自然居“必经年”，乐而忘返了。

这首诗清新秀逸，像一幅色彩鲜明的风俗画，是送别诗中别开生面之作。

春晚书山家屋壁·其一

【唐】贯休

柴门寂寂黍饭馨①，
山家烟火春雨晴。
庭花蒙蒙水泠泠②，
小儿啼索树上莺。

注释

①黍饭：黄米饭，唐人常以之待客。馨：香。
②蒙蒙：形容雨点细小。泠泠：形容流水清脆的声音。

作者名片

贯休（832—912），俗姓姜，字德隐，婺州兰溪（今浙江兰溪市游埠镇仰天田）人。唐末五代前蜀画僧、诗僧。七岁出家和安寺，日读经书千字，过目不忘。唐天复间入蜀，被前蜀主王建封为“禅月大师”，赐以紫衣。贯休能诗，诗名高节，宇内咸知。尝有句云：“一瓶一钵垂垂老，万水千山得得来，”时称“得得来和尚”。有《禅月集》存世。亦擅绘画，尤其所画罗汉，更是状貌古野，绝俗超群，笔法坚劲，人物粗眉大眼，丰颊高鼻，形象夸张，所谓“梵相”。在中国绘画史上，有着很高的声誉。存世《十六罗汉图》，为其代表作。

译文

柴门一片寂静屋里米饭香喷喷，农家炊烟袅袅春雨过后天放晴。
院内鲜花迷蒙山间流水清泠泠，小儿又哭又闹索要树上的黄莺。

赏析

这首诗头两句写柴门内外静悄悄的，缕缕炊烟，冉冉上升；一阵阵黄米饭的香味，扑鼻而来；一场春雨过后，不违农时的农夫自然要抢墒春耕，所以“柴门”也就显得“寂寂”了。由此亦可见，“春雨”下得及时，天晴得及时，农夫抢墒也及时，不言喜雨，而喜雨之情自见。

后两句写庭院中，水气迷蒙，宛若给庭花披上了轻纱，看不分明；山野间，“泠泠”的流水，是那么清脆悦耳；躲进巢避雨的鸟儿，又飞上枝头，叽叽喳喳，快活地唱起歌来；一个小孩走出柴门，啼哭着要捕捉鸟儿玩耍。

贯休的诗在语言上善用叠字，如“一瓶一钵垂垂老，万水千山得得来”（《陈情献蜀皇帝》），人因之称他为“得得来和尚”。又如，“茫茫复茫茫，茎茎是愁筋”（《茫茫曲》），“马蹄蹋蹋，木落萧萧”（《轻薄篇》），等等。这诗也具有这一艺术特色。在四句诗中，叠字凡三见：“寂寂”，写出春雨晴后山家春耕大忙，家家无闲人的特点：“蒙蒙”，壮雨后庭花宛若披上轻纱、看不分明的情态：“泠泠”，描摹春水流动的声韵。这些叠字的运用，不仅在造境、绘形、摹声、传情上各尽其宜，而且声韵悠扬，具有民歌的音乐美。在晚唐绮丽纤弱的诗风中，这诗给人以清新健美之感。

春晚书山家屋壁·其二

【唐】贯休

水香塘黑蒲森森，

鸳鸯瀏鶒[①]如家禽。

前村后垄桑柘[②]深[③]，

注释

①瀏（xī）鶒（chì）：一种水鸟，形大于鸳鸯，而多紫色，好并游。俗称紫鸳鸯。唐温庭筠《开成五年秋以抱疾郊野一百韵》：“溟渚藏瀏鶒，幽屏卧鹧鸪。”

②桑柘（zhè）：桑木与柘木。

③深：茂盛。

东邻西舍无相侵。

蚕娘[4]洗茧前溪渌[5]，

牧童吹笛和衣浴。

山翁留我宿又宿[6]，

笑指西坡瓜豆熟[7]。

④蚕娘：农家养蚕女。

⑤渌（lù）：水清而深的样子。

⑥宿：住宿。

⑦熟：成熟。

译文

池塘黑水飘香蒲草长得密森森，鸳鸯瀏鶒在水中嬉戏好像家禽。

村前村后田间地头桑柘多茂盛，东邻西舍界限分明彼此不相侵。

养蚕女在前面清澈的溪中洗茧，牧童吹着短笛穿衣在水中洗浴。

山翁好客热情挽留我一住再住，笑着指点西坡说瓜豆就要成熟。

赏析

这首诗从“山家”一家一户的小环境扩大到周围的大环境。前三句写自然景色。“前村后垄”犹言“到处”。这三句中虽无一字赞美之词，然而田园的秀色，丰产的景象，静穆的生活气息已是触目可见，具体可辨，值得留恋。且不说桑柘的经济价值，单说蒲，蒲嫩时可食，成熟后可织席制草具，大有利于人。再说鸳鸯瀏鶒尚且宁静地生活着，何况乎人。这就又为第四句“东邻西舍无相侵”做了铺垫与烘托。而且植物的蓬勃生长，总离不开人的辛勤培植。诗句不言村民勤劳智慧，而颂扬之意俱在言外。

在上述景色秀丽、物产丰盛、生活宁静、村民勤劳的环境里，“东邻西舍”自然相安无事，过着“无相侵”的睦邻生活。没有强凌弱、众暴寡、尔虞我诈、互相争夺等社会现象。很明显，通过农家宁静生活的描写，诗人作为佛门人士，也不免寄托了诗人自己的理想和情趣，这自不待言。

诗的后四句，一口气写了包括作者在内的四个人物，在同类唐诗中，这还是不多见的。这四句从生活在这一环境中人物内心的恬静，进一步展示出山家的可爱。寥寥几笔，把茧白、水碧、瓜香、豆熟以及笛声悦耳的客观景致，写得逼真如画；蚕娘、牧童、山翁的形象，勾勒得栩栩如生，宛然在目，呼之欲出。令人不难想见，蚕娘喜获丰收，其内心之甜美；牧童和衣而浴，其性格之顽皮："山翁留我宿又宿"，其情谊之深厚。加上"笑指"等词语的渲染，更把山翁的动作、情态、声音、笑貌及其淳朴善良、殷勤好客的性格进一步显现出来；而诗人"我"，处在这样的环境里，不待言，其流连忘返的心情可想而知。更妙的是，诗在末尾用一"熟"字状"西坡瓜豆"，绘出一片丰收在望的景象，回应上文满塘黑压压的蒲与到处都是的桑柘，真叫人见了喜煞。全诗至此戛然而止，却留下耐人回味的余地。

比起晚唐那些典雅、雕饰、绮丽、纤弱的诗来，贯休以其作品明快、清新、朴素、康健之美，独树一帜。明代杨慎指出："贯休诗中多新句，超出晚唐"（《升庵诗话》），真可谓独具只眼。

鹧鸪天[①]·戏题村舍

【宋】辛弃疾

鸡鸭成群晚不收，桑麻长过屋山[②]头。有何不可吾方羡，要底都无[③]饱便休。

新柳树，旧沙洲，去年溪打[④]那边流。自言此地生儿女，不嫁余家即聘[⑤]周。

注释

①鹧（zhè）鸪（gū）天：词牌名。双调，五十五字，押平声韵。也是曲牌名。南曲仙吕宫、北曲大石调都有。字句格律都与词牌相同。北曲用作小令，或用于套曲。南曲列为“引子”，多用于传奇剧的结尾处。

②屋山：即屋脊。

③要底都无：别无所求。

④打：即从。

⑤聘：即以礼物订婚。

译文

鸡鸭成群到了晚上也不关起来，桑麻生长超过了房脊。什么都不在乎，我正羡慕农村生活；什么都不要，吃饱就行。

新生的柳树，旧日的沙洲，去年溪水是打那边流。人们说此地的儿女们，不是嫁给余家，就是娶了周家。

赏析

该词所描写的就是带湖附近一个偏远山村的风土人情。这里鸡鸭成群，桑麻茂盛，山民吃饱便罢，别无所求，嫁女娶媳，怡然自乐，宛若世外桃源。此词题为“戏”作，故笔触轻灵，情趣盎然，流露出词人对田园生活的欣喜之情。词中描述鸡鸭成群，桑麻生长的生活，这朴实、安静、平稳的农村生活使词人羡慕。他希望做个农民，过过这种生活，什么都不用想，只要能吃饱，安安静静地生活就算了。“新柳树，旧沙洲”，农村生活没有什么大的冲击和变化，只有这条小河水，去年从那边流，今年从这边流。就是这个地方的儿女，不嫁余家就聘周。这就以典型的细节描写，反映出农村极为朴实的生活情景。

词人写农村的朴实，是为衬托官场的复杂；写农村的简朴安静，是为了反衬官场的恶浊与倾轧，从而表现了作者厌恶官场，热爱农村生活的思想。

商山[1]麻涧

【唐】杜牧

云光岚[2]彩四面合，
柔柔垂柳十余家。
雉[3]飞鹿过芳草远，
牛巷鸡埘[4]春日斜。
秀眉[5]老父对樽酒，
茜袖[6]女儿簪野花。
征车[7]自念尘土计，
惆怅溪边书细沙。

注释

①商山：在今陕西商县东南。麻涧，在商山之中，山涧环绕，宜于种麻，故名麻涧。
②岚（lán）彩：山林中像云彩一样的雾气。
③雉（zhì）：野鸡。
④鸡埘（shí）：鸡儿进窝了。埘，在墙上挖洞而成的鸡窝。
⑤秀眉：老年人常有几根眉毫特别长，称为秀眉，旧以为是长寿的象征。
⑥茜（qiàn）袖：大红色的衣袖。茜，即茜草，根可作红色染料，这里指红色。
⑦征车：旅途中乘坐的车。

译文

云气山岚升起四野弥漫，柔柳垂荫下有十余人家。
锦雉野鹿飞跃芳草地，村巷鸡畜沐浴春日斜。
长眉老翁悠闲自斟酒，红袖女娃清秀戴野花。
感自己舟车行旅总奔忙，怀惆怅叹向溪边乱涂鸦。

赏析

这首诗是诗人由宣州经江州回长安途中路过商山麻涧时所作。商山，在今陕西省商县东南，其地险峻，林壑深邃。麻涧，在熊耳峰下，山涧环抱，周围适宜种麻，因名麻涧。诗人以清隽的笔调从不同的角度展示了这一带优美的自然景色。淳朴、恬静的农家生活和村人怡然自得的意态，充满了浓厚的诗情画意。

黄昏，是农家最悠闲的时光。劳动了一天的人们开始回到石头垒成的小院里休息、并准备晚餐了。那长眉白发的老翁悠然自得地坐在屋前的老树下，身边放了一壶酒；那身着红色衫袖的村姑正将一朵刚刚采撷的野花细心地插在发髻上。置身这恍如仙境的麻涧，面对这怡然自乐的村人，诗人心旷神怡。想到自己千里奔逐，风尘仆仆，想到明天又得离开这里，踏上征途，欣羡之余，又不禁升起了悠悠怅惘。一个人坐在溪涧边，手指不由自主地在细沙上画来画去。此时余晖霭霭，暮色渐渐笼罩了这小小的山村。

这首诗运用蒙太奇的艺术手法，通过巧妙的剪辑，远近结合，移步换形，一句一景，将商山麻涧一带的自然风光和山村农家的和美生活写得熙熙融融，生机盎然。最后，诗人将自己的怅然失落的神情一起摄入画面，曲折地表达了因仕途曲折而对田园生活的向往之情，富有意趣。

临江仙①·风水洞②作

【宋】苏轼

四大③从来都遍满，此间风水何疑。故应为我发新诗。幽花香涧谷，寒藻舞沦漪④。

借与玉川生两腋⑤，天仙未必相思。还凭⑥流水送人归。层巅余落日，草露已沾衣。

注释

①临江仙：词牌名。唐教坊曲。原用以歌咏水仙，故名。又名《雁儿归》《瑞鹤仙令》等。双调小令，平韵格。

②风水洞：《诗集》王文诰注引《杭州图经》："洞去钱塘县旧治五十里，在杨村慈岩院。洞极大，流水不竭，洞顶又有一洞，清风微出，故名曰风水洞。"
③四大：佛教以地、水、火、风为四大。认为此四者广大，能产生出一切事物和道理。
④寒藻：指秋天的水藻。沦漪（户衣）：《诗经·魏风·伐檀》："坎坎伐轮兮，置之河之漘（chún）兮，河水清且沦漪。"沦，细小而成圈的水纹。漪，语气词。
⑤玉川：唐诗人卢仝（tóng），号玉川子。两腋：两边胳肢窝。卢仝《走笔谢孟谏议寄新茶》诗云："一碗喉吻润，两碗破孤闷。三碗搜枯肠，唯有文字五千卷。四碗发轻汗，平生不平事，尽向毛孔散。五碗肌骨清，六碗通仙灵。七碗吃不得也，唯觉两腋习习清风生。"
⑥凭：烦请。

译文

地、水、风、火从来都是充满此处的，这里风水绝佳，又有什么可疑的呢！这是故意让我写诗赞美的吧。各种幽雅的花香气四溢，飘到了整个山涧、山谷之中，潭中秋天的水草似乎在随风起舞，水面上漾起细小而成圈的波纹。

洞中清美的泉水要是借给卢仝泡茶喝，他一定会觉得两腋习习生风，有飘飘欲仙之感，这样，恐怕他连天仙都不会恋慕了。还烦请流水把我送回家。高峰上只剩下将要落山的太阳，草丛中的露水已经沾湿了我的衣裳。

赏析

上片着重写风水洞中清美的境界。开头两句紧扣题目中"风水"二字落笔，以议论领起全词："四大从来都遍满，此间风水何疑。"这是用佛家的眼光观照自然，是对"风水洞"之所以得名的一种诠释。毫无疑问，这是词人接受了佛家宇宙观的一种体现。词人仿佛接触到了"源头活水"，并由此获得了创作的灵感："故应为我发新诗。"而后着力写词人在风水洞发现的别具美感的景物："幽花香涧谷，寒藻舞沦漪。"这两句扣住了风水洞"流水不竭""清风微出"的特点，结合着词人的视觉感受和嗅觉感受，写出了一个藏娇蕴秀、清美绝人的境界，多少也带有“妄意觅桃源”（《风水洞二首和李节推》诗）的思想倾向。

下片自抒所感，并写出出洞后所见。“借与玉川生两腋，天仙未必相思。”这两句是想象，是夸张，实际上表达了对风水洞中“水”的极度赞赏，又很有幽默感。以下转到出洞归来。“还凭流水送人归”一句，承上转下，点出一个“归”字，而且运用拟人手法，把“流水”以至风水洞都写得富有人情味，词人此行的满足和快乐也就见于言外了。篇末两句承上“归”字，写归途中的景物“层巅余落日，草露已沾衣。”词人通过景物描写，表明已到了傍晚时分，词人白天在风水洞逗留的时间之长，就可想而知了。倘若仔细品味，夕露“沾衣”的话兴许还另有一层深意在。

全词由游览而生出归田园的意向，结尾处意蕴深厚，既是情绪流程的归宿，也是词人的终生追求。写景、抒情、议论都是诗歌创作中常见的表现方法，该词将写景、抒情、议论结合了起来，也可以说是词的诗化的一个具体表现。

赠闾丘处士①

【唐】李白

贤人有素业，
乃在沙塘陂②。
竹影扫秋月，
荷衣③落古池。
闲读山海经，
散帙④卧遥帷。

注释

①闾丘处士：李白友人，复姓闾丘，名不详，曾为宿松县令。
②沙塘陂（bēi）：地名。陂，水边。
③荷衣：荷叶。
④散帙（zhì）：打开书卷。

且耽田家乐，
遂旷林中期。
野酌[5]劝芳酒，
园蔬烹露葵[6]。
如能树桃李，
为我结茅茨[7]。

⑤野酌：在野外饮酒。
⑥露葵：莼菜。
⑦茅茨：茅草盖的屋顶。此指茅屋。

译文

贤人你在沙塘陂，有先世遗传的产业。
竹影扫荡着秋天如水的月光，荷叶已凋零落满古池。
闲暇时高卧遥帷，打开书帙读读山海经，神驰四海。
喜欢这种田家之乐，所以耽误了去山林隐居的约定。
在田野小酌赏花劝芳酒，折些园里的蔬菜与露葵一起烹食。
如果再栽些桃李树，再为我盖几间茅屋就最好不过。

赏析

此诗当作于李白公元757年（唐肃宗至德二载）出寻阳（即浔阳）狱之后，流放夜郎之前。

公元755年（唐玄宗天宝十四载）十一月，安禄山在范阳举兵叛乱，李白自汴州梁园（今河南开封）南奔，寓居于寻阳。相传此时李白曾游宿松，居于南台山的南台寺，县令闾丘为之筑“读书台”和“对酌亭”，让诗人在此啸傲风月，饱吟山水，以满足他“浪迹天涯仍读书”的嗜好。闾丘也常来与李白弹琴赋诗，对酒放歌。公元757年（至德二载）九月，李白出寻阳狱后，病卧宿松，在宿松避难、养病，相传依然寓居于南台寺。当时，闾丘已致仕，隐居于宿松东郊沙塘陂，时来陪伴李白。《江南通志》载：“宿松城外沙塘陂，闾丘处士筑有别墅。李白前往作客，见环境清幽，有田园乐趣。作《赠闾丘处士》”。

这首诗，描绘出一幅充满农家乐的美丽画卷，同时也反映了诗人对自由的渴望和美好生活的向往。但好景不长，公元757年（至德二载）十二月，李白终被判罪长流，流放夜郎（今贵州桐梓县）。据传，李白离开宿松时，闾丘处士送行至南台山下，在一小岭为李白饯别，后人名为“饯客岭”。

夜归

【宋】周密

夜深归客依筇[1]行，
冷磷依萤聚土塍[2]。
村店月昏泥径滑，
竹窗斜漏补衣灯。

注释

①筇（qióng）：一种竹。实心，节高，宜于作拐杖。这里指手杖。
②土塍（chéng）：田间的土埂。

作者名片

周密（1232—1298），字公谨，号草窗，又号四水潜夫、弁阳老人、华不注山人，祖籍济南，流寓吴兴（今浙江湖州）。南宋词人、文学家。宋德祐间为义乌县（今年内属浙江）令。入元隐居不仕。自号四水潜夫。他的诗文都有成就，又能诗画音律，尤好藏弃校书，一生著述较丰。著有《齐东野语》《武林旧事》《癸辛杂识》《志雅堂要杂钞》等杂著数十种。其词远祖清真，近法姜夔，风格清雅秀润，与吴文英并称“二窗”，词集名《频洲渔笛谱》《草窗词》。

译文

夜归天黑，需撑着竹杖而行，好在田埂上聚有磷火和萤火虫，发出微光，使人顺利通过。

到了村店，也因月昏无灯，泥路滑，十分难行，又好在村店竹窗射出读书、补衣灯的光亮，照着人继续前行。

赏析

本诗用“夜归”统摄全篇，应把握时令是“夜”和事件是“归”，因此要找出“夜”中的意象，和“归”中意境。既然已“夜深”了，还要归家，那么思家怀乡之切自不必说。“竹窗斜漏补衣灯”，这是游子（夜行人）快至家门时所见，夜已深了，家里还亮着“补衣灯”，家中亲人对游子的关切和思念之情，扑面而来。

一开篇“夜深归客”四字，点明了诗题“夜归”。为什么要连夜赶回去呢？诗中没有交代，但是联系以下几句，读者可以想象，大约是一位出门已久的游子，思家心切，到了归途的最后一段路程，便不愿在投宿多耽搁一夜，而宁愿日夜兼程，摸黑赶路，以致深夜到家。诗中撷取的正是将到未到的情景。“倚筇行”三字勾画出归客的形象。透过归客倚杖蹒跚而行的身影，可以想见深夜行路的艰难，也可以推知游子劳累的旅况和近乡情切的心理。

第二句看来是写走过村外野地的情景：田野里的土埂子上，影影绰绰的鬼火、星星点点的流萤。通过深夜荒径冷气森森、幽光闪烁的环境，烘托出归客孤身夜行的凄凉，也反衬出归客不顾一切、急切回家的心境。途中越是阴冷，就越是令人急于早点回到温暖的家中。

第三句写终于进村了，首先看到的村店。在昏暗的月色衬托下，村店显得寂静而冷漠，但在归客的眼中，家乡的村店却给深夜的荒野带来了生机，一种家在咫尺的亲切感油然而生。转过村店，不就快到家了？“泥径滑”三字，正是写归客脚下加快步伐，因而更感觉到路滑难行。他就在这一步一滑中，匆匆转过村店，越走越近盼望已久的家门。

随着画面的延伸，一幅充满亲情的图景展现在归客眼前——“竹窗斜漏补衣灯”。这是多么的出人意料！夜那么深了，四周黑黝黝的，全村都入睡了，可是唯独自家竹窗还透出灯火，隐约可见灯下补衣的身影。啊，那不是他所思念、温暖的家吗？此刻那熟悉的身影强烈叩击着归客的心扉。

文氏外孙入村收麦

【宋】苏辙

欲收新麦继陈谷，
赖有①诸孙②替老人。
三夜阴霪③败场圃，
一竿④晴日舞比邻。
急炊大饼偿饥乏，
多博村酤⑤劳苦辛。
闭廪⑥归来真了事，
赋诗怜汝足精神。

注释

①赖有：幸亏有。
②诸孙：泛指孙辈。
③阴霪（yín）：连绵不断的雨。
④一竿：指太阳升起的高度。
⑤村酤（gū）：农家自酿的酒。酤，酒。
⑥闭廪：关闭米仓。廪，米仓。

作者名片

苏辙（1039—1112），字子由，汉族，眉州眉山（今属四川）人。嘉祐二年（1057）与其兄苏轼同登进士科。神宗朝，为制置三司条例司属官。因反对王安石变法，出为河

南推官。哲宗时，召为秘书省校书郎。元祐元年为右司谏，历官御史中丞、尚书右丞、门下侍郎因事忤哲宗及元丰诸臣，出知汝州，贬筠州、再谪雷州安置，移循州。徽宗立，徙永州、岳州复太中大夫，又降居许州，致仕。自号颍滨遗老。卒，谥文定。唐宋八大家之一，与父洵、兄轼齐名，合称三苏。

译文

快到收割新熟的麦子来接续去年的陈谷了，幸亏有各孙辈来替我收割。

连续几个晚上的阴雨毁坏了收打作物的场圃，初升的太阳令乡邻欢欣鼓舞。

赶紧做好大饼给外孙吃以补偿他的饥饿困乏，多取一些自酿的酒来慰劳辛勤收割的外孙。

收好新麦关闭粮仓回到家里总算结束了农事，写下这首诗来赞扬外孙不辞劳苦的精神。

赏析

《文氏外孙入村收麦》描写的是苏辙晚年闲居颍昌时的日常生活情景。在麦收季节，外孙文骥来村里帮助自己收割麦子，苏辙写此诗记录。从诸孙入村帮自己收麦写起，写出久雨忽晴、宜事农桑的喜悦。

《文氏外孙入村收麦》这首诗表现了作者看到农村劳作和收获的快乐。结合苏辙晚年的遭遇（因为遭受政治上的禁锢，成为朝廷监管的对象，苏辙被迫选择了一种离群索居的生活，几乎断绝了与官场同僚、朋友的交往，这就使得家庭生活成为他诗歌写作的核心内容），其背后也可能暗含自己早已主动疏离且不关心政治和官场的深意。

诗歌中，“三夜阴霪败场圃，一竿晴日舞比邻”运用了对比手法。连绵阴雨时人们的沮丧，雨过天晴时人们的欢欣，形成对比，表现了农村麦收季节久雨忽晴、宜事农桑的喜悦。诗人把“三夜阴霪”和“一竿晴日”进行对比，用环境陡然变化，来突出外孙入村收麦的急切与喜悦之情。用词生动形象，富有内涵。“三夜”突出了“阴霪”之长，“一竿”突出了“晴日”到来之惊喜，“败”突出了天气给农人带来的失望、忧虑之情，“舞”突出了农人收获时热火朝天的辛勤与喜悦之情。

“急炊大饼偿饥乏，多博村酤劳苦辛。”这句从侧面描写麦收季节繁忙的劳动景象。诗句没有直接描写麦收场景，而是通过家里人忙着做饭、忙着酤酒的场面来间接刻画收麦劳动的艰辛和劳苦，表达了诗人对诸孙的感激之情。

“闭廪归来真了事，赋诗怜汝足精神。”这句写对外孙劳动结束关仓归来后的赞叹，诗人表示要写一首诗表扬对方。语言风趣，充满喜悦，表现了诗人的洒脱情怀与拳拳亲情之乐。

郊园即事[①]

【唐】王勃

烟霞春旦赏，
松竹[②]故年心。
断山疑画障[③]，
悬溜[④]泻鸣琴[⑤]。
草遍南亭合，
花开[⑥]北院深。
闲居饶[⑦]酒赋，
随兴欲抽簪[⑧]。

注释

①郊园：城外的园林。即事，以目前事物为题材作诗。
②松竹：松与竹，喻坚贞的节操。
③画障：有图画的屏风。
④悬溜：山泉。
⑤鸣琴：琴声，喻泉声。
⑥开：一作“浓”。
⑦饶：多。
⑧抽簪：谓弃官引退。古时做官的人，须束发整冠，用簪连冠于发，故称引退为“抽簪”。

作者名片

王勃（649或650—676或675），字子安。绛州龙门（今山西河津）人。唐代诗人。王勃与杨炯、卢照邻、骆宾王齐名，世称“初唐四杰”，其中王勃是“初唐四杰”之首。唐高宗上元三年（676）八月，自交趾探望父亲返回时，不幸渡海溺水，惊悸而死。王勃在诗歌体裁上擅长五律和五绝，代表作品有《送杜少府之任蜀州》等；主要文学成就是骈文，无论是数量还是质量，堪称一时之最，代表作品有《滕王阁序》等。

译文

郊外院子里烟雾云霞蒸腾的春光，已被我早早欣赏到了。那青翠的松树和竹子，已经寄托了我多年的心愿。

断裂的山崖，好像有图画的屏风。悬崖上飞流直下的山泉，发出了弹琴一样动听的响声。

南亭周围的草都长满了，由于花开叶茂，北院显得更幽深了。

不问世事，闲居有很多乐趣，可以尽兴饮酒赋诗。为了追求这种乐趣，我打算弃官归隐。

赏析

这首描写春天的诗写得清新自然、开合有度。全诗不仅仅局限于客观地描写景色，而是更多地融入了作者自己的感受，正如刘勰所说：“诗人感物，联类不穷。流连万象之际，沉吟视听之区。写气图貌，既随物以宛转；属采附声，亦与心而徘徊。”（《文心雕龙·物色》）

首联表明诗人的心迹，同时也为全诗奠定了基调——描写春天，吟咏春天。颔联描写春天的山景、山泉，用画障、鸣琴作比，用“疑”这个表示作者主观感受的词连接，说明两者之间极为相似。虽然没有直接描写色彩、声音的词语，但处处充满艳丽的颜色、动听的音乐；虽然是侧面描写，但比正面描写更能激发想象力，更加兴趣盎然。颈联转入正面描写春天的花草，用“合”“深”二词渲染春天无处不在，春天的勃勃生机尽现眼前。尾联写诗人游春后的感受，与首联相照应，也抒发了诗人陶醉于大自然、想要回归田园的心志。

整体来看，全诗正面描写、侧面描写相结合，首尾呼应，前后勾连。全诗通过描写迷人的满园春色，抒发了诗人想要弃官回归山园的愿望。

春夜竹亭赠钱少府①归蓝田

【唐】王维

夜静群动息，
时闻隔林犬。
却忆山中时，
人家涧②西远。
羡君明发③去，
采蕨④轻轩冕⑤。

注释

①钱少府：即钱起，唐代诗人。字仲文，吴兴（今属浙江）人。少府，县尉的别称。
②涧（jiàn）：夹在两山间的水沟。
③明发：早晨起程。晋陆机《招隐》诗之二：“明发心不夷，振衣聊踯躅。”
④蕨：即蕨菜，也叫拳头菜。一种野生蕨类植物厥的嫩芽，可食用。
⑤轩冕：古时大夫以上官员的车乘和冕服。这里借指官位爵禄。

译文

春夜宁静一切生物全都止息，不时听到隔着竹林几声犬吠。
却使我回忆起在山里的时候，有人家的地方远在山涧西边。
真羡慕你天明就要启程归去，安于采蕨生活轻视爵高官显。

赏析

这首诗精悍短小，却神韵无穷，诗题即清晰地点名了写作时间、地点及写作原委。全诗的意境，与王维的散文名篇《山中与裴秀才迪书》可互相印证。

春夜的竹亭，清新而静谧，轻轻掠过的凉风，吹得竹林飒飒作响，远处偶尔传来断断续续的几声犬吠，隔着夜幕中青葱的林子，划破这夜的安宁。以动衬静，展现在读者眼前的是一幅悄然静谧的春夜图。置身于此情此景之中，诗人的思绪飘飞到了山中隐居时的场景，那山涧西边的简陋小屋，那纵情田园的悠然自得，那份清闲自在的生活情致。次日天一亮，好友钱少府就要辞官隐退、隐居山林了，可惜这一切，诗人也就徒有羡慕之情。

这首诗以寥寥数语，勾勒出一幅幅生动传神的画面，将诗人的心思无一保留地流露出来。此诗之妙处之一在首句，声音与环境的巧妙结合，以动衬静，细微处着手，渲染出静谧安宁的氛围与意境，让人恍若身临其境。二在末句，借用伯夷、叔齐隐居首阳山采蕨而食的典故，表露出诗人对钱少府轻视官场、隐退而居的赞赏与歆羡，同时也传递出自己渴望早日归隐的希望。

此诗给人以清新美好之感，意境之美油然而现，通过表达对钱少府退而归隐之举的赞赏也表达出诗人渴望归隐之意，韵味悠远。

秋日行村路

【宋】乐雷发

儿童篱落①带斜阳，
豆荚②姜芽社肉③香。
一路稻花谁是主，
红蜻蛉④伴绿螳螂。

注释

①篱落：篱笆。
②豆荚：豆类的荚果。
③社肉：社日祭神之牲肉。
④蜻蛉（líng）：蜻蜓的别称。一说极似蜻蜓。惟前翅较短，不能远飞。

作者名片

乐雷发（1210—1271），字声远，号雪矶，汉族，湖南宁远人。南宋政治家、军事家、文学家、诗人。乐雷发毕生最大的建树在于诗歌创作，入选《宋百家诗存》《南宋群贤小集》。留存于世的诗有140余首，其体裁包括七古、五古、七律、五律、七绝、五绝。很多诗都显出了强烈的民本意识，洋溢着很深的家国情怀、浓厚的屈原《离骚》遗风，与周敦颐首创的理学渊源。他的民本思想，是舜帝精神的延续与传承。代表作有《雪矶丛稿》《状元策》《乌乌歌》《春陵道中望九疑》《九疑紫霞洞歌》《象岩铭》。

译文

斜阳西照，孩子们正在院落的篱笆旁欢快地玩耍；农妇烧煮豆荚、姜芽和社肉的香味，从屋舍中阵阵飘出。

路旁田间的稻谷正在扬花吐穗，远远望去，一个人也没有，只有红色蜻蜓低飞，绿色的螳螂在稻叶上爬动着。

赏析

这首诗写的是秋天经过郊野的一座小村时的所见所感，描绘了淳朴、自由、优美的农村田园风光。诗清新可爱，含蓄隽永，表现了诗人热爱农村自然风光，追求自由、闲适、和谐的田园生活的情趣。

诗就眼前所见，精工细描，把农村傍晚的景物一组组摄入诗中，使人应接不暇。如诗的第三句由问句形式出现，明知风光无主，偏要问“谁是主”，便突出了眼前的丰收景象带给人的喜悦，也细微地表现黄昏的岑寂。

第四句写红蜻蜓与绿螳螂，不仅在色彩上很艳丽，在二者之间加一“伴”字，运用了拟人的手法，把红蜻蜓与绿螳螂这两种可爱的小生物营造在一个相依相伴、和美融洽的氛围里。更突出它们的勃勃生机，使全诗给人以积极向上的感觉。

这首诗的三、四句是名句，它的好处，钱钟书先生在《宋诗选注》中专门作了发挥，对理解诗很有帮助。钱先生说：古人诗里常有这种句法和颜色的对照，例如白居易《寄答周协律》“最忆后庭杯酒散，红屏风掩绿窗眠”，李商隐《日射》“回廊四合掩寂寞，碧鹦鹉对红蔷薇”，韩偓《深院》“深院下帘人昼寝，红蔷薇映碧芭蕉”，陆游《水亭》“一片风光最画得？红蜻蜓点绿荷心”。乐雷发的第三句比陆游的新鲜具体，全诗也就愈有精彩。

山馆

【宋】余靖

野馆①萧条晚，
凭轩②对竹扉③。
树藏秋色老，
禽带夕阳归。
远岫④穿云翠，
畲田⑤得雨肥。
渊明⑥谁送酒，
残菊绕墙飞。

注释

①野馆：即山馆，指余靖在曲江的乡居。

②凭轩：轩（xuān），堂前的栏杆。凭轩，依凭着栏杆。

③竹扉：扉（fēi），门扇。竹扉，以竹编成的门扇。

④远岫：岫（xiù），峰峦。远岫，远处的山峦。

⑤畲田：畲（shē），火耕。畲田，焚烧草木，以灰肥田。

⑥渊明：即陶潜（365—427年），东晋时代的伟大诗人。

作者名片

余靖（1000—1064）韶州曲江人，初名希古，字安道。仁宗天圣二年进士。累迁集贤校理，以谏罢范仲淹事被贬监筠州酒税。庆历中为右正言，支持新政。使契丹，还任知制诰、史馆修撰。再使契丹，以习契丹语被责，复遭茹孝标中伤，遂弃官返乡。皇祐四年起知桂州，经制广南东西路贼盗。寻又助狄青平定侬智高，留广西处置善后事宜。加集贤院学士，徙潭、青州。嘉祐间交阯进扰，任广西体量安抚使。后以尚书左丞知广州。有《武溪集》。

译文

野外的客舍傍晚时分格外萧条冷寂，倚着堂前栏杆透过竹门向远处观望。

树木萧瑟蕴藏着深秋的景色，家禽在夕阳西下时纷纷归来。

远处的山峰从云中穿出更显葱翠，烧过草木的田野雨后更加肥沃。

陶渊明隐居在田园时是谁送来美酒？我却只有那绕墙的残菊陪伴左右。

赏析

乡居曲江末期，几年的冷静思索，余靖对田园生活渐能适应，心情也已大大平和下来。该诗描写秋日傍晚的山村景色，塑造出一个悠闲自得的作者形象，在对自然景物的描写中带着孤独惆怅之情。

一开头，诗人就把读者带进了一幅凄清孤寂的图画里，不仅点明了时间地点，还点明了诗人所处的环境。“萧条”，不仅渲染了田园的冷落，也表现了诗人此时心情的黯淡、孤寂。

诗人凭轩远眺，摄入眼底的是“树藏秋色老，禽带夕阳归”的景象，树因秋色而更显苍老，倦鸟在暮色中低回寻巢，映衬了他内心的悲哀。这是以景显情、情景交融的写法。

五六两句，“穿云翠”是美丽而生动的景象，“得雨肥”意味着丰足，这是用美好的景物来反衬诗人穷困潦倒和黯然神伤的心情。中间这两联，颔联以哀景写哀情，是衬托的写法；而颈联以乐景写哀情，是反衬的写法。诗中生动地再现了山馆山园老而不衰的秋景，平淡而精工，深得陶潜、谢朓及王维、孟浩然诗派的旨趣。诗人以闲旷之目，托高远之思，一切深沉的思考，都蕴藏于无言的远眺之中。

尾联抒写诗人的孤独之情。陶潜隐居田园，贫无酒钱，尚有亲朋好友送酒上门，可诗人在寂寞凄清的山馆，却没有人来嘘寒问暖，只有残菊陪伴着他。诗人自比陶潜，而境况更差，也更孤寂。余靖，有陶潜、王维田园诗的遗韵，在对自然景物的描写中带孤独惆怅之情。

四月二十三日晚同太冲表之公实[1]野步[2]

【宋】洪炎

四山矗矗[3]野田田[4]，
近是人烟远是邨[5]。
鸟外疏钟灵隐寺[6]，
花边流水武陵源。
有逢即画原非笔，
所见皆诗本不言。
看插秧栽欲忘返，
杖藜[7]徙倚[8]至黄昏。

注释

①太冲、表之、公实：太冲，表之，其人未详；公实，指郑湛。
②野步：野外散步。
③矗（chù）矗：高耸貌。
④田田：鲜碧貌。
⑤近是人烟远是邨（cūn）：用杜甫《悲青坂》“青是烽烟白是骨”句式。
⑥灵隐寺：佛寺名，在杭州。
⑦杖藜（lí）：拄着手杖行走。杖，名词动用，藜，植物名，茎可为杖。
⑧徙（xǐ）倚：徘徊。

作者名片

洪炎（1067—1133），字玉甫，

南昌（今属江西）人。黄庭坚外甥，出生书香门第，由祖母启蒙，洪炎与洪朋、洪刍、洪羽四兄弟，都是诗人，号称“豫章四洪”江西诗派诗人。

译文

四周群山巍然矗立中间田野一片，近处都是人家远处隐约可见山村。

飞鸟去处时而传来灵隐寺的钟声，野花芬芳流水潺潺犹如武陵桃源。

一路所遇就是画原非笔墨能描摹，野游所见皆是诗本非语言能形容。

为看农夫田间插秧使我流连忘返，拄着藜杖时走时停不觉已到黄昏。

赏析

首颔二联描写游杭州近郊所见。诗人所见，有山峦、田野、人烟和村庄，还有飞鸟、丛花和流水。诗人所闻，除了晚钟外，也还有鸟语、花香和流水声。二联种种意象交织成一幅幅迷人的图画，谱写出一曲曲动人的乐章。其中首联“四山矗矗”和“野田田”是崇高美和秀丽美的对照、“人烟”和“村”是近和远的对照；颔联用声和色对照。

颈联写诗人所见即诗、画，非能来写、说。“有逢即画元非笔，所见皆诗本不言。”诗人想，他不需要、也无可能用笔墨和言语把这些大自然的杰作描写出来。这一联诗人用空间艺术的画跟时间艺术的诗进行了对照。三联直抒感怀，说游览所逢所见，处处皆是画意诗情，这天然的美景，无须彩笔点染，也是笔墨和言语难以刻画和形容的。

尾联为诗人的卓见和此诗的旨趣。“看插秧栽欲忘返，杖藜徙倚至黄昏。”这两句表明，诗人最爱赏的是农民的“插秧针”，他看得几乎忘了归去，直到黄昏时候，农夫在田间劳作，诗人和朋友拄着藜杖时徙时倚，仿佛贪看于插秧，夕阳西下，黄昏来临。大概是因为他领悟到只有辛勤劳动，才可能使生活变得更加美好。足见直到晚年，诗人对生活仍持着积极的态度，十分可贵。诗人末尾用农夫的辛劳跟诗人的沉思对照。结尾余音袅袅，给读者留下无限思索，含不尽之意见于言外。

这首诗采用了一系列对照手法。诗的前半是通过形象去描写自然景物；后半则是稍带议论以宣讲人生哲理。正由于诗人采用了这样一系列的对照手法，才使得形象更加鲜明，不因议论而削弱；结构更加紧密，不因跳跃而松弛。同时也给读者以有益的启迪。

涧南园即事贻皎上人

【唐】孟浩然

弊庐在郭外，
素①产②唯田园。
左右林野旷，
不闻朝③市喧。
钓竿垂北涧，
樵唱入南轩。
书取幽栖事，
将④寻静者⑤论⑥。

注释

①素：旧的。
②产：一作“业”。
③朝：又作“城”。
④将：又作“还”。
⑤静者：指跳出尘世的出家人，这里指皎上人。
⑥论：又作“言”。

译文

简陋的房舍在城外，先人的薄产只有田园。
周围林茂田野广阔，不闻城市中车马声喧。

钓鱼人垂竿在北涧，樵夫的歌声飞入南轩。

诗成但言隐居情事，还请高人贤士来评谈。

赏析

皎上人，僧人名皎，生平未详。从诗中内容看，二人以前交往并不多。诗题为“即事”，是就自己在涧南园的生活情景加以描述。诗首二句为全诗描述的概括。正因在“郭外”，才有“左右林野旷，不闻朝市喧”的开阔幽静；正因“素产唯田园”，才有“钓竿垂北涧，樵唱入南轩”的田园乐趣。这些都写得极自然，没有其他诗写幽居时流露出的孤寂情调。结尾点出书赠皎上人，表达自己淡泊的心志。

此诗为孟浩然在故里所作，诗中描写了作者居住地的开阔幽静，表现出田园生活的乐趣，表达了作者淡泊的心志。

寄宿田家

【唐】高适

田家老翁住东陂①，

说道平生隐在兹②。

鬓白未曾记日月，

山青每到识春时③。

门前种柳深成巷，

野谷流泉添入池。

牛壮日耕十亩地，

人闲常扫一茅茨④。

注释

①陂（bēi）：山坡。

②兹：此地。

③识春时：知道春天的到来。

④茅茨（cí）：茅屋。茨，用芦苇或茅草建成的屋。

客来满酌清尊酒，
感兴平吟⑤才子诗。
岩际窟中藏鼹鼠⑥，
潭边竹里隐鸬鹚⑦。
村墟日落行人少，
醉后无心怯路歧⑧。
今夜只应还寄宿，
明朝拂曙⑨与君辞。

⑤平吟：平和自然地吟诵。
⑥鼹（yǎn）鼠：田鼠。
⑦鸬鹚（lú cí）：水禽。鱼鹰，俗称水老鸦。
⑧怯路歧：担心路有岔道。
⑨拂曙：拂晓，天将明时。

作者名片

高适（704—765），字达夫，一字仲武，渤海蓨（今河北景县）人，后迁居宋州宋城（今河南商丘睢阳）。安东都护高侃之孙，唐代诗人。曾任刑部侍郎、散骑常侍，封渤海县侯，世称高常侍。于永泰元年正月病逝，卒赠礼部尚书，谥号忠。作为著名边塞诗人，高适与岑参并称“高岑”，与岑参、王昌龄、王之涣合称“边塞四诗人”。其诗笔力雄健，气势奔放，洋溢着盛唐时期所特有的奋发进取、蓬勃向上的时代精神。有文集二十卷。

译文

田家老翁住在东面山坡，说自己一辈子隐居在这里。
两鬓斑白不曾记得岁月时日，只是看到满山绿遍才知春天又至。
门前所种柳树已高同深巷，山间清泉流响进入池塘。
老牛膘肥体壮一天能耕十亩地，老翁清闲时常扫一扫院子。
有客远来就用美酒招待，兴致浓厚常常吟诵先人的诗。
山岩洞穴里藏着鼹鼠，水边竹林里潜伏着鸬鹚。
村子旧址上人烟稀少，喝醉后根本顾不上辨认道路。
今夜应该在这里歇息，明天一早就与老翁告辞。

赏析

这首诗写诗人寄宿农家、与老翁饮酒所见所感的内容，表现农人的闲静惬意和诗人对农家生活的极大兴趣。一联是老翁身世，居此已久。二联是远离尘世，不计时日。三、四两联是勤快但不忙碌的劳作。五联是热情待客。从吟诗看。农人是位隐居的官吏，诗人遂与他有共同语言。六联是自然景观。最后两联是表明心迹。诗的笔法属白描，抒写逼真实在。

夏日李①公见访

【唐】杜甫

远林暑气薄②，
公子过③我游。
贫居类村坞④，
僻近⑤城南楼。
旁舍颇淳朴，
所须亦易求。
隔屋唤西家，
借问有酒否？
墙头过浊醪⑥，
展席俯长流。
清风左右至，
客意已惊秋。

注释

①李公：李炎，时为太子家令。
②远林：即远郊的林子。薄：稀少，稀薄，指远林暑气稀薄，可以避暑。
③过：拜访，探问。
④村坞（wù）：村庄。村外筑土形成的小土堡叫做“坞”。
⑤僻近：靠近。
⑥浊醪（láo）：浊酒。

巢多众鸟喧⑦，
叶密鸣蝉稠⑧。
苦遭此物⑨聒⑩，
孰谓吾庐幽？
水花⑪晚色净，
庶足充淹留⑫。
预恐樽⑬中尽，
更起为君谋。

⑦喧（xuān）：声音杂乱。
⑧稠：众多。
⑨此物：指蝉。
⑩聒（guō）：吵闹。
⑪水花：莲花。
⑫淹留：长期逗留。
⑬樽（zūn）：酒杯。

译文

我住的地方在郊野林间暑气轻微，于是公子前来与我交游。
贫寒的居室像农家房舍，僻静地靠近在城南楼。
我的邻居十分淳朴，所缺之物也容易向他们求助。
隔着墙壁呼唤西邻："请问你家有没有酒？"
邻居从墙头递过一坛浊酒，于是开席，俯身畅饮不休。
清风从左右吹进屋里，客人惊讶不已以为到了初秋。
抱歉的是檐下鸟儿太多争斗不止，院中林叶太密蝉鸣太稠。
这繁杂的吵噪声一定使您苦恼，唉，谁说我的茅屋寂爽清幽？
幸而池中的莲花晚来清丽，希望凭着这点景致足以把您挽留。
唯恐坛中酒尽您还不能尽兴，请允许我起身另为您寻求。

赏析

这首诗是杜甫写景中的佳作。全诗层次鲜明，结构严谨，更为惊奇的是此诗部分所写只见顿挫而不见沉郁。此诗描写的是农家风光，盛夏作者在农舍邀请李炎畅饮。

“远林”与下文“僻近”相互呼应，说明此处离闹市甚远，幽远深静。并点明李公来游的原因是为了贪凉。此处虽是贫居，但“淳朴”，有“浊醪”，有美景，有乐音，杜甫极力邀请客人留下饮酒，有挽留之意。“隔屋唤西家，借问有酒否。”这里写得比较有意思，作者居住此地，知此处有酒，实有“故弄玄虚”之感。下句“墙头过浊醪，展席俯长流。”酒从墙头过，展席畅饮美酒，与上句结合，也展现了杜甫少有的浪漫之意。前句很有意思。一来显得是贫居，墙低，故酒可以打墙头递过来；二来也显得邻家的淳朴，为了顾全主人家的面子，不让贵客知道酒是借来的，所以不从大门而从墙头偷偷地送过来。杜甫之憎富人，爱穷人，是有他的生活体验作基础的。

杜诗有“语不惊人死不休”之特点，而“清风左右至，客意已惊秋。”而真正让我们惊得恰恰是“惊”字，秋好像人一样知道了客人的意愿，刮起了习习清风，可谓顿挫到了极致。下两句用对偶句描写了林间鸟儿斗架、蝉鸣，为下句铺垫。“苦遭此物聒，孰谓吾庐幽。”这两句是说：我不禁“苦恼”地埋怨这些东西吵闹，谁说我的草庐幽静呢？杜甫此时的苦恼绝不是真正意义上的“苦恼”，而是假意的苦恼，这“苦恼”正是作者得意之处。最后四句是说：因为村野僻远，没有什么好东西可以拿来款待客人，只好将此间美好的景色充作留客之物。西家的酒，也许没有了，不能不想个办法，总之委屈不了你。从这里也显示了杜甫的淳朴、豪爽。

鹧鸪天·黄沙道中即事

【宋】辛弃疾

句里春风正剪裁。溪山一片画图开。轻鸥自趁虚船[1]去，荒犬还迎野妇回。

松共竹，翠成堆。要擎残雪斗疏梅。乱鸦毕竟无才思[2]，时把琼瑶[3]蹴下来。

注释

①虚船：水鸟在水面上游走，给人以乘船的感觉，但因没有船，所以叫虚船。
②无才思：没有知识或不懂事。
③琼瑶：指雪。

译文

在写成的词句中，春风正在为我修改。眼前展现出一片溪水高山的画图：水里的鸥鸟，轻轻地在水面上荡漾，像乘坐在船上。从荒郊外跑回来的狗，迎着在田野里劳动的妇女回家去了。

松树和竹子交错丛生，远处看，青翠成堆。它们擎着残雪，要和几朵稀疏的梅花争妍。纷乱的乌鸦毕竟没有才思，在树枝上跳来跳去，晶莹洁白像琼瑶似的残雪踩踏下来。

赏析

隐居带湖的词人，经常外出，或是观景，或是到远处的书堂读书。这回他到黄沙岭上的书堂去，经过这黄沙道，看见了生气勃勃的初春景象，不禁十分欣喜，马上把自己所见到的溪山人物风景摄取入词。全词显出清新玲珑的风采。首韵欲扬先抑，采用反衬法，写自己正在搜索枯肠，意欲把春风初起的感觉写入诗词而不可得，突然间，眼前出现了一片溪山，清新得如刚打开的溪山画。这就总摄全篇之魂，且为下文的写溪山之美做好了准备。“轻鸥”以下，一句一景，以抓摄的办法把眼前风景的动态和静态特征及神味，都展示了出来。鸥趁空船，犬迎野妇，同为动态画面，而一者自在，一者温馨。一“去”一“回”，景物在变化中相互补足，显示出画面所需要的稳定性。另外，这两句对仗精工，选词讲究，能够体现作者超然物外的人生意趣。下片起韵，转动为静，写松竹戴雪、疏梅自放的初春特有景象，写得颇有趣味和情韵。松竹梅本是所谓“岁寒三友”，它们经常出现在同一处，或被诗人安排在同一画面中，梅得竹映，气息愈清，精神愈秀，姿态愈美。此处本也应是如此构思、然而作者却别出心裁，以被雪水洗得青翠欲滴但是无花的松竹，来与开放得正香的梅枝竞美。作者以一“斗”字，写出了不服气的松竹联手举起残雪来与梅枝斗美的情态，赋予自然界以人的憨稚，人的情韵。这三句，把松竹的气概和情趣写到了极处。下韵则以一个可爱的细节作为反压，乱鸦的煞风景并不能取消这风景本身的诗情，以此隐示松竹梅这场“较量”的“胜败”，从而把作者对他们这场“较量”的态度，不着痕迹地一收。收得若漫不经心，随意点染，但风景如生，诗情宛然。大作家观物，物中有人，物如其人，从来不“描死”风景。辛弃疾的风景词写得出色有生气，正在于其中渗透了作者的精神气息，使人不仅能从中看见作者的才华，还能看见他的情致。

赠裴十迪①

【唐】王维

风景日夕②佳，
与君赋新诗。
澹然③望远空，
如意④方支颐。
春风动百草，
兰蕙生我篱。
暧暧⑤日暖闺，

注释

①裴十迪：即裴迪，排行第十，故称“裴十”，关中人，开元（唐玄宗年号，713—741）中与王维同隐。
②日夕：傍晚。
③澹然：恬淡貌。澹，通“淡”，恬淡自适。
④如意：古之爪杖也。或骨、角、竹、木，刻作手指爪，柄长可三尺许。或脊有痒，手所不到，用以搔爪，如人之意，故曰如意。
⑤暧暧（ài ài）：迷蒙隐约貌。

田家来致词。
欣欣春还皋[6]，
淡淡水生陂[7]。
桃李虽未开，
荑[8]萼[9]满芳[10]枝。
请君理还策[11]，
敢告将农时。

⑥皋：水边向阳高地。也泛指田园、原野。
⑦陂：池塘。
⑧荑（tí）：本义为茅草的嫩芽，引申之为草木嫩芽。
⑨萼（è）：花萼，此指花。
⑩芳：一作“其”。
⑪还策：指还归时需带的手杖等行装。

译文

风景早晚都特别美好，我和你一起写作新诗。
恬静地望着高远的天空，如意正把我面颊托支。
春风吹拂着花花草草，兰蕙已生长在我的竹篱。
融融的日光照暖村舍，农夫特来这里向我陈辞。
草木欣欣春天已回到原野，波光荡漾绿水涨满了陂池。
桃花李花虽还没有开放，嫩芽花萼也已结满了青枝。
请你准备好回去用的手杖，我大胆相告不要误了农时。

赏析

这是王维一篇山水田园之作，诗篇脉络清晰，层次分明。首句点明写作动机，夕阳西下的黄昏时节，风景这边独好，置身于如此美景之中，诗人情不自禁地想要邀请裴君一起吟诗作乐。三四句着二“态”，“淡然”显现出诗人观景之心态，恬淡自在；“支颐”描摹出诗人观景之姿态，兀自沉醉。寥寥二笔，却将诗人观景之心绪、姿态描摹得惟妙惟肖。“望”字亦为传神之笔，一则突显出所观之景的开阔之意境，二则将诗人观景之神韵流露出来，或远望，或凝望，或油然而思，或启迪而发。此邈远之境，或许是开启诗人心扉的一把密钥。沉寂了一冬的淡漠，在此等万物复苏，欣欣向荣的景致之中，总该有所萌动的。个中情致，唯作者感知。徐徐春风轻拂，惊醒了那沉睡的百草，齐齐在微风荡涤中悄然萌动；看那篱笆中，兰惠丛生，散发出缕缕幽香，沁人心脾。后面四句为“致词”内容，水边的土地上，布满了嫩绿的草木，欣欣向荣，一派蓬勃之象；那泛着绿萍的池塘，在微风轻拂下，荡漾起丝丝涟漪，一圈一圈，向四周荡开。大片的桃李树林，一瞬间也换上了春的彩妆，前面还是光秃秃的杆儿，一缕春风吹过，焕然一新，披上了绿的衣裳，嫩绿的新芽，油然而生，疯狂向外探头，急切地渴盼着打量这个未知的世界。那青葱的长势，孕育出团团花骨朵儿，在绿色的世界里增添一丝春的芬芳。这青翠的绿芽，这悄然欲出的花蕾，饱含生机，却也蕴藏着希望，恍惚间能瞅见老农眼里充满希冀的光芒，那该是硕果累累的丰收。末句回归题目，趁此农忙时节将至，诚邀裴君过来，一同欣赏品味这春意盎然之趣。

这首诗清新欢快，淡然素雅，朴实醇厚的言语，描绘的却是最真切自然的景象。诗人处身于那样的年代，切身体验官场的尔虞我诈，钩心斗角； 却又醉心自然，情归大地，难能可贵的是乱世之中，还有志同道合之人，吟诗作乐，感慨世事。诗人之妙手，绘尽世间美景，却丝毫不着痕迹，令人赞叹。

辛丑岁七月赴假①还江陵夜行涂口

【晋】陶渊明

闲居三十载，

遂与尘事冥②。

注释

①赴假：赴准假之所，意即销假返任。

②冥：冥漠，隔绝。

③敦：厚。这里用作动词，即加厚，增加。

诗书敦③宿好④，
林园无世情。
如何舍此⑤去，
遥遥至南荆⑥！
叩⑦枻⑧新秋月，
临流别友生⑨。
凉风起将夕⑩，
夜景湛虚明⑪。
昭昭⑫天宇阔，
皛⑬皛川上平。
怀役⑭不遑寐，
中宵⑮尚孤征。
商歌⑯非吾事，
依依在耦⑰耕。
投冠⑱旋⑲旧墟⑳，
不为好爵㉑萦㉒。
养真衡茅㉓下，
庶㉔以善自名。

④宿（sù）好（hào）：昔日的爱好。宿，宿昔，平素。
⑤舍此：指放弃田园生活。
⑥南荆：荆州治所在湖北江陵，江陵古属南方楚国之地，故西晋称荆州为南荆。东晋沿用此习称。
⑦叩（kòu）：敲，击。
⑧枻（yì）：船舷。
⑨友生：朋友。生是对年轻读书人的称呼。
⑩将夕：暮之将临。夕，傍晚。
⑪湛（zhàn）：澄清，清澈。虚明：空阔明亮。
⑫昭昭：光明，明亮的样子。
⑬皛（xiǎo）：洁白明亮的样子。
⑭怀役：犹言负役，身负行役。
⑮中宵：半夜。
⑯商歌：指自荐求官。商，声调名，音悲凉。
⑰耦（ǒu）耕：两人并肩而耕。这里指隐居躬耕。
⑱投冠：抛弃官帽，即弃官。
⑲旋：返回。
⑳旧墟：这里指故乡旧居。
㉑好（hǎo）爵：指高官厚禄。
㉒萦（yíng）：缠绕，束缚。
㉓衡茅：指简陋的住房。衡，同“横”，即“横木为门”。茅，茅屋。
㉔庶：庶几。有“差不多”之意，在古语中常含希望、企求的成分。这里就有希望的意思。

译文

三十年来村居享悠闲，对于世态隔膜而不明。

原先爱好诗书现更爱，田园没有应酬之俗情。

为何舍弃田园而离去，千里迢迢去到那南荆？
荡起船桨击碎新秋月，水边暂告分手别亲朋。
傍晚凉风习习已吹起，月光照天夜色清空明。
天宇明净高远无边际，亮光闪闪江面水波平。
惦记差役不能安心睡，夜已将半还得独自行。
商歌求官不是我事业，留恋沮溺那样并肩耕。
甩掉官帽决心返故里，高官厚禄本来不动情。
衡门茅舍才可修真性，或可凭善建立好声名。

赏析

此诗开头六句，是从题前着墨，借追念平生，写出自己的生活、情性，再转到当前。他这年三十七岁，说“闲居三十载”，是就大体举成数而言。过去精神寄托所在是诗书和园林，官场应酬这些尘事、虚伪欺诈这些俗情是远隔而无沾染的。四句盛写过去生活的值得追恋，也正是蓄势；接着便迸发出“如何舍此去，遥遥至南荆”的自诘，强烈表现出自悔、自责。这里用十字成一句作反诘，足见出表现的力度；说“遥遥至南荆”，自然不仅是指地理上的“遥遥”，而且也包括与荆人在情性、心理上的相隔“遥遥”。

“叩栧”以下八句是第二节。前六句正面写“夜行”，也写内心所感。

结尾六句，抒写夜行所感。在上节所写境和情的强烈矛盾下，诗人不自禁地像在自语，也像在对大江、秋月倾诉：“商歌非吾事，依依在耦耕”——像宁戚那样唱着哀伤的歌来感动齐桓公以干禄求仕却不乏人，而自己却恋恋于像长沮、桀溺那样的并肩而耕。“商歌”“耦耕”，代表着两条截然不同的生活道路，作者在此已作了明确的抉择。“耦耕”是“归隐”的代称，所以下文就是对未来生活的具体考虑：首先是“投冠”（不是一般的“挂冠”），掷弃仕进之心，不为高官厚俸牵肠挂肚；其次是返归故里，在衡门茅舍之下、在田园和大自然的怀抱中，养其浩然真气。诗人深沉地想：要是这样，大概可以达到“止于至善”的境界了吧。一个“庶”字，也表现出诗人对崇高的人生境界的不息追求。

诗中作者用白描手法写江上夜行所见、所遇，无一不真切、生动，发人兴会。其抒述感慨，都是发自肺腑的真情实语。

庚子岁五月中从都还阻风于规林·其二

【晋】陶渊明

自古叹行役①，
我今始知之。
山川一何旷②，
巽坎③难与期④。
崩浪聒天响⑤，
长风无息时。
久游⑥恋所生⑦，
如何淹⑧在兹⑨。
静念园林好，
人间⑩良可辞。
当年讵⑪有几？
纵心⑫复何疑！

注释

①行役：指因公务而在外跋涉。《诗经·魏风·涉站》：“嗟！予子行役，夙夜无已。”
②一何：多么。旷：空阔。
③巽（xùn）坎：《周易》中的两个卦名，巽代表风，坎代表水。这里借指风浪。
④难与期：难以预料。与，符合。
⑤聒（guō）天响：响声震天。聒，喧扰。
⑥游：游宦，在外做官。
⑦所生：这里指母亲和故乡。
⑧淹：滞留。
⑨兹：此，这里，指规林。
⑩人间：这里指世俗官场。
⑪讵（jù）：曾，才。潘岳《悼亡诗》：“尔祭讵几时。”
⑫纵心：放纵情怀，不受约束。

译文

自古悲叹行役苦，我今亲历方知之。

天地山川多广阔，难料风浪骤然起。

滔滔巨浪震天响，大风猛吹不停止。

游宦日久念故土，为何滞留身在此！

默想家中园林好，世俗官场当告辞。

人生壮年能多久？放纵情怀不犹疑！

赏析

这首诗集中表达了陶渊明厌倦仕途、依恋田园的思想感情。

“自古叹行役，我今始知之。”做官有行役之劳，在交通不发达的古代，尤其苦。所以陶渊明得出结论说：“自古叹行役”。然而，行役者究竟有些什么可叹的苦，陶渊明以往并无切身体验。可当他为桓玄当差，奔波于建康和江陵之间，不远千里，其间的艰难险阻可以说是“备尝之矣”，所以他感慨道：“我今始知之”。这里，言未尽意，诗人的心里是在说：行役当差的苦头我尝够了，谁还想迷恋仕途。

陶渊明厌倦仕途的另一个原因是，仕途多风险，吉凶难料。在诗人看来，做官是一种危险的事情，倒不如及早告别官场。为了表达这个意思，诗人并未直说，而是借景言情，引用典故达意。行役途中，面对山川荒野，诗人的心境是孤独而悲凉的，发出了“山川一何旷”的感叹。这不是对山川秀色的赞美，而是对山川旷野的畏惧。由于心情的关系，大自然在诗人的眼里也是可怕的。诗人借山川之险来陪衬仕途之险，意在说明仕途可畏，潜藏着祸福风云。何时为福，何时为祸，谁也不知，“巽坎难与期”。用“巽坎”来比喻仕途中的吉凶顺逆，是十分恰当的。“崩浪聒天响，长风无息时”。这是全诗的秀句，写出了诗人在行役途中对山川风物的真实感受。诗人的用词准确，而又很会夸张。他不说“巨浪”，而说“崩浪”。一个“崩”字，不仅有形象，而且有声音，绘声绘色。“聒”字准确地形容出巨浪咆哮时的杂乱之声。“崩”字形容声大，“聒”字形容声杂。诗人借自然景象来描绘官场内部的激烈斗争，像崩浪震天那样可怕。

宦游之人长年在外，离乡背井，这在感情上是一种痛苦。陶渊明也经历着这种痛苦，行役途中他格外思亲。“久游恋所生，如何淹在兹”，这是陶渊明的心声，抒发了思亲的感情，悔恨自己不应该误入仕途，更不应该在仕途淹留。有了这悔恨之后，诗人便下定了决心，要罢官归田。这里，可以看见陶渊明的内心世界，他赞美园林，鄙弃官场。诗的结尾“当年讵有几，纵心复何疑”，表面似乎是消极情绪的表露，其实，诗人并未宣扬及时行乐的思想，他是在思想痛苦的时候才这样写的，是一种愤慨之言。诗人正当壮年，大志未展，繁杂的公务消磨着他的年华，而且受着官场的牵制约束，俯仰由人，他想摆脱官场的牵制，回到园林，使自己的身心得到自由。诗人盼望有“纵心”的时刻，这不是要放纵自己，而是要做一个自由人。不贪富贵，纵心归田，按自己的意志去生活，这是陶渊明真实的思想。

过湖北山家

【清】施闰章

路回①临石岸，
树老出墙根。
野水合诸涧②，
桃花成一村。
呼鸡过篱栅③，
行酒④尽儿孙。
老矣吾将隐，
前峰恰对门。

注释

①回：盘环，转折。
②诸涧：多处的涧水。涧，夹在两山间的流水。
③篱栅（zhà）：栅栏，以竹木编成的篱笆。
④行酒：给人斟酒。

作者名片

施闰章（1619—1683），字尚白，一字屺云，号愚山，媲萝居士、蠖斋，晚号矩斋，后人也称施侍读，另有称施佛子。江南宣城（今安徽省宣城市宣州区）人，清初政治家、文学家。清顺治六年（1649）进士，授刑部主事。康熙十八年（1679年）举博学鸿词科，授翰林院侍讲，纂修明史，典试河南。施闰章生性好学，受业沈寿民，博览经史，勤学强记，工诗词古文学。为文意朴而气静，诗与宋琬齐名，有“南施北宋”之誉。与邑人高咏生主持东南诗坛数十年，时称“宣城体”。

译文

在回家的路上经过靠近石头的岸边，老树的枝头伸出墙外面。
很多小小的流水汇合流淌在两山间，山村里面的桃花全部开了。
小鸡们嬉闹着抢着过篱笆，儿孙们积极给爷爷添酒尽孝心。
当我老了时候，也要这样的归隐，恰好我家门前就有一座山峰。

赏析

这首《过湖北山家》是作者泛舟出游中的即兴之作。

诗之起笔颇为悠然。那当是在随水而行的小舟之上，“路回”水转之间，便见有一带“石岸”。诗人舍舟登岸，行走在谁家墙院之外。心境既不忧急，意兴自更盎然，就连那拔出墙根的苍苍“老”树，竟也引得他流连兴叹了。

这开篇两句吐语平平，似乎并无惊人之处。再信步走去，漫步可听到一阵淙淙、潺潺的水声。寻声向前。才发现原来有一泓“野水”，正沿着曲曲的山脚畅流。

全诗至此平中出奇，将读者引入了料想不到的新奇之境。不过，这里毕竟不是“桃花源”，诗人也无意像武陵人那样进入其间，以一享山家、父老的待客热情，他只是在村头兴致勃勃地眺望几眼，便被那宁和、怡悦的生活景象迷住了：“呼鸡过篱栅”句所描摹的，该是一位慈祥的老妇，正披着午间的清荫，或是落日的斜晖，手托食盆、穿过篱栅，吆唤着散在四处的鸡群，至于她飘散的白发，怎样拂过皱纹环布的眼眉；爽朗的语声，怎样回应着欣喜奔返的鸡鸣之音，诗中留有许多“空白”，全凭读者想象去补充。“行酒尽儿孙”句，则由篱栅外景转向了场院，那里的石台边，正摆开一场老少团聚的宴饮。主人公无疑是位鹤发童颜的老爹，“儿孙”们则团团围坐，带着欢声笑语，给老爹酌酒助兴，至于老爹怎样因酒酣而酡颜乜眼，儿孙怎样笑得灿若春花，包括空气中怎样飘浮着山禽野味的香味，也全可在字里行间领略一二。

这样的生活景象，这样的淳朴和温馨，对于久在仕途中奔波的诗人来说，恐怕只有在孩提时代才领略过，并且早已被官场的喧嚣和尘俗，搅扰得恍若隔世了。而今，经了路过“湖北山家”的欣悦一瞥，便又从淡淡的记忆深处不断涌出，令诗人那样向往和依恋，这才是人生无限亲切的起点和归宿。与这样的生活相比，那官场的钻营、倾轧、争斗生涯，便显得何其纷扰并令人生起一股深切的归隐之情。好在他终于可以抽身隐退，何不就此下定决心，在家乡领略这晚年的亲情和怡乐。“相看两不厌”的敬亭山，就在家门的对面。

全诗收结之处，正是诗人在“湖北山家”生活景象的触动下，转入对隐居生涯的动情展望。这其间该有几分酸涩、几分欣喜，也全留在结句之外，一任读者自己去回味了。

首春①逢耕者

【唐】柳宗元

南楚春候早，
余寒已滋荣。
土膏②释原野，
白蛰③竞所营。
缀④景未及郊，

注释

①首春：诗人来到永州度过的第一个春天。
②土膏：泥土的肥力。
③蛰（zhé）：蛰居，即动物冬眠，藏起来不食不动。
④缀（zhuì）：装饰，点缀。

穑人先偶耕[5]。
园林幽鸟啭[6]，
渚[7]泽新泉清。
农事诚素务，
羁[8]囚阻平生。
故池想芜[9]没，
遗亩当榛荆[10]。
慕隐既有系，
图功遂无成。
聊从田父言，
款曲[11]陈此情。
眷然抚耒耜[12]，
回首烟云横。

⑤穑（sè）人：农民。偶耕：两人并耕。
⑥啭（zhuàn）：鸟婉转地叫。
⑦渚（zhǔ）：水中的小块陆地，小洲。
⑧羁（jī）囚：留在外地的囚犯。羁，羁留，停留。
⑨故池：旧居的池塘。芜（wú）：丛生的杂草。
⑩遗亩：家乡旧日的田园。榛荆（zhēn jīng）：榛，一种落叶乔木；荆，一种落叶灌木。
⑪款曲：衷情。
⑫眷然：怀念的样子。耒耜（lěi sì）：古代一种像犁的农具，木把叫“耒”，犁头叫“耜”。

作者名片

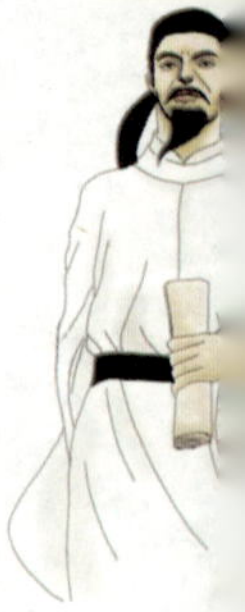

柳宗元（773—819），字子厚，唐代河东（今山西运城）人，杰出诗人、哲学家、儒学家乃至成就卓著的政治家，唐宋八大家之一。著名作品有《永州八记》等六百多篇文章，经后人辑为三十卷，名为《柳河东集》。因为他是河东人，人称柳河东，又因终于柳州刺史任上，又称柳柳州。柳宗元与韩愈同为中唐古文运动的领导人物，并称“韩柳”。在中国文化史上，其诗、文成就均极为杰出，可谓一时难分轩轾。

译文

楚南一带春天的征候来得早，冬天的余寒未尽，草木的生机却已萌发。

原野的泥土释放出肥力，像冬眠的动物争相在上面安家。

春天的景象还没装点到城郊，农民便已结伴耕稼。

园林中传出鸟儿婉转的叫声，小洲洼地的新泉清澈令人叹嗟。

农事确实要平时致力，如同囚犯般寄居外地也许会耽误终生。

故居的池塘想必已被杂草淹没，老家的田园当时长满了乔木、灌木和蔓藤。

羡慕隐士已有所托，谋取功名却已不成。

姑且跟随田间老汉细细攀谈，详细地表述了自己的苦衷。

无限眷恋地抚摸着犁耙，时间于不知不觉中过去，回头一看已是满天烟云。

赏析

此诗写的是诗人来到永州第一年即公元806年（元和元年）早春的情景。

一天，诗人独自出游到永州郊外，目睹到一幅在长安做京官时不曾有过的春意盎然的田园图景。原野上清泉涌流，草木萌蘖，鸟语花香，更有农人春耕正忙。诗人倍感新奇与兴奋，以饱蘸深情的笔，记下了这一幕幕赏心悦目的景象；身为“僇人”，羁留异地，触景生情，勾起了诗人对故土的不尽思念，以及对不幸人生的无限感慨。

全诗以第五联过渡，由所见所闻转入写所思所感。诗人看到一派宜人的早春景象后，引发的不是美好的憧憬、宏大的志愿，而是强烈的思念故土之情。正如近藤元粹《柳柳州诗集》卷三所言：“贬谪不平之意片时不能忘于怀，故随处发露，平淡中亦有愤懑，可压也。”由早春生机勃勃的景象，联想到北方旧居已人去楼空，昔日田园因无人料理而杂草丛生，沦为荒地；由此又进一步引发对人生的感慨，感到无可寄托——政治前途既已渺茫，沉闷之情又无以排遣，精神的家园不知安在。惶惶不可终日，诗人对这种无所事事的无聊生活，极度不适与不满，甚至羡慕起隐士来——尽管他们功名无所成但还有所寄寓。无意间诗人遇到了田间劳作的老汉，于是找到了倾诉的对象，诗人向这位素昧平生的老汉一吐衷肠，一泄为快。于此，也正是辛勤劳作的农民给了他以莫大的慰藉，使他舍不得离开田头，无限眷恋地抚摸着农夫的犁耙，交谈中已不知天色已晚，猛回头，发现炊烟已弥漫天空。

在身为“羁囚”的情况下，农夫已成为柳宗元倾诉的对象，与农夫倾心交谈已成了他精神解脱的最好方式。柳宗元之所以那般热爱永州山水，一个重要的原因就是他对永州人的信赖和感激。

但诗歌尾联，诗人又不得不面对现实生活的落寞，思念故乡，但在他眼前的仍是烟云横断。这意境与崔颢的“日暮乡关何处是，烟波江上使人愁”有异曲同工之妙。

总之，全诗表现的是早春郊游时的所见所感，既写了诗人对永州之野的美好印象，又写了诗人寂寞生活中矛盾而复杂的心情。以朴实的笔调写事，以诚笃的心写实，朴诚的人格跃然纸上。

和胡西曹示顾贼曹①

【晋】陶渊明

蕤宾②五月中，
清朝起南飔③。
不驶亦不驰，
飘飘吹我衣。

注释

①胡西曹、顾贼曹：胡、顾二人名字及事迹均不详。西曹、贼曹，是州从事官名。

②蕤（ruí）宾：诗中用以标志仲夏五月。

③飔（sī）：凉风。

重云蔽白日，
闲雨[④]纷微微。
流目[⑤]视西园，
烨[⑥]烨荣[⑦]紫葵。
于今甚可爱，
奈何当复衰！
感物愿及时，
每恨靡所挥[⑧]。
悠悠待秋稼[⑨]，
寥落[⑩]将赊迟[⑪]。
逸想不可淹，
猖狂独长悲！

④闲雨：指小雨。
⑤流目：犹“游目”，随意观览瞻望。
⑥烨（yè）烨：光华灿烂的样子。
⑦荣：开花。
⑧靡（mǐ）所挥：没有酒饮。挥，形容举杯而饮的动作。一说“挥”是“发挥壮志”之意。
⑨待秋稼：等待秋收。
⑩寥（liáo）落：稀疏。
⑪赊（shē）迟：迟缓，渺茫，引申为稀少。无所获。

译文

时当仲夏五月中，清早微觉南风凉。
南风不缓也不疾，飘飘吹动我衣裳。
层层乌云遮白日，蒙蒙细雨纷纷扬。
随意赏观西园内，紫葵花盛耀荣光。
此时此物甚可爱，无奈不久侵枯黄！
感物行乐当及时，常恨无酒可举杯。
耐心等待秋收获，庄稼稀疏将空忙。
遐思冥想难抑制，我心激荡独悲伤。

赏析

此诗起四句直写当前气候，说在阴历五月的一天早晨，吹起南风，不快不慢，飘动着诗人的衣服。风是夏天“清朝”中的“南飔”，飘衣送凉，气象是清爽的。接着两句，不交代转变过程，便紧接着写“重云蔽白日，闲雨纷微微”。由晴到雨，似颇突然。以上六句是面的总写，一般叙述，不多描绘。

“流目”四句，由面移到一个点。先写诗人在清风微雨中，转眼观看西园，见园中紫葵生长得“烨烨”繁荣，虽作集中，亦只叙述。上文的叙事写景，直贯到此；而对着紫葵，忽产生一种感慨：“于今甚可爱，奈何当复衰！”感慨也来得突然，但内容还属一般，属于人们对事物常有的盛衰之感。这里转为抒情。下面两句：“感物愿及时，每恨靡所挥。”承前两句，抒情又由点到面，同时由对客观事物的反映转到对自身的表白，扩大一步，提高一步，句法同样有点突然，而内容却不一般了。陶渊明本是有志于济世的人，被迫过隐居生活，从紫葵的荣烨易衰而联想自己不能及时发挥壮志，建立功业，这种触动内心痛处的感受，本来也是自然的，不妨明白直说，可诗中偏不说出“愿及时”愿的是什么，“靡所挥”挥的是什么，而是留给读者自行领会。

上文各以六句成片，结尾以四句成片。这四句由思想上的“恨”转到写生活上的困难，以及在困难中不可抑制的更强烈的思想活动。“悠悠待秋稼，寥落将赊迟。”等到秋天庄稼收成，有粮食不继的迫切问题。处境如此，还有上文的为外物而感慨，为壮志而感伤的闲情，在常人眼中，已未免迂疏可笑；而况下文所写，还有“不可淹（抑遏）”的“逸想”和什么“猖狂”的情感或行动，冷静一想，也未免自觉“可悲”了。有了“悠悠”两句，则上下文的思想感情，都变成出于常情之外，那么作者之非常人也就不言而喻了。把“不常”写得似乎可笑可悲，实际上是无意中反映了他的可钦可敬。

这首诗在陶诗中是写得较平凡的，朴质无华，它的转接突然的地方，也表现它的“放”和“直”，即放手抒写，直截不费结撰。但也有它的含蓄，有它的似拙而实高，它的奇特过人，即不露痕迹地表现作者襟怀的开阔和高远。

西　村[1]

【宋】陆游

乱山深处小桃源[2]，
往岁求浆[3]忆叩门。
高柳簇[4]桥初转马，
数家临水自成村。
茂林风送幽禽语，
坏壁苔侵醉墨痕[5]。
一首清诗记今夕，
细云新月耿[6]黄昏。

注释

①西村：周密《武林旧事》记载："西陵桥又名西泠桥，又名西村。"但西泠桥在孤山之后，与此诗首句"乱山深处"之说不合，疑是山阴的一个小村庄。
②桃源：绍兴乡下的一个山村。
③浆（jiāng）：茶水。
④簇（cù）：聚集。
⑤醉墨痕：酒后题诗留下的字迹。
⑥耿（gěng）：发光照耀。

译文

在群山深处有一个美丽的地方，宛如世外仙乡，往年我曾在那里找水解渴，因此留下美好的印象。

跨上马转过一道山梁，几株高柳环绕在桥旁，傍山临水几户人家，便是一个小小的村庄。

微风吹过茂密的丛林，送来鸟儿的欢唱，残破的墙壁上青苔斑驳，仿佛是醉墨琳琅。

我要写下一首清丽的小诗，记住这难忘的时光，几缕微云，一钩新月，点缀着山里人的梦乡。

赏析

这首诗首联由西村思往事，颔联写进山时的情况，颈联写入西村后所见所闻，尾联写看到景色后触景生情。这首诗场景描写细致，意境优美。西村是诗人旧游之地。这次隔了多时旧地重游，自不免有一种既熟悉又陌生的感觉。他观赏着沿途风光，时而引起对往事的回忆。

首联由西村思往事。西村群山环绕，仿佛是桃源世界。他还清楚记得当年游赏时敲门求水解渴的情景。

颔联写进山时的情况：走过柳树簇拥的小桥，就要勒转马头拐个弯，前面临水数户人家便是西村。对于摆脱尘世喧嚣的山水深处，诗人是心向往之的。他另有《小舟游近村舍舟步归》绝句：“数家茅屋自成村，地碓声中昼掩门。寒日欲沉苍雾合，人间随处有桃源。”也把数家的小村视为桃源。此诗这两句富于动感，景物组合巧妙。“高柳簇桥”，似乎尚处于“山重水复疑无路”的境地，而在“初转马”以后，眼前便是“数家临水自成村”，就进入了“柳暗花明又一村”的境界。这与陶渊明《桃花源记》中“初极狭，才通人，复行数十步，豁然开朗”的写法颇为接近。这不仅回应了首句“小桃源”三字，而且从山回路转中展示了这一桃源境界。

颈联写入西村后所见所闻：周围树木茂密，不见啼鸟，但闻鸣声。当年来游之处，已是坏壁颓垣，自己醉书于上的诗句，也已斑斑驳驳，布满青苔。诗人觉得，眼前这情景很动人，值得怀恋，应当写一首诗留作纪念。

于是转入尾联。正当诗人吟哦之际，抬起头来，只见空中有几缕纤云，一弯新月。在此风景清佳的黄昏时刻，清诗自会涌上心头。

此诗的特点在于能够不为物累，脱去形似，用渗透感情的笔墨去捕捉形象，将自己深切体验过的、敏锐感受到的物象写入诗中，几乎每一笔都带感情。

题破山寺①后禅院

【唐】常建

清晨入古寺，
初日照高林②。
曲径③通幽处，
禅房花木深。
山光悦鸟性，
潭影④空人心。
万籁⑤此俱寂，
但余钟磬音。

注释

①破山寺：即兴福寺，在今江苏常熟市西北虞山上。南朝齐邑人郴州刺史倪德光舍宅所建。

②高林：高树之林。

③曲径：弯曲的小路。

④潭影：清澈潭水中的倒影。

⑤万籁（lài）：各种声音。籁，从孔穴里发出的声音，泛指声音。

作者名片

常建（708—765），唐代诗人，字号不详，有说是邢台人或说长安（今陕西西安）人，开元十五年与王昌龄同榜进士，尝仕宦不得意，来往山水名胜，过了很长一段时期的漫游生活。后移家隐居鄂渚。大历中，曾任盱眙尉。

译文

清晨我进入这古老寺院，初升的太阳照在山林上。
弯弯曲曲的小路通向幽深处，禅房掩映在繁茂的花木丛中。
山光明媚使飞鸟更加欢悦，潭水清澈也令人爽神净心。
此时此刻万物都沉默静寂，只留下了敲钟击磬的声音。

赏析

首联“清晨入古寺，初日照高林”。诗人在这天的清晨走进古寺，初升的太阳光照耀着松林。此联中表明了诗人此作的时间和地点。佛家经常把僧徒聚集的处所当作丛林，所以这里所说的高林颇有称颂禅院的意思。在光照松林的景象中显露着礼赞佛宇之情。

颔联“曲径通幽处，禅房花木深”。此联的“幽”“深”二字尤为重要。竹林掩映下的小路通向了幽深之处，禅房前后花木缤纷。幽静的竹林、小径、繁茂的花草树木共同构成了优雅的意境。幽静的竹林里，一条小路通向深处，禅房前后花木茂盛。此联主要描写静景。“幽”字着重突出了此景的寂静，而这种静不是一般的静，是一种具有诗意的静，因为此联中还有一个“深”字，这两个字互相映衬。繁茂的花木和幽静的竹林互相映衬，再加上一条通往深处的僻静的小路。可以想象这是一幅多么美丽的画面，多么诗意的境界呀！

颈联“山光悦鸟性，潭影空人心”。“悦”“空”二字给大自然赋予了某种特性，明媚的山间阳光使飞鸟更加欢悦，清澈的潭水让人神清气爽。“悦”“空”两字在这里是使动用法，意为使……欢悦，使……空。这里的山光就是日光，自然中的日光照耀在山林里，小鸟到处乱飞，潭水本来就是清澈的。这些本来就没有什么奇怪的。但是作者却敏锐地捕捉到了小小的细节，给山光和潭水赋予了某种特性，使它们能够让飞鸟欢悦，能够荡涤人们心目中的污垢，使人们心旷神怡，神清气爽。这就使得这整幅画面变得更加生动、形象、美丽。动静结合的境界让人啧啧称奇。

尾联“万籁此俱寂，但余钟磬音”。颈联中明明写了小鸟到处飞的动景，然而到了尾联却说此时此刻万物俱沉默寂静，这到底是为什么呢？作者到底想写什么呢？最后半句话，但余钟磬音。钟磬，指的是佛教召集众僧的时候所敲打的一种乐器。尾联中，作者听到了钟磬的声音，于是他闭上了眼睛，默默地感受着，仿佛周围都是寂静的，唯有那象征空门的钟磬之声能够像潭水一样使作者的心灵的污垢得到荡涤，使之更加清净。原来作者是想借着此情此景寄托其遁世无门的情怀。

村　行

【宋】王禹偁

马穿山径菊初黄，
信马①悠悠野兴②长。
万壑有声含晚籁③，
数峰无语立斜阳。
棠梨④叶落胭脂色，
荞麦⑤花开白雪香。
何事吟余忽惆怅，
村桥原树⑥似吾乡。

注释

①信马：骑着马随意行走。
②野兴：指陶醉于山林美景，怡然自得的乐趣。
③晚籁：指秋声。籁，大自然的声响。
④棠梨：杜梨，又名白梨、白棠。落叶乔木，木质优良，叶含红色。
⑤荞麦：一年生草本植物，秋季开白色小花，果实呈黑红色三棱状。
⑥原树：原野上的树。原，原野。

作者名片

王禹偁（954—1001）字元之，汉族，济州巨野（今山东省巨野县）人，晚被贬于黄州，世称王黄州。北宋白体诗人、散文家。太平兴国八年进士，历任右拾遗、左司谏、知制诰、翰林学士。敢于直言讽谏，因此屡受贬谪。真宗即位，召还，复知制诰。后贬知黄州，又迁蕲州病死。王禹偁为北宋诗文革新运动的先驱，文学韩愈、柳宗元，诗崇杜甫、白居易，多反映社会现实，风格清新平易。词仅存一首，反映了作者积极用世的政治抱负，格调清新旷远。著有《小畜集》。

译文

马儿穿行在山间小路，路旁的野菊已微微开放，任由马儿随意行走兴致悠长。

秋风瑟瑟在山谷间不停回响，看数座山峰默默伫立在夕阳斜晖中。

棠梨的落叶红得好似胭脂一般，香气扑鼻的荞麦花啊洁白如雪。

是什么让我在吟诗时忽觉惆怅，原来是这乡村景色像极了我的家乡！

赏析

这首诗是作者即景抒情小诗中的代表作之一，这首诗以村行为线索，以多彩之笔逼真地描绘了山野迷人的景色，以含蓄的诗语真切地抒发了诗人拳拳思乡之情。

“马穿山径菊初黄，信马悠悠野兴长。”两句交代了时、地、人、事。时令是秋季，这是以“菊初黄”间接交代的；地点是山间小路，这是以“山径”直接点明的；人物是作者本人，这是从诗的结句中的“吾”字得出的结论；作者骑马穿山间小路而行，领略山野旖旎的风光，这是从诗行里透露出来的消息。这两句重在突出作者悠然的神态、浓厚的游兴。

“万壑有声含晚籁，数峰无语立斜阳。”两句分别从听觉与视觉方面下笔。前句写傍晚秋声万壑起，这是耳闻；后句写数峰默默伫立在夕阳里，这是目睹。这里，“有声”与“无语”两种截然不同的境界相映成趣，越发显示出山村傍晚的沉寂。

最后尾联“何事吟余忽惆怅，村桥原树似吾乡。”诗人乘兴而游，胜景触目，吟咏成诗，可是吟完诗句，一丝怅惘涌上心头。诗人看见了：前面的小桥流水、原野平林，很是眼熟。似乎重归故里，那份近乡情切的感觉也许仅在刹那间一闪，便恍然回转过来，——此地并非诗人的故乡，诗人心中的那份恼意自不待言说，这次村行的情绪也由悠然转入怅然。满目山川，清晖娱人，宦途失意的异乡人却有家不得归，此情此景，真的是“夕阳西下，断肠人在天涯”。

作者在前六句诗里描绘了一幅色彩斑斓、富有诗意的秋日山村晚晴图，较好地体现了宋人“以画入诗”的特点。诗的最后两句由写景转入抒情。前句设问，写诗人在吟诗之后不知为什么忽然感到闷闷不乐；后句作答，写这原来是诗人因蓦然发现村桥原野上的树像他故乡的景物而产生了思乡之情。这样写，就使上文的景物描写有了着落，传神地反映出了作者的心情由悠然至怅然的变化，拓深了诗意。

庚戌岁[①]九月中于西田获早稻

【晋】陶渊明

人生归有道，
衣食固其端。
孰[②]是[③]都不营，
而以求自安？
开春理常业[④]，
岁功[⑤]聊可观[⑥]。
晨出肆微勤[⑦]，
日入负禾还。
山中饶霜露[⑧]，
风气亦先寒[⑨]。
田家岂不苦？

注释

①庚（gēng）戌（xū）岁：指晋安帝义熙六年（410年）。
②孰（shú）：何。
③是：此，指衣食。
④常业：日常事务，这里指农耕。
⑤岁功：一年农事的收获。
⑥聊可观：勉强可观。
⑦肆（sì）微勤：微施勤劳。肆，操作。
⑧霜露：霜和露水，两词连用常不实指，而比喻艰难困苦的条件。
⑨寒：早寒，冷得早。

弗获辞此难[10]。
四体诚乃疲，
庶[11]无异患[12]干。
盥濯[13]息檐下，
斗酒散襟颜[14]。
遥遥沮溺[15]心，
千载乃相关。
但愿长如此，
躬耕非所叹。

⑩弗：不。此难：这种艰难，指耕作。
⑪庶（shù）：庶几、大体上。
⑫异患：想不到的祸患。
⑬盥（guàn）濯（zhuó）：洗涤。
⑭襟（jīn）颜：胸襟和面颜。
⑮沮（jǔ）溺（nì）：即长沮、桀溺，孔子遇到的“耦而耕”的隐者。借指避世隐士。

译文

人生归依有常理，衣食本自居首端。
谁能弃此不经营，便可求得自心安？
初春开始做农务，一年收成尚可观。
清晨下地去干活，日落背稻把家还。
居住山中多霜露，季节未到已先寒。
农民劳作岂不苦？无法推脱此艰难。
身体确实很疲倦，幸无灾祸来纠缠。
洗涤歇息房檐下，饮酒开心带笑颜。
长沮桀溺隐耕志，千年与我息相关。
但愿能得长如此，躬耕田亩自心甘。

赏析

此诗开篇直接展开议论，明确表现诗人的观点：人生就应该把谋求衣食放在根本上，要想求得自身的安定，首先就要参加劳动，惨淡经营，才得以生存。“人生归有道，衣食固其端。”起笔两句，把传统文化之大义——道，与衣食并举，意义极不寻常。衣食的来源，本是农业生产。“孰是都不营，而以求自安？”诗人认为人生应以生产劳动、自营衣食为根本。在诗人看来，若为了获得衣食所资之俸禄，而失去独立自由之人格，他就宁肯弃官归田躬耕自资。全诗首四句之深刻意蕴，在于此。这几句诗，语言简练平易，道理平凡而朴素，超越“获稻”的具体事情，而直写由此引发的对人生真谛的思考与总结。

“开春理常业，岁功聊可观。”言语似乎很平淡，但体味起来，其中蕴涵着真实、淳厚的欣慰之情。“晨出肆微勤，日入负禾还。”“微勤”是谦辞，其实是十分勤苦。“日入”，借用了《击壤歌》“吾日出而作，日入而息”之语意，加深了诗意蕴藏的深度。因为那两句之下是：“凿井而饮，耕田而食，帝力于我何有哉！”“山中饶霜露，风气亦先寒。”写出眼前收稻之时节，便曲曲道出稼穑之艰难。山中气候冷得早些，霜露已多。九月中，正是霜降时节。四十六岁的诗人，已感到了岁月的不饶人。以上四句，下笔若不经意，其实是写出了春种秋收、一年的辛苦。

“盥濯息檐下，斗酒散襟颜。”农村劳动生活过来的人对这幅情景都是亲切、熟悉的。诗人是在为自由的生活、为劳动的成果而开心。“遥遥沮溺心，千载乃相关。”诗人不仅是一位农民，还是一位为传统文化所造就的士人。

此诗夹叙夹议，透过收稻之叙说，发舒躬耕之情怀。此诗的意义在于，诗人经过劳动的体验和深沉的省思，产生了新思想。这就是：农业生产乃是衣食之源，士人尽管应以道为终极关怀，但是对于农业生产仍然义不容辞。尤其处在一个自己所无法改变的乱世，只有弃官归田躬耕自资，才能保全人格独立自由，由此，沮溺之心有其真实意义。而且，躬耕纵然辛苦，可是，乐亦自在其中。这份喜乐，是体验到自由与劳动之价值的双重喜乐。陶渊明的这些思想见识，在晚周之后的文化史和诗歌史上乃是稀有的和新异的。诗中所耀动的思想光环，对人生意义的坚实体认，正是此诗极可宝贵的价值之所在。

过杨村[1]

【宋】杨万里

石桥两畔[2]好人烟，
匹似[3]诸村别一川。
杨柳荫中新酒店，
蒲萄[4]架下小渔船。
红红白白花临水，
碧碧黄黄麦际天[5]。
政[6]尔清和[7]还在道，
为谁辛苦不归田[8]？

注释

①杨村：地名，今江西省铅山县杨村。
②两畔：两边。
③匹似：比起来。
④蒲萄：葡萄。
⑤际天：接天，挨着了天。指一眼望不到头，天和地遥遥相接。
⑥政：通“正”，正当的意思。
⑦清和：指农历四月，常指初夏的气候。
⑧归田：归隐田园。

作者名片

杨万里（1127—1206），字廷秀，号诚斋。吉州吉水（今江西省吉水县黄桥镇湴塘村）人。南宋著名诗人，与陆游、尤袤、范成大并称为“中兴四大诗人”。因宋光宗曾为其亲书“诚斋”二字，故学者称其为“诚斋先生”。杨万里一生作诗两万多首，传世作品有四千二百首，被誉为一代诗宗。他创造了语言浅近明白、清新自然，富有幽默情趣的“诚斋体”。杨万里的诗歌大多描写自然景物，且以此见长。他也有不少篇章反映民间疾苦、抒发爱国感情。著有《诚斋集》等。

译文

石桥的两边有一座美好的村庄，和其他的村子相比真可说是别有天地。

那儿杨柳浓荫里有新开的酒店，葡萄架下系着小小的渔船。

一丛丛红色白色的花在水边开放，碧绿、金黄的麦田一望无际，仿佛与天相接。

正当这般清明和畅的季节，我还奔波在外，这到底是为谁辛苦而还不退隐归田呢？

赏析

这是一首田园景物诗，诗的首联领起全诗，总括杨村不同一般的美景；颔联、颈联具体描绘所见景观，原野开阔，色彩鲜明，景物如画，令人欣羡；尾联笔锋转向自身，抒发了作者归隐田园的情感。此诗词语对仗工整，语言晓畅自然。

首联“石桥两畔好人烟，匹似诸村别一川”，总括杨村的美好景致。江西属多山丘陵地带，虽不至于“地无三尺平”，但平原也并不多见。诗人此刻走上石桥，看到的不是陵岭蜿蜒而是一片平川，炊烟袅袅，心中惬意畅然之感顿生，旅途疲惫也被这阔寥的景色荡涤一空。

颔、颈两联对杨村加以具体描绘。“杨柳荫中新酒店，蒲萄架下小渔船。红红白白花临水，碧碧黄黄麦际天。”这四句勾勒出一幅如诗如画，似幻亦真的田园风光美景。在颔联中，诗人以导游的身份向人们娓娓介绍，指点杨村景物。颈联的“红红白白”“碧碧黄黄”则是将诗句口语化，浅显通俗，朗朗上口。正如陈与义所说：“忽有好诗生眼底，安排句法已难寻。”（《春日》）诗人沉迷于田园美景，赞美之词脱口而出，这种不假修饰，随意自然赞美反而更能显出诗人溢于言表的喜悦之情，也就是在这种平淡自然的描述中，农家远离尘嚣、自足自乐的田园生活乐趣得以更深刻地体现。新酒店的开张，渔人无拘无束的生活，丰收的麦田，鲜鱼美酒，多么令人神往。画面上并未出现人物，但诗人渲染的笔锋，让人感受到他们宁静而幸福的生活。

最后一联写自己的感想，他说了许多农村如何如何好的话，主要目的，就在于最后这一句话，以田园乐趣来反衬他不太想做官的思想。

被檄[1]夜赴邓州幕府

【金】元好问

幕府文书鸟羽轻[2]，
敝[3]裘羸马月三更。
未能免俗私自笑，
岂不怀归官有程？
十里陂塘春鸭闹，
一川桑柘[4]晚烟平。
此生只合田间老[5]，
谁遣春官[6]识姓名？

注释

①被檄（xí）：接到征召的羽檄。
②鸟羽轻：在这里一语双关，既是指征召文书上插有轻细的鸟羽，也是指文书传递迅速，如飞鸟展翅般的轻捷。
③敝：破旧。
④桑柘（zhè）：桑树和柘树。柘，就是黄桑，叶可喂蚕。在北方农村中多见。
⑤田间老：在田里耕作到老。
⑥春官：古代以春、夏、秋、冬四季设官。

作者名片

元好（hào）问（1190—1257），字裕之，号遗山，世称遗山先生。太原秀容（今山西忻州）人。金末至大蒙古国时期著名文学家、历史学家。元好问是宋金对峙时期北方文学的主要代表、文坛盟主，又是金元之际在文学上承前启后的桥梁，被尊为“北方文雄”“一代文宗”。他擅作诗、文、词、曲。其中以诗作成就最高，其“丧乱诗”尤为有名；其词为金代一朝之冠，可与两宋名家媲美；其散曲虽传世不多，但当时影响很大，有倡导之功。有《元遗山先生全集》《中州集》。

译文

幕府中急送来征召文书，就好似飞鸟般快捷轻盈，披上破旧裘衣，骑上瘦马，我趁着月照三更匆匆赶路。

脱不了俗例，自觉好笑，怎会不想回家，只是担心耽误赴官的期程。

一路上，十里陂塘涟漪泛起，群群春鸭嬉戏闹腾，川原上棵棵桑柘遍地铺翠，袅袅晚烟无风自平。

这一生只应该在田里耕作到老，是谁让春官知道了我的姓名？

赏析

该诗首联写接文书的情况，颔联写诗人的心情，颈联写对农村生活的眷恋，尾联写诗人自己只适合在农村躬耕自食。全诗通过对一次征召赴任行程的描写，抒发了诗人为国事奔忙义不容辞的责任感和对于田园生活的留恋之情。该诗未脱宋人以散文为诗的风气，但有所创新，平淡清远，饶有风趣。

首联扣题，写“被檄夜赴邓州幕府”的情景。当时金朝北拒蒙古，南防南宋，国势日危，所以曾下诏，凡事关军国，七品官职以上者，虽在丁忧，亦在征调之列。故“幕府文书”四字下笔沉重，它不仅说明下发文书机构的权威之重，而且还意味着这是军令如山，不能抗拒。下继“鸟羽轻”三字以进一步说明所见文书的紧急。颔联接写“夜赴邓州”的感想。诗人向以归隐为超凡脱俗，而今虽在丁忧，仍不免被征为官，难以脱卸世事，故联想起“未能免俗”的典故来，不禁自觉好笑。颈联转写次日白天路上所见之景。诗人整个白天骑马赶路，所行路程很长，所见事物景观也必很多，但他只用这两句诗来突出总括其沿路所见。诗中出句是点的描绘，侧重于听觉；对句是面的概括，侧重于视觉。前者像幅浓抹重染的工笔画，后者像是简约疏淡的写意画。二句合力构成一幅春光明媚、气象升平的农村乡野图。按说当时金朝土地日缩，战争频繁，所需开支，皆赖河南一地供给，征敛无度，河南农村绝不会有如此升平祥和的繁荣景象，诗所描绘的多有诗人理想化的成分，表现出对农村闲适生活的追味和怀恋。

尾联“此生只合田间老”，紧承颈联。诗人见景生情，认为自己生性闲淡疏放，这陂塘春鸭、桑柘晚烟，景色如画，正是自己向往依居、终老天年的理想所在。“谁遣春官识姓名”，从反面着笔，遥应诗题，回合全诗。诗人三十二岁时中进士第，曾得礼部尚书赵秉文等的鼎力推荐。如今被迫应征，不得归隐田园，全怪当年误入仕籍，追思起来，悔恨之余，进而怪罪“究竟是谁遣使礼官赏识我的姓名呢？”因疏放之才而得名，现在又反被名所累，逼迫俯仰官场，诗人由事及理，感慨深长，有“篇终接混茫”之致。

竹里馆①

【唐】王维

独坐幽篁②里，
弹琴复长啸③。
深林人不知，
明月来相照④。

注释

①竹里馆：辋川别墅胜景之一，房屋周围有竹林，故名。
②幽篁（huáng）：幽深的竹林。
③长啸：撮口而呼，这里指吟咏、歌唱。
④相照：与“独坐”相应，意思是说，左右无人相伴，唯有明月似解人意，偏来相照。

译文

独自闲坐在幽静竹林，一边弹琴一边高歌长啸。
深深的山林中无人知晓，只有一轮明月静静与我相伴。

赏析

此诗写隐者的闲适生活以及情趣，描绘了诗人月下独坐、弹琴长啸的悠闲生活，遣词造句简朴清丽，传达出诗人宁静、淡泊的心情，表现了清幽宁静、高雅绝俗的境界。

起句写诗人活动的环境非常幽静。开头一个“独”字便给读者留下了突出印象，这个“独”字也贯穿了全篇。“幽篁”指幽深的竹林。《楚辞·九歌·山鬼》说：“余处幽篁兮终不见天。”“竹里馆”顾名思义是一座建在竹林深处的房子，王维独自坐在里面。他的朋友裴迪的同题诗写道：“出入唯山鸟，幽深无世人。”仅诗的第一句就塑造了一个悠然独处者的形象。

次句承上写诗人悠然独处，借弹琴和长啸来抒发自己的情感。我们知道王维是著名的音乐家，所以考取进士后，当上了太乐丞。但是他独自坐在竹里馆中弹琴显然不是供人欣赏的，而是抒发自己的怀抱。“长啸”指拖长声音大声吟唱诗歌，如苏轼《和林子中待制》：“早晚渊明赋归去，浩歌长啸老斜川。”可见弹琴还不足以抒发自己的感情，接着又吟唱了起来。他吟唱的诗也许就是这首《竹里馆》。

三、四两句写自己的内心世界没有人能理解。“深林人不知”本来就是诗中应有之意，如果对人知与不知毫不在意，那他就不会写出这句诗，既然写了这句诗，就表明他还是希望有人能够理解自己的，遗憾的是陪伴他的只是天空中的一轮明月。起句写“人不知”，结句写“月相照”，也可谓相互呼应了。

就意境而言，它不仅如施补华所说，给人以“清幽绝俗”（《岘佣说诗》）的感受，而且使人感到，这一月夜幽林之景是如此空明澄净，在其间弹琴长啸之人是如此安闲自得，尘虑皆空，外景与内情是抿合无间、融为一体的。而在语言上则从自然中见至味、从平淡中见高韵。它的以自然、平淡为特征的风格美又与它的意境美起了相辅相成的作用。

可以想见，诗的意境的形成，全赖人物心性和所写景物的内在素质相一致，而不必借助于外在的色相。因此，诗人在我与物会、情与景合之际，就可以如司空图《诗品·自然篇》中所说，“俯拾即是，不取诸邻，俱道适往，著手成春”，进入“薄言情悟，悠悠天钧”的艺术天地。当然，这里说“俯拾即是”，并不是说诗人在取材上就一无选择，信手拈来；这里说“著手成春”，也不是说诗人在握管时就一无安排，信笔所之。

社　日①

【唐】王驾

鹅湖山下稻粱肥，
豚栅鸡栖半掩扉。
桑柘②影斜春社散，
家家扶得醉人归。

注释

①社日：古代祭祀土神的日子，分为春社和秋社。在社日到来时，民众集会竞技，进行各种类型的作社表演，并集体欢宴，不但表达他们对减少自然灾害、获得丰收的良好祝愿，同时也借以开展娱乐。

②桑柘（zhè）：桑树和柘树，这两种树的叶子均可用来养蚕。

作者名片

王驾（851—？），唐代诗人，一说字大用，诰命守素先生，河中（今山西永济）人。大顺元年（890）登进士第，仕至礼部员外郎。后弃官归隐。与郑谷、司空图友善，诗风亦相近。其绝句构思巧妙，自然流畅。

译文

鹅湖山下稻粱肥硕，丰收在望。牲畜圈里猪肥鸡壮，门扇半开半掩。

西斜的太阳将桑柘树林拉出长长影子，春社结束，家家搀扶着醉倒之人归去。

赏析

古时的春秋季节有两次例行的祭祀土神的日子，分别叫作春社和秋社。此诗写了鹅湖山下的一个村庄社日里的欢乐景象，描绘出一幅富庶、兴旺的江南农村风俗画。全诗虽没有一字正面描写社日的情景，却表达出了社日的热闹欢快，角度巧妙，匠心独运。

“鹅湖山下稻粱肥，豚栅鸡栖半掩扉。”诗的一开始不写“社日”的题面，却从村居风光写起。鹅湖山这地名本身很诱人，湖的名字使人想到鹅鸭成群，鱼虾满塘，一派山明水秀的南方农村风光。春社时属仲春，田里庄稼丰收在望，村外风光如此迷人，而村内到处是一片富裕的景象，猪满圈，鸡栖埘，联系第一句描写，描绘出五谷丰登、六畜兴旺的景象。只字未提作社的事，先就写出了节日的喜庆气氛。

后两句写“社日”正题。诗人没有就作社表演热闹场面着笔，却写社散后的景象。“桑柘影斜”，夕阳西下，树影在地越来越长，说明天色将晚。古代习惯，祭社之处必植树。所谓“故园乔木”，即指社树，它象征乡里，故受人崇拜。其中桑、梓二木即古人常用为社树的树种。此诗的“桑柘”紧扣社日，即此之谓，可见笔无旁骛。

春社散后，人声渐少，到处都可以看到喝得醉醺醺的村民，被家人邻里搀扶着回家。“家家”是夸张说法，说明醉倒情形之普遍。诗未写社日的热闹与欢乐场面，却选取高潮之后渐归宁静的这样一个尾声来表现它，是颇为别致的。它的暗示性很强，读者通过这个尾声，会自然联想到作社、观社的全过程。

此诗不写正面写侧面，通过富有典型意义和形象暗示作用的生活细节写社日景象，笔墨极省，反映的内容却极为丰富。这种含蓄的表现手法，与绝句短小体裁极为适应，使人读后不觉其短，回味深长。当然，在封建社会，农民的生活一般不可能像此诗所写的那样好，诗人把田家生活作了“桃花源”式的美化。但也应看到，在自然灾害减少、农业丰收的情况下，农民过节时显得快活，也是很自然的。

首夏山中行吟①

【明】祝允明

梅子青，
梅子黄，
菜肥②麦熟养蚕忙。

注释

①吟：吟咏。
②肥：茁壮。

山僧过岭看茶老，
村女当垆[3]煮酒香。

③当垆：对着酒垆；在酒垆前。

作者名片

祝允明（1460—1527）字希哲，号枝山，因右手有六指，自号“枝指生”，又署枝山老樵、枝指山人等。汉族，长洲（今江苏苏州）人。他家学渊源，能诗文，工书法，特别是其狂草颇受世人赞誉，流传有“唐伯虎的画，祝枝山的字”之说。

译文

梅子熟了，从青色变成了黄色，地里的菜和麦子也都成熟了，又到了忙着养蚕缫丝的时节。

山寺里悠闲自在的僧人，烹煮着老茶树的茶汤，村里的姑娘站在酒垆边煮酒，酒香四溢。

赏析

祝枝山（字允明）的《首夏山中行吟》所写苏州西郊一带村女当垆煮酒的景象，让人读起来像吴语一般，轻快闲谈，很具姑苏特色。他的“有花有酒有吟咏，便是书生富贵时”，表达了那份满足，那份陶醉，一切功名利禄、人世烦恼，在诗酒风流前，烟消云散。这首酒诗反映了诗人人性的自由复归的愿望，重新发现自我，找到人生真正的归宿。

拨不断·菊花开

【元】马致远

菊花开，正归来。伴虎溪僧、鹤林友、龙山客[1]，似杜工部[2]、陶渊明、李太白，在洞庭柑、东阳酒、西湖蟹[3]。哎，楚三闾[4]休怪！

注释

①虎溪僧：指晋代庐山东林寺高僧慧远。寺前有虎溪，常有虎鸣。鹤林友：指五代道士殷天祥，据传他曾在镇江鹤林寺作法使春天的杜鹃花在重阳节绽开。龙山客：指晋代名士孟嘉。征西大将军桓温在重阳节携宾客游龙山（在今湖北江陵县境内），孟嘉作为参军随游，忽然被风吹落了帽子，遭到人取笑，他泰然自若，从容作答，四座叹服。

②杜工部：即唐代诗人杜甫，曾任检校工部员外郎。

③洞庭柑：指江苏太湖洞庭山所产柑橘，为名产。东阳酒：又称金华酒，浙江金华出产的名酒。西湖蟹：杭州西湖的肥蟹。

④楚三闾：指屈原。屈原曾任楚国三闾大夫。

作者名片

马致远（1250—1321），字千里，号东篱（一说字致远，晚号“东篱”），汉族，大都（今北京，有异议）人。他的年辈晚于关汉卿、白朴等人，生年当在至元（始于1264）之前，卒年当在至治改元到泰定元年（1321—1324）之间，与关汉卿、郑光祖、白朴并称“元曲四大家”，是我国元代时著名大戏剧家、散曲家。

译文

在菊花开放的时候，我正好回来了。伴着虎溪的高僧、鹤林的好友、龙山的名士；又好像杜甫、陶渊明和李白；还有洞庭山的柑橘、金华的名酒、西湖的肥蟹。哎，楚大夫你可不要见怪呀！

赏析

“九重天，二十年，龙楼凤阁都曾见”（《拨不断·九重天》），在仕途中抑扬了大半辈子的马致远，晚年时还没有飞腾的机会，一直浮沉于风尘小吏的行列中。二十年俯仰由人的生涯，留给他的，该有多少辛酸的回忆！马致远后期散曲中，不止一次提到宦海风波，时时准备退出官场，正是这种情绪的反映。这首小令就作于马致远归隐之后。

此曲起首“菊花开，正归来”二句，用陶渊明归田的故事。马致远的确像陶潜那样，感到以往生活之可厌，是误入了迷途，而归隐才算是走上了正道。以下三句“伴虎溪僧、鹤林友、龙山客，似杜工部、陶渊明、李太白，在洞庭柑、东阳酒、西湖蟹”为鼎足对，将三组美好之事、高雅之人聚集在一起，极力妆点，说明归隐的生活乐趣：虽然闲居野处，并不谢绝人事，不过所交往的，都是虎溪的高僧，鹤林的道友，龙山的佳客；就像他最崇拜的杜甫、陶潜、李白这些古代杰出的诗人那样，在草堂之中，菊篱之旁，青山之间饮酒斗韵，消闲而自适。何况，还有洞庭的柑橘，东阳的美酒，西湖的螃蟹！这样的田园生活，自然让人为之陶醉，乐在其中矣。对于马致远的归隐，有些友人可能不太理解，因而在小令的最后，他才用诙谐调笑的口吻，作了回答：“楚三闾休怪！”这里，一点也没有否定屈原本人的意思在内，也不是完全忘情于天下，而是含蓄地说明，当权者的统治太糟，不值得费力气为它去卖命。这是他归隐的动机所在。

此曲用典较多，但并不显得堆砌。由于这些典故都比较通俗，为人们所熟知，以之入曲，抒写怀抱，不仅可以拓展作品的思想深度，而且容易在读者中引起强烈的共鸣，收到很好的艺术效果。

野老歌①

【唐】张籍

老农家贫在山住，
耕种山田三四亩。
苗疏税多不得食，

注释

①野老歌：一作《山农词》。这首诗写农民在租税剥削下的悲惨生活，并与富商大贾的奢侈生活对比，反映了不合理的现实。

输入官仓化为土。
岁暮锄犁傍空室，
呼儿登山收橡实②。
西江③贾客珠百斛④，
船中养犬长食肉。

②橡实：橡树的果实，荒年可充饥。

③西江：今江西九江市一带，是商业繁盛的地方。唐时属江南西道，故称西江。

④斛：量器；是容量单位。古代以十斗为一斛，南宋末年改为五斗。

作者名片

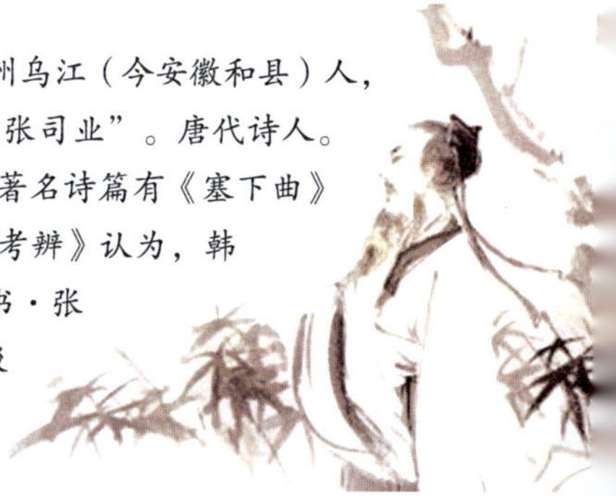

张籍（约767—约830），字文昌，汉族，和州乌江（今安徽和县）人，郡望苏州吴（今江苏苏州）。世称“张水部”“张司业”。唐代诗人。张籍的乐府诗与王建齐名，并称“张王乐府”。著名诗篇有《塞下曲》《征妇怨》《采莲曲》《江南曲》。《张籍籍贯考辨》认为，韩愈所说的“吴郡张籍”乃谓其郡望，并引《新唐书·张籍传》《唐诗纪事》《舆地纪胜》等史传材料，驳苏州之说而定张籍为乌江人。

译文

老翁家贫住在山中，靠耕种三四亩山田为生，田亩少，赋税多，没有吃的。粮食送进官府的仓库，最后腐烂变质，化为泥土，一年到头，家中只剩下锄头、犁耙靠在空房子里面，只好叫儿子上山去拾橡子充饥。从长江西面来的富商的船中，成百上千的珠宝用斛来计量，就连船上养的狗也长年吃肉。

赏析

中唐时代，政治黑暗，统治阶级剥削残酷，因此抒写农民疾苦的题材也成为新乐府诗人的一个重要的主题。张籍的《野老歌》，就是写一个农家老夫在高额的苛捐杂税的重压之下，最后过着依靠拾橡实填饱肚皮的生活。即使这样，他还不如当时被称为“贱类”富商的一条狗。张籍通过这样一个人狗对比的悲惨情形，突出表现了农民的痛苦和当时社会的不合理。

开头两句交代人物身份，运用平叙的手法，叙说一位老农，由于家里贫穷，住在山里面，仅仅耕种贫瘠的山田三四亩。这里要问，老农为什么要住在山里面呢？在我们想来，老农既然家贫，他应该到平地乡村或小镇谋生要容易一些，为啥要到难以耕种的山里去呢？这不禁让我们想起了当时的社会环境。此时社会混乱，统治阶级任意欺压百姓。面对这一切，老农一家逃到深山，这里山高路远，人烟稀少，而官府当差的也不便来此。老农希望住在深山能摆脱这一切。

五六句承上两句，说老农辛苦一年到岁末，家里徒穷四壁，没有几样东西，只有老农辛勤劳动的工具——锄犁还在伴随着他。一个“空”字，说明老农辛苦一年一无所获，另一方面说明剥削阶级把老农剥夺得一无所有。为了种那些粮食，老农早出晚归，辛苦劳作一天，到头来自己还没有吃的。无奈之下，老农“呼儿登山收橡实”，呼儿表明老农已年迈，再加上辛苦劳作一天，已无力再上山采橡实吃。“橡实”，乃一草木果实，本非普通食品，乃劳动人民在饥灾发生时临时充腹之品。老农叫儿子登山收橡实，可谓老农贫饿至极，说明劳动人民最后的可怜结局。

最后两句作者笔锋一转，说西江做珠宝生意的大贾，船上载的珠宝很多，足有百斛，他喂养的犬，长得肥肥胖胖的，浑身都是肉。作者运用叙述的手法，没有发表议论，但把两幅对比鲜明的画面摆在了面前，一幅是食不果腹的老农，另一幅是奢靡富裕的大贾喂养的肉犬，更为让人深思的，老农的生活还不如喂养的一条犬，可谓悲凉之极，令人感愤不已。

全诗运用叙述的手法，给我们呈现出几个老农痛苦的生活场景。虽然作者没有发表议论，但寓作者的思想于叙述中。全诗的形象对比深刻鲜明，表现了劳动人民的疾苦，反映了不同阶层人的生活，揭露了统治阶级对劳动人民的剥削。

田园乐七首·其一

【唐】王维

厌见①千门万户，

经过北里南邻。

官府鸣珂②有底，

崆峒③散发何人。

注释

①厌见：饱见。一作“出入”。

②官府：一作“蹀躞”。鸣珂（kē）：装饰精美的马，这里暗指追名逐禄者。

③崆峒（kōng tóng）：指仙山。

译文

饱见高堂深院里的官宦人家，经常出入北里南邻上层社会。追名逐禄者常到官府出入，而在山中散发隐居者是什么人？

赏析

《田园乐七首》有具体鲜明的设色和细节描画，使读者先见画，后会意。本诗也不例外。前两句描绘出一个频繁走动于上层社会的人物形象，但没有明确指出是谁。第三句照应前两句，读者才恍然大悟，深刻明白了前两句是在表现追名逐利者热衷名利。第四句笔锋一转，反问山中散发隐居的人是谁，含蓄地点明了诗意。原来前面描述追名逐利者是为了衬托散发隐居者悠闲自得的生活。本诗虽然简短，但结构富于变化，意味深沉。

辋川别业①

【唐】王维

不到东山②向一年，

注释

①别业：别墅。

②东山：指辋川别业所在的蓝田山。

归来才及种春田。
雨中草色绿堪[3]染，
水上桃花红欲然[4]。
优娄比丘经论学，
伛偻丈人[5]乡里贤。
披衣倒屣[6]且相见，
相欢语笑衡门[7]前。

③堪：可以，能够。
④欲：一作“亦”。然：同“燃”。
⑤伛（yǔ）偻（lǚ）：特指脊梁弯曲，驼背。丈人：古时对老人的尊称。
⑥披衣：将衣服披在身上而臂不入袖。倒屣（xǐ）：急于出迎，把鞋倒穿。后因以形容热情迎客。
⑦衡门：横木为门。指简陋的房屋。《诗经·陈风·衡门》：“衡门之下，可以栖迟。”汉毛氏传：“衡门，横木为门，言浅陋也。栖迟，游息也”。

译文

没到东山已经将近一年，归来正好赶上耕种春田。
细雨涤尘草色绿可染衣，水边桃花红艳如火将燃。
从事经论学的有道高僧，年老伛偻了的超逸乡贤。
披衣倒屣出来和我相见，开怀谈笑站在柴门之前。

赏析

《辋川别业》是一首写景言情的七律，写王维在辋川隐居时期的田园生活。此诗先写作者未到辋川将近一年，回来时正好赶上春耕的农忙季节。沿途所见雨中浓绿的草色，足可染物；水上火红的桃花像是要燃烧起来，十分迷人。作者与乡间的人们相处无间，无论是僧人还是隐居乡里的老人，一听说作者回来了，都披衣倒屣赶来相见，开怀畅谈柴门之前。这与陶渊明的“相思则披衣，言笑无厌时”一样，表现了乡里间淳朴亲密的人际关系，与“人情翻覆似波澜”的官场形成鲜明的对比，表现了作者对乡间田园生活的喜爱。

前四句诗中作者运用了夸张的设色法。春播的季节，山野之中最惹人注意的就是春草与桃花。春草是怎样的，桃花是怎样的，人们大都有亲身感受。所以，要处理得使人如身临其境，是不大容易的。但王维自有见地，他使用了“堪染”来突出一个“绿”字，用“欲然”来突出一个“红”字，这就是画家的眼光、画家的用色法。把红与绿给予高度的强调——红得似乎要燃烧起来；绿得好似可以用作染料。于是盎然的春意，便通过红绿二色的突出与夸张而跃然纸上了。

颔联两句为传世名句，写的是辋川春天的景色。将静态景物，写得具有强烈的动感，使本已很美的绿草、红花，被形容得更加碧绿，更加红艳。这种色彩明艳的画面，反映了诗人“相欢语笑”的喜悦心情，意境优美，清新明快。这两句以夸张的手法写秾丽的春景，与“桃花复含宿雨，柳绿更带朝烟”（王维《田园乐七首》）有异曲同工之妙。

十亩之间①

【先秦】佚名

十亩之间兮，
桑者闲闲②兮，
行③与子还兮。
十亩之外兮，
桑者泄泄④兮，
行与子逝⑤兮。

注释

①十亩之间：指郊外所受场圃之地。
②桑者：采桑的人。闲闲：宽闲、悠闲貌。
③行：走。一说且，将要。
④泄（yì）泄：和乐的样子；一说人多的样子。
⑤逝：返回；一说往。

译文

在一片很大很大的桑园里，年轻的姑娘们采桑多悠闲，她们一道唱着歌儿回家。

在相邻一片很大的桑园里，漂亮的姑娘们采桑多悠闲，她们一起说说笑笑往家回。

赏析

魏国地处北方，“其地陋隘而民贫俗俭”（朱熹语）。然而，华夏先民是勤劳而乐观的，《魏风·十亩之间》即勾画出一派清新恬淡的田园风光，抒写了采桑女轻松愉快的劳动心情。

夕阳西下，暮色欲上，牛羊归栏，炊烟渐起。夕阳斜晖，透过碧绿的桑叶照进一片宽大的桑园。

以轻松的旋律，表达愉悦的心情，这是《魏风·十亩之间》最鲜明的审美特点。首先，这与语气词的恰当运用有关。全诗六句，重章复唱。每句后面都用了语气词“兮”字，这就很自然地拖长了语调，表现出一种舒缓而轻松的心情。其次，更主要的是它与诗境表现的内容相关。诗章表现的是劳动结束后，姑娘们呼伴唤友相偕回家时的情景。因此，这“兮”字里，包含了紧张的劳动结束后轻松而舒缓的喘息；也包含了面对一天的劳动成果满意而愉快的感叹。诗句与诗境、语调与心情，达到了完美的统一。所谓动乎天机，不费雕刻。《诗经》的另一篇《周南·芣苢》，也主要写劳动的场景和感受。但由于它刻画的劳动场景不同，诗歌的旋律节奏和审美情调也不同。《周南·芣苢》写的是一群女子采摘车前子的劳动过程，它通过采摘动作的不断变化和收获成果的迅速增加，表现了姑娘们娴熟的采摘技能和欢快的劳动心情。在结构上，四字一句，隔句缀一“之”字，短促而有力，从而使全诗的节奏明快而紧凑。《魏风·十亩之间》与《周南·芣苢》，形成了鲜明的对照，并成为《诗经》中在艺术风格上最具可比性的两首劳动歌谣。前人评《魏风·十亩之间》“雅淡似陶”（陈继揆《读风臆补》）。陶渊明《归园田居》（其三）写道：“晨兴理荒秽，带月荷锄归。道狭草木长，夕露沾我衣。”但前者充满了姑娘的轻松欢乐，后者则蕴含着陶公的闲适超然；前者明快，后者沉郁，貌似而神异。

江神子·博山[1]道中书王氏壁

【宋】辛弃疾

一川[2]松竹任横斜，有人家，被云遮。雪后疏梅，时见两三花。比着桃源[3]溪上路，风景好，不争多[4]。

旗亭有酒径须赊，晚寒些[5]，怎禁他。醉里匆匆，归骑自随车。白发苍颜吾老矣，只此地，是生涯。

注释

①江神子：词牌名，即“江城子”。博山：《舆地纪胜》江南东路信州：“博山在永丰西二十里，古名通元峰，以形似庐山香炉峰，故改今名。”
②一川：即“一片”或“满地”。
③桃源：即桃花源。
④不争多：即差不多。一作“不争些”。
⑤晚寒些：一作“晚寒咱”。

译文

道路两旁满地都是枝横叶斜的松竹，山中有一些人家被云雾遮住了。下雪后稀疏的梅树上，不时看到两三朵花。跟陶渊明所说的桃花源溪边路上相比，风景好得差不多。

天晚了，酒店里有酒尽管去赊来喝吧，不然晚上天气寒冷，怎么能经受得住。醉酒后匆匆赶路回去，乘坐的马随车而行。我头发已白，容颜苍老，就在这里度过晚年吧。

赏析

此词咏博山道中漫游的情景。上片先写冬春之交的博山道上，松竹横斜，雪后疏梅，白云人家，景色自然优美。再虚拟，言此风格较之于桃花源毫不逊色。下片谓流连徘徊中，不觉已日色向晚，故而旗亭赊酒，醉里归晚。最后叹老嗟衰，以不甘心只以悠游山水为生涯作结，于闲适狂放中转出一缕英雄末路之悲，可谓寓浓于淡。

巴①女谣

【唐】于鹄

巴女骑牛唱竹枝②，
藕丝菱叶傍③江时。
不愁日暮还家错④，
记得芭蕉出槿篱⑤。

注释

①巴：地名，今四川巴江一带。
②竹枝：竹枝词，指巴渝（今重庆）一带的民歌。
③藕丝：这里指荷叶、荷花。傍：靠近，邻近。
④还家错：回家认错路。
⑤槿篱：用木槿做的篱笆。木槿是一种落叶灌木。

作者名片

于鹄，大历、贞元间诗人也。隐居汉阳，尝为诸府从事。其诗语言朴实生动，清新可人；题材方面多描写隐逸生活，宣扬禅心道风的作品。代表作有《巴女谣》《江南曲》《题邻居》《塞上曲》《悼孩子》《长安游》《惜花》《南溪书斋》《题美人》等，其中以《巴女谣》和《江南曲》两首诗流传最广。

译文

一个巴地小女孩骑着牛儿，唱着竹枝词，沿着处处盛开着荷花、铺展菱叶的江岸，慢悠悠地回家。

不怕天晚了找不到家门，我知道我家门前有一棵芭蕉高高地挺出了木槿篱笆。

赏析

诗人以平易清新的笔触，描绘了一幅恬静娴雅的巴女放牛图。“巴女骑牛唱《竹枝》，藕丝菱叶傍江时”，写的是夏天的傍晚，夕阳西下，烟霭四起，江上菱叶铺展，随波轻漾，一个天真伶俐的巴江女孩，骑在牛背上面，亢声唱着山歌，沿着江边弯弯曲曲的小路慢慢悠悠地回转家去。如此山乡风味，极其清新动人。

下两句：“不愁日暮还家错，记得芭蕉出槿篱”，纯然是小孩儿天真幼稚的说话口气，像是骑在牛背上的小女孩对于旁人的一段答话。这时天色渐渐晚了，可是这个顽皮的小家伙还是一个劲地歪在牛背上面唱歌，听任牛儿不紧不忙地踱步。路旁好心的人催促她快些回家：要不，待会儿天黑下来，要找不到家门了！不料这个俏皮的女孩居然不以为然地说道：我才不害怕呢！只要看见伸出木槿篱笆外面的大大的芭蕉叶子，那就是我的家了！木槿入夏开华，花有红、白、紫等色，本是川江一带农家住房四周通常的景物，根本不能以之当作辨认的标志。小女孩这番自作聪明的回话，正像幼小的孩子一本正经地告诉人们“我家爷爷是长胡子的”一样的引人发笑。诗中这一逗人启颜的结句，对于描绘人物的言语神情，起了画龙点睛的妙用。

古人说：“诗是有声画。”这首小诗就是如此。因为它不但有形、有景，有丰富的色彩（特别值得注意的是芭蕉的新绿和竹篱上紫、白相间的槿花），而且还有姑娘清脆的歌声。《竹枝词》是流行在巴渝一带的民歌，从诗人刘禹锡的仿作来看，讴歌天真纯洁的爱情是它的基本内容。

这是于鹄采用民谣体裁写的一篇诗作，词句平易通俗，富有生活气息，反映了川江农家日出而作、日入而息的恬静生活的一个侧面，读来饶有隽永动人的天然情趣。

答陆澧①

【唐】张九龄

松叶堪②为酒，
春来酿几多。
不辞③山路远，
踏雪也相过④。

注释

①陆澧：作者友人，生平不详。
②堪：即可以，能够。
③辞：推托。
④过：意即拜访、探望。

作者名片

张九龄（678—740），字子寿，一名博物，汉族，韶州曲江（今广东韶关市）人。唐开元尚书丞相，诗人。长安年间进士。官至中书侍郎同中书门下平章事。后罢相，为荆州长史。诗风清淡。有《曲江集》。他是一位有胆识、有远见的著名政治家、文学家、诗人、名相。他忠耿尽职，秉公守则，直言敢谏，选贤任能，不徇私枉法，不趋炎附势，敢与恶势力做斗争，为“开元之治”做出了积极贡献。他的五言古诗，以素练质朴的语言，寄托深远的人生慨望，对扫除唐初所沿袭的六朝绮靡诗风，贡献尤大。被誉为“岭南第一人”。

译文

清香的松树叶可以用来酿造甘甜的美酒，春天已经来临，不知这种美酒你到底酿造了多少呢？

虽然山路崎岖遥远，但我不会推辞你的盛情邀请；纵使大雪厚积，也要踏雪前往拜访，何况现在已经是春天，冰雪已经消融。

赏析

因友人陆澧邀诗人到山中居处饮酒小叙，诗人遂赋此诗作答，表示欣然愿往。全诗以酒为引子，写得颇具特色。

前两句“松叶堪为酒，春来酿几多。”“松叶”清香，可以作为酿酒的用料，引出下文之“山路”。“春来”二字，点明时间。次句采用问句的形式，似问非问，略显诙谐，直接道来，足见诗人与友人的浓浓真情。李商隐《和友人戏赠》之三曾云：“明珠可贵须为佩，白璧堪裁且作环。”酒最能代表人间的真情，饮酒时最容易沟通与别人的感情，作者开篇即选取这种极为平常却又极富深情的事物，随意而问，显得浓情依依，轻快自然。

后两句“不辞山路远，踏雪也相过。”“山路”二字，照应前面“松叶”。为了喝朋友的松叶酒，更为了与朋友饮酒倾谈，诗人表示即使山路遥远崎岖，也要拜访友人，朋友情深，于此可见一斑。而结句语意更进一层。由春来可知，此时已是春天，山中已然冰融雪化，这里诗人作了一个假设：即使积雪满地，也要前往拜访。此句既是说诗人自己，又似告诉友人，应该如此。结句看似平淡，实则蕴涵丰富。

这首绝句体小诗，短小而质朴，亲切而自然。诗中用语极为平实，几乎就是口头语，然而从容写来，淡而有味，语浅情深，言有尽而意无穷。这里有陶渊明田园诗的影子，这种风格又被后来的王维、孟浩然等发扬光大，形成山水田园一派，张九龄不愧为开启盛唐诗风的诗坛领袖。

初秋行圃①

【宋】杨万里

落日无情最有情，

遍催万树暮②蝉鸣。

注释

①圃：种植菜蔬、花草、瓜果的园子。行圃，即指在园子里散步。

②暮：傍晚。

听来咫尺[3]无寻处，

寻到旁边却不声。

③咫尺：周制八寸为咫，十寸为尺。形容距离很近。

译文

落日看来好像无情却最有情，催促千树万树上的蝉在傍晚时一齐鸣唱。

听着声音近在咫尺，却无法找到它们，一旦寻到它的近旁，却又没有了声响。

赏析

这是以田园生活为题材的古诗。它以描写蝉为目的，诗人杨万里写落日催暮蝉，蝉鸣声此起彼伏的情景，也写了闻蝉寻声，蝉儿闭口的情形，整首诗通俗易懂、真切传神、趣味横生。虽是即景写景，却亦具有一番清新别致的情趣。

读山海经·其一[1]

【晋】陶渊明

孟夏[2]草木长，

绕屋树扶疏[3]。

众鸟欣有托[4]，

吾亦爱吾庐[5]。

既耕亦已种，

时还读我书。

注释

①这组诗共十三首，这是第一首。山海经：一部记载古代神话传说、史地文献、原始风俗的书。

②孟夏：初夏。农历四月。

③扶疏：枝叶茂盛的样子。

④欣有托：高兴找到可以依托的地方。

⑤庐：房舍。

穷巷隔深辙[6]，
颇回故人车[7]。
欢言[8]酌春酒，
摘我园中蔬。
微雨从东来，
好风与之俱[9]。
泛览《周王传》[10]，
流观《山海》图[11]。
俯仰终宇宙[12]，
不乐复何如？

⑥深辙：轧有很深车辙的大路。
⑦颇回故人车：经常让熟人的车掉头回去。
⑧欢言：高兴的样子。
⑨与之俱：和它一起吹来。
⑩泛览：浏览。周王传：即《穆天子传》，记载周穆王西游的书。
⑪流观：浏览。山海图：带插图的《山海经》。
⑫俯仰：在低头抬头之间。终宇宙：遍及世界。

译文

孟夏的时节草木茂盛，绿树围绕着我的房屋。众鸟快乐地好像有所寄托，我也喜爱我的茅庐。

耕种过之后，我时常返回来读我喜爱的书。居住在僻静的村巷中远离喧嚣，即使是老朋友驾车探望也掉头回去。

（我）欢快地饮酌春酒，采摘园中的蔬菜。细雨从东方而来，夹杂着清爽的风。

泛读着《周王传》，浏览着《山海经图》。（在）俯仰之间纵览宇宙，还有什么比这个更快乐呢？

赏析

《读山海经》是陶渊明隐居时所写十三首组诗的第一首。诗的前六句向人们描述：初夏之际，草木茂盛，鸟托身丛林而自有其乐，诗人寓居在绿树环绕的草庐，也自寻其趣，耕作之余悠闲地读起书来。情调显得那样安雅清闲，自然平和，体现出世间万物、包括诗人自身各得其所之妙。

接下来描写读书处所的环境。诗人居住在幽深僻远的村巷，与外界不相往来，即使是前来探访的老朋友，也只好驾车掉转而去。他独自高兴地酌酒而饮，采摘园中的蔬菜而食。没有了人世间的喧闹和干扰，是多么的自在与自得啊！初夏的阵阵和风伴着一场小雨从东而至，更使诗人享受到自然的清新与惬意。

诗的最后四句概述读书活动，抒发读书所感。诗人在如此清幽绝俗的草庐之中，一边泛读“周王传”，一边浏览《山海经图》。“周王传”即《穆天子传》，记叙周穆王驾八骏游四海的神话故事；《山海经图》是依据《山海经》中的传说绘制的图。从这里的“泛览”“流观”的读书方式可以看出，陶渊明并不是为了读书而读书，而只是把读书作为隐居的一种乐趣，一种精神寄托。所以诗人最后说，在低首抬头读书的顷刻之间，就能凭借着两本书纵览宇宙的种种奥妙，这难道还不快乐吗？难道还有比这更快乐的吗？

本诗抒发了一个自然崇尚者回归田园的绿色胸怀，诗人在物我交融的乡居体验中，以纯朴真诚的笔触，讴歌了宇宙间博大的人生乐趣，体现了诗人高远旷达的生命境界。

“孟夏草木长，绕屋树扶疏。众鸟欣有托，吾亦爱吾庐。”诗人起笔以村居实景速写了一幅恬静和谐而充满生机的画面：屋前屋后的大树上冉冉披散着层层茂密的枝叶，把茅屋掩映在一派绿色中，满地的萋萋绿草蓬勃竞长，树绿与草绿相接，平和而充满生机，尽情地展现着大自然的和谐与幽静。绿色的上空鸟巢与绿色掩映的地上茅屋呼应，众多的鸟儿们环绕着可爱的小窝歌唱着飞来飞去，重重树帘笼罩的茅屋或隐或现，诗人踏着绿草，徜徉在绿海中，飘逸在大自然的怀抱中，在任性自得中感悟着生命的真谛。这是互感欣慰的自然生存形态，是万物通灵的生命境界，

“既耕亦已种，时还读我书。”四月天耕种基本结束，乘农闲之

余，诗人偷闲读一些自己喜欢的书。“人生归有道，衣食固其端”，衣食是生命必备的物质需求，诗人自耕自足，没有后顾之忧，无须摧眉折腰事权贵，换取五斗粮，在精神上得到自由的同时，诗人也有暇余在书本中吮吸无尽的精神食粮，生活充实而自得，无虑而适意，这样的生活不只是舒畅愉悦，而且逍遥美妙。

“穷巷隔深辙，颇回故人车。欢言酌春酒，摘我园中蔬。”身居偏僻陋巷，华贵的大车一般不会进来，偶尔也有些老朋友来这里享受清幽。“穷巷隔深辙，颇回故人车”根据下文的语境应分两句解，上一句是说身居偏僻陋巷隔断了与仕宦贵人的往来。下一句中的“颇回”不是说因深巷路窄而回车拐走，而是说设法拐进来的意思，根据本文语境“颇回”在这里应当是“招致”的意思。老朋友不畏偏远而来，主人很是高兴，拿出亲自酿制的酒、亲自种的菜款待朋友，这里除了表示对朋友的热情外，同时含有诗人由曾经的士大夫转为躬耕农夫自得的欣慰。这是诗人对劳动者与众不同的观念突破，诗人抛弃做官，顺着自己“爱丘山”的天性做了农夫，在世俗意识中人们是持否定与非议的。诗人却以“羁鸟恋旧林”世俗超越回归了田园，是任性自得的选择，且自耕自足衣食无忧，是值得赞美的事。这里凸显诗人以自己辛勤的劳动果实招待朋友，不但欣慰自豪，而且在感情上更显得厚重与真挚。

“微雨从东来，好风与之俱。”这里一语双关，既写了环境的滋润和美，又有好风吹来好友、好友如好雨一样滋润着诗人心田的寓意。“泛览《周王传》，流观《山海》图”，这里“泛览”“流观”写得非常随心所欲，好像是在轻松愉悦地看戏取乐一样。诗人与朋友在细雨蒙蒙、微风轻拂中饮酒作乐，谈古论今，引发了诗人对闲余浏览《山海经》《穆天子传》的一些感想，诗人欣慰地对朋友说：他不仅是在皈依自然中觅到了乐趣，还在《六经》以外的《山海经》与《穆大子传》的传说中领略了古往今来的奇异风物，诗人的人生境界不但在现实中得到拔高，而且还在历史的时空中得到了进一步的补充与升华，这俯仰间的人生收获，真使人欢欣无比！

与诗人生命交融一体的不仅是草木飞鸟，还有共享良辰美景的朋友，诗人体验到的不仅是融入自然的怡然兴致，还有书中带来的时间长河中积淀的风物赏识，这样的人生快乐，在昏昏然的官场上是无法得到的。诗人在与天地与古今与人与物的交融中，合奏出宇宙运行中至高至美的欢乐篇章。

此诗貌似信手拈来的生活实况，其实质寓意深远，诗人胸中流出的是一首囊括宇宙境界的生命赞歌。

田园乐七首·其六

【唐】王维

桃红复含宿雨①，
柳绿更带朝烟②。
花落家童③未扫，
莺啼山客④犹眠⑤。

注释

①宿雨：昨夜下的雨。
②朝烟：指清晨的雾气。
③家童：童仆。
④山客：隐居山庄的人，这里指诗人自己。
⑤犹眠：还在睡眠。

译文

红色的桃花还含着隔夜的新雨，碧绿的柳丝更带着淡淡的春烟。

花瓣凋落家中的小童没有打扫，黄莺啼叫闲逸的山客犹自酣眠。

赏析

诗中写到春“眠”“莺啼”“花落”“宿雨”，与孟浩然的五绝《春晓》相似。两首诗写的生活内容有那么多相类之处，而意境却很不相同。彼此相较，最易见出王维此诗的两个显著特点。

第一个特点是绘形绘色，诗中有画。这并不等于说孟诗就无画，只不过孟诗重在写意，虽然也提到花鸟风雨，但并不细致描绘，它的境是让读者从诗意间接悟到的。王维此诗可完全不同，它不但有大的构图，而且有具体鲜明的设色和细节描画。写桃花、柳丝、莺啼，捕捉住春天富于特征的景物，这里，桃、柳、莺都是确指，比孟诗一般地提到花、鸟更具体，更容易唤起直观印象。通过“宿雨”“朝烟”来写“夜来风雨”，也有同样的艺术效果。在勾勒景物基础上，进而有着色，“红”“绿”两个颜色字的运用，使景物鲜明怡目。读者眼前会展现一派柳暗花明的图画。“桃之夭夭，灼灼其华”，加上“杨柳依依”，景物宜人。着色之后还有进一层渲染：深红浅红的花瓣上略带隔夜的雨滴，色泽更柔和可爱，雨后空气澄鲜，弥散着冉冉花香；碧绿的柳丝笼在一片若有若无的水烟中，更袅娜迷人。经过层层渲染、细致描绘，诗境自成一幅工笔重彩的图画；相比之下，孟诗则似不着色的写意画。一个妙在有色，一个妙在无色。孟诗从“春眠不觉晓”写起，先见人，后入境。王诗正好相反，在入境后才见到人。因为有“宿雨”，所以有“花落”。花落就该打扫，然而“家童未扫”。未扫非不扫，乃是因为清晨人尚未起的缘故。无人过问满地落花的情景，别有一番清幽的意趣。这正是王维所偏爱的境界。“未扫”二字有意无意得之，毫不着力，浑然无迹。末了写到“莺啼”，莺啼却不惊梦，山客犹自酣睡，这正是一幅“春眠不觉晓”的入神图画。但与孟诗又有微妙的差异，孟诗从“春眠不觉晓”写起，其实人已醒了，所以有“处处闻啼鸟”的愉快和“花落知多少”的悬念，其意境可用“春意闹”的“闹”字概括。此诗最后才写到春眠，人睡得酣甜安稳，于身外之境一无所知。花落莺啼虽有动静有声响，只衬托得“山客”的居处与心境越见宁静，所以其意境主在“静”字上。王维之“乐”也就在这里。崇尚静寂的思想固有消极的一面，然而，王维诗难能可贵在它的静境与寂灭到底有不同。他能通过动静相成，写出静中的生趣，给人的感觉仍是清新明朗的美。唐诗有意境浑成的特点，但具体表现时仍有两类，一种偏于意，如孟诗《春晓》就是；另一种偏于境，如此诗就是。而由境生情，诗中有画。是此诗最显著优点。

第二个特点是对仗工致，音韵铿锵。孟诗《春晓》是古体五言绝句，在格律和音律上都很自由。由于孟诗散行，意脉一贯，有行云流水之妙。此诗则另有一工，因属近体六言绝句，格律极精严。从骈偶上看，不但“桃红”与“柳绿”、“宿雨”与“朝烟”等实词对仗工稳，连虚字的对仗也很经心。如“复”与“更”相对，在句中都有递进诗意的作用；“未”与“犹”对，在句中都有转折诗意的作用。“含”与“带”两个动词在词义上都有主动色彩，使客观景物染上主观色彩，十分生动。且对仗精工，看去一句一景，彼此却又呼应联络，浑成一体。“桃红”“柳绿”，“宿雨”“朝烟”，彼此相关，而“花落”句承“桃”而来，“莺啼”句承“柳”而来，“家童未扫”与“山客犹眠”也都是呼应着的。这里表现出的是人工剪裁经营的艺术匠心，画家构图之完美。对仗之工加上音律之美，使诗句念来铿锵上口。中国古代诗歌以五、七言为主体，六言绝句在历代并不发达，佳作尤少，王维的几首可以算是凤毛麟角了。

四时田园杂兴·其二十五

【宋】范成大

梅子金黄杏子肥，
麦花雪白菜花稀。
日长篱落[1]无人过，
惟有[2]蜻蜓蛱蝶[3]飞。

注释

①篱落：篱笆。
②惟有：只有。
③蛱蝶：昆虫。蝴蝶的一类。形体较一般蝴蝶大。前翅和后翅的边缘多有缺刻，颜色鲜明，翅的底色为棕色。站立时四翅常不停地扇动。

译文

初夏正是梅子金黄、杏子肥的时节，麦穗扬着白花，油菜花差不多落尽正在结籽。

夏天日长，篱落边无人过往，大家都在田间忙碌，只有蜻蜓和蝴蝶在款款飞舞。

赏析

这首诗写初夏江南的田园景色。诗中用梅子黄、杏子肥、麦花白、菜花稀，写出了夏季南方农村景物的特点，有花有果，有色有形。诗的第三句，从侧面写出了农民劳动的情况：初夏农事正忙，农民早出晚归，所以白天很少见到行人。最后一句又以“惟有蜻蜓蛱蝶飞”来衬托村中的寂静，静中有动，显得更静。

四时田园杂兴·其三十一

【宋】范成大

昼出耘田①夜绩麻②，

村庄儿女各当家③。

童孙未解④供⑤耕织，

也傍⑥桑阴⑦学种瓜。

注释

①耘田：除草。
②绩麻：把麻搓成线。
③各当家：每人担任一定的工作。
④未解：不懂。
⑤供：从事，参加。
⑥傍：靠近。
⑦阴：树荫。

译文

白天去田里锄草，夜晚在家中搓麻线，村中男男女女各有各的家务劳动。

小孩子虽然不会耕田织布，也在那桑树荫下学着种瓜。

赏析

这首诗描写农村夏日生活中的一个场景。

首句“昼出耘田夜绩麻”是说：白天下田去除草，晚上搓麻线。“耘田”即除草。初夏，水稻田里秧苗需要除草了。这是男人们干的活。“绩麻”是指妇女们在白天干完别的活后，晚上就搓麻线，再织成布。这句直接写劳动场面。次句“村庄儿女各当家”，“儿女”即男女，全诗用老农的口气，“儿女”也就是指年轻人。“当家”指男女都不得闲，各司其事，各管一行。第三句“童孙未解供耕织”，“童孙”指那些孩子们，他们不会耕也不会织，却也不闲着。他们从小耳濡目染，喜爱劳动，于是“也傍桑阴学种瓜”，也就在茂盛成荫的桑树底下学种瓜。这是农村中常见的现象，却颇有特色。结句表现了农村儿童的天真情趣。

诗人用清新的笔调，对农村初夏时的紧张劳动气氛，作了较为细腻的描写，读来意趣横生。

殿前欢·畅幽①哉

【元】贯云石

畅幽哉，春风无处不楼台②。一时怀抱俱无奈③，总④对天开⑤。

就渊明归去来⑥，怕鹤怨山禽怪，问甚功名在？酸斋是我，我是酸斋⑦。

注释

①畅：极甚之词。真、好之意。幽：安闲。

②春风无处不楼台：句式倒装，即楼台无处不春风。
③怀抱：喻指抱负、志向。无奈：无可奈何。
④总：总然、终然。
⑤对天开：向苍天表白。开，陈述表白。
⑥就：趋就，遵循。归去来：晋陶渊明所作的辞赋名。
⑦酸斋：贯云石的别号。

作者名片

贯云石（1286—1324），元代散曲作家。字浮岑，号成斋，疏仙，酸斋。出身高昌回鹘畏吾人贵胄，祖父阿里海涯为元朝开国大将。原名小云石海涯，因父名贯只哥，即以贯为姓。自号酸斋。初因父荫袭为两淮万户府达鲁花赤，让爵于弟，北上从姚燧学。仁宗时拜翰林侍读学士、中奉大夫，知制诰同修国史。不久称疾辞官，隐于杭州一带，改名“易服”，在钱塘卖药为生，自号“芦花道人”。今人任讷将他的散曲与自号“甜斋”。

译文

心情非常舒畅安闲，楼台无处不刮着春风。自己的抱负却无法施展，真是无奈，总是对着天慨叹。

跟着陶渊明归隐吧，若归隐田园再眷恋着世俗名利，恐怕会招致野鹤山禽的埋怨，管他什么功名利禄？我就是酸斋，酸斋就是我。

赏析

“畅幽哉，春风无处不楼台”，写作者在春天登高远望，春风拂面，满目苍翠的春景让人赏心悦目。“畅幽哉”短短三字将作者发自肺腑的畅快和愉悦表达出来。“畅幽哉”三字语气壮阔悠长，仿佛大声吟诵出来，这种酣畅淋漓的痛快不仅是因为春季的和暖让人畅爽，更有一种鸟别樊笼，鱼归故渊的欢呼雀跃。

“一时怀抱俱无奈”，表明作者也曾因无法施展才智而心生疲惫，“无奈”二字凝结了空有凌云之志却乏回天之力的复杂情感，让人意志低沉。而“总对天开”四字则一洗无可奈何之态，代之以心无城府的豁达。四时运行，季节轮转，周而复始，不随人意而转移，不如处之泰然，放宽心脉。

“就渊明归去来”，意即跟从陶渊明隐居的步伐而来，但因早有归隐之心却迟至今日才下定决心而“怕鹤怨山禽怪”。可见作者早就有心遁入山林与鹤为友，与山禽为伍，因自己淹留宦海若干年未能早日隐居而心生惭愧和遗憾。“问甚功名在？”表层意思是说半纸功名何需问，里层则是说不如归去林泉游。

“酸斋是我，我是酸斋”，这两句轻松的自述让一个自由自在游历于江湖的贯云石跃然纸上，他大声放言道：那个辞官不做、退隐江南的酸斋就是我，这个我就是那个辞官不做、退隐江南的酸斋！这种回环往复的自我表白既表明了贯云石的洒脱不羁，也体现出他退隐之后的心足意满。

这首小令由欢畅转为沉抑继而又变得愉悦和轻松，短短九句中就现情感波澜，但整体基调高昂，适合登高远眺，迎风把酒时吟咏，抒情意味浓厚。

田上

【唐】崔道融

雨足[①]高田[②]白，
披蓑[③]半夜耕。

注释

①雨足：雨十分大，充足。
②高田：山上的旱田。
③披蓑（suō）：披着草衣。蓑：蓑衣。

人牛力俱④尽，
东方殊⑤未明⑥。

④俱：都。
⑤殊：尤，还，简直。
⑥未明：天不亮。

作者名片

崔道融（880—907），唐代诗人，自号东瓯散人。荆州江陵（今湖北江陵县）人。乾宁二年（895）前后，任永嘉（今浙江省温州市）县令，早年曾游历陕西、湖北、河南、江西、浙江、福建等地。后入朝为右补阙，不久因避战乱入闽。僖宗乾符二年（875），于永嘉山斋集诗500首，辑为《申唐诗》3卷。另有《东浮集》9卷，当为入闽后所作。与司空图、方干为诗友。《全唐诗》录存其诗近八十首。

译文

春雨已下得很充足了，以致连高处的田里也存满了一片白茫茫的水，为了抢种，农民披着蓑衣冒着雨，半夜就来田里耕作。

等到人和牛的力都使尽的时候，天还远远未亮呢。

赏析

这首诗写一位农民在雨天半夜就辛劳耕作的情形。诗的开头写久旱逢甘霖，夜里下了一场大雨。“雨足”一句，是说雨水很多，就连高处的田地也积了许多水，而成为一片水白色。作者用“足”、“白”二字，既突出强调了雨水之多，又暗示了农夫耕田将会倍加艰难和辛劳，为下文作了铺垫。“披蓑半夜耕”一句，乍看之下，让人想到不合情理。哪里有农夫披着蓑衣半夜里耕地的呢？但细细品来，此句却是蕴意深含。可能是由于雨水过多，农夫们耽误了播种的时间，泥水里，又是冒着雨，耕田的吃力是可想而知的。

后两句用“力俱尽”与“殊未明”作鲜明的对比，反映了农民早出晚归、不知疲倦的辛苦劳动生活。虽然“人牛力俱尽”，但劳动的时间还很长，天亮之前和天亮之后农民将如何坚持下去，这是留给读者想象的内容了。这首小诗十分通俗，明白如话，虽然是反映农民辛苦的，但它是通过耕作情形的具体而又细致的描写来表现的，它取的是一位农民最平常的一个劳动镜头。风雨里，半夜就去耕作，像牛一样出力，全诗语言清新明快，形象地揭示了在封建社会，尤其是在动乱年代，地方水利失修，农民靠“天”吃饭的这一事实，也是封建社会里的中国农民的劳动生活写照。

这首诗纯用白描，立意新颖，语言通俗流畅，仅短短二十个字，就准确地描绘了农夫披蓑夜耕的情景，表达了诗人对农夫苦难生活的满腔同情，具有一定的现实性。

南山田中行

【唐】李贺

秋野明，
秋风白①，
塘水漻漻虫啧啧②。
云根③苔藓山上石，
冷红④泣露娇啼色。
荒畦⑤九月稻叉牙⑥，
蛰萤⑦低飞陇径斜。
石脉⑧水流泉滴沙，
鬼灯⑨如漆点⑩松花。

注释

①秋风白：古人以白色象征秋天。秋风又称素风，素的意思是白。
②漻（liáo）漻：水清而深。啧啧：虫鸣声。
③云根：云雾升起之处。
④冷红：秋寒时节开的花。
⑤荒畦：荒芜的田地。
⑥叉牙：参差不齐。
⑦蛰（zhé）萤：藏起来的萤火虫。
⑧石脉：石缝。
⑨鬼灯：磷火。
⑩点：一作“照”。

作者名片

李贺（790–817），字长吉，汉族，唐代河南福昌（今河南洛阳宜阳县）人，家居福昌昌谷，后世称李昌谷，是唐宗室郑王李亮后裔。有“诗鬼”之称，是与“诗圣”杜甫、“诗仙”李白、“诗佛”王维相齐名的唐代著名诗人。著有《昌谷集》。李贺是中唐的浪漫主义诗人，与李白、李商隐称为唐代三李。有“太白仙才，长吉鬼才”之说。李贺是继屈原、李白之后，中国文学史上又一位颇享盛誉的浪漫主义诗人。李贺长期的抑郁感伤，焦思苦吟的生活方式，元和八年（813年）因病辞去奉礼郎回昌谷，27岁英年早逝。

译文

秋风掠过，秋野明净，池塘积水深又清，草中虫儿唧唧鸣。

长满苔藓的山石，浮起浓密的云气。挂着露珠的秋花，在娇滴滴地哭泣。

九月，荒地里的稻子参差不齐，发着冷光的萤火虫在斜径上低飞。

石缝里渗出的泉水滴入沙地，夜晚墓间磷火扑飞，犹如点缀在漆黑松林间的花朵。

赏析

诗歌开头三句吸收古代民间歌谣起句形式，运用了“三、三、七”的句法。连出两个“秋”字，语调明快轻捷；长句连用两个叠音词，一清一浊，有抑有扬，富于节奏感。令读者读后仿佛置身空旷的田野，皓月当空，秋风万里，眼前塘水深碧，耳畔虫声轻细，有声有色，充满诗情画意。

四、五句写山。山间云绕雾漫，岩石上布满了苔藓，娇弱的红花在冷风中瑟缩着，花瓣上的露水一点一点地滴落下来，宛如少女悲啼时的泪珠。写到这里，那幽美清朗的境界蓦然升起一缕淡淡的愁云，然后慢慢向四周铺展，轻纱般笼罩着整个画面，为它增添了一种迷幻的色调。

六、七句深入一层，写田野景色："荒畦九月稻叉牙，蛰萤低飞陇径斜。"深秋九月，田里的稻子早就成熟了，枯黄的茎叶横七竖八地丫叉着，几只残萤缓缓地在斜伸的田埂上低飞，拖带着暗淡的青白色的光点。

八、九句再深入一层，展示了幽冷凄清甚至有点阴森可怖的境界：从石缝里流出来的泉水滴落在沙地上，发出幽咽沉闷的声响，远处的磷火闪烁着绿莹莹的光，像漆那样黝黑发亮，在松树的枝丫间游动，仿佛松花一般。泉水是人们喜爱的东西，看着泉水流淌，听着它发出的声响，会产生轻松欢快的感觉。人们总是爱用"清澈""明净""淙淙""潺潺""叮咚"之类的字眼来形容泉水。李贺却选用"滴沙"这样的词语，描摹出此处泉水清幽而又滞涩的形态和声响，富有艺术个性，色调也与整个画面和谐一致。末句描写的景是最幽冷不过的了。"鬼灯如漆"，阴森森地令人毛骨悚然；"点松花"三字，又多少带有生命的光彩，使读者在承受"鬼气"重压的同时，又获得某种特殊的美感，有一种幽冷清绝的意趣。

白田①马上闻莺

【唐】李白

黄鹂啄紫椹②，
五月鸣桑枝。
我行不记日，
误作阳春时。
蚕老③客未归，

注释

①白田：地名，今江苏宝应县有白田渡，当是此处。
②黄鹂：鸟名，即黄莺。椹：桑树的果实。生时为青色，成熟时为紫色。
③蚕（cán）老：相传蚕足于桑叶，三俯三起，二十七日而老。

白田已缫丝[4]。
驱马又前去，
扪心[5]空自悲。

④缫（sāo）丝：把蚕茧浸在热水里，抽出蚕丝。
⑤扪心：手抚胸口，有反省思味之意。

译文

黄鸥鸟啄食着紫色的桑葚，五月里鸣叫在桑树枝。
走啊走，我已不记得是什么时日，误以为现在还是阳春。
桑蚕已老，游子尚未还归，白田这地方已开始缫丝。
驱马继续前行，抚胸长叹空自悲叹。

赏析

李白是一个具有远大政治理想的诗人，他青年时代就“仗剑去国，辞亲远游”，意在仕途上有所发展和成就。但是，尽管他足迹几及半个中国，仕途却一直不顺利，这使他感到十分悲凉和愤慨。这首《白田马上闻莺》，就是他在江淮之间漫游所作。

这首诗写的是初夏风景，文字通俗易懂，而构思上却独具匠心。

诗人选取了黄莺、桑树、蚕三个日常生活中常见的意象，又把三者巧妙串联在一起，上承下启，前呼后应，构成一个严谨有序的艺术整体。就在这幅通俗、浅显的乡土风情画中，诗人寄托了他浪迹江湖、一事无成的悲哀。所谓“我行不记日，误作阳春时”、“蚕老客未归”，言下之意是阳春已过，初夏来临，而自己大业未就，虚掷光阴，空度岁月。

正是桑间黄莺的啼鸣惊醒了诗人，时临收获的季节，应当珍惜年华，不能再作无目的漫游了。但是，驱马向前，扪心自问，前途是如此渺茫，令诗人倍感悲凉，尾联收笔联系深层的现实，而表达的情感正是一种怀才不遇、报国无门的思想情绪，其中也含有羁旅的愁苦以及对家乡的思念之情。

全诗先扬后抑，借景抒情，将情与景交融在一起，体现了一位浪漫主义诗人的博大情怀。

赠田叟

【唐】李商隐

荷①蓧②衰翁似有情，
相逢携手绕村行。
烧畲③晓映远山色，
伐树暝④传深谷声。
鸥鸟忘机⑤翻浃洽⑥，
交亲⑦得路⑧昧平生⑨。
抚躬道地诚⑩感激，
在野无贤心自惊。

注释

①荷（hè）：挑，担。
②蓧（tiáo）：古代耘田用的竹器。
③烧畲（shē）：烧荒耕种。将砍伐的荆棘等烧成灰作肥料叫烧畲。
④暝：天黑，傍晚。
⑤鸥鸟忘机：用《列子》中鸥鹭忘机事。有人住在海边，与鸥鹭相亲，其父欲使他把鸥鹭捉回，鸥鸟见到他就不敢飞近了。
⑥浃洽：融洽，和洽。
⑦交亲：互相亲近。句中指亲友。
⑧得路：指得志升官。
⑨昧平生：素不相识。
⑩诚：实在，诚实。

作者名片

李商隐（813—858），字义山，号玉溪（谿）生、樊南生，唐代著名诗人，祖籍河内（今河南省焦作市）沁阳，出生于郑州荥阳。他擅长诗歌写作，骈文文学价值也很高，是晚唐最出色的诗人之一，和杜牧合称“小李杜”，与温庭筠合称为“温李”，因诗文与同时期的段成式、温庭筠风格相近，且三人都在家族里排行第

十六，故并称为“三十六体”。其诗构思新奇，风格秾丽，尤其是一些爱情诗和无题诗写得缠绵悱恻，优美动人，广为传诵。但部分诗歌过于隐晦迷离，难于索解，至有“诗家总爱西昆好，独恨无人作郑笺”之说。因处于牛李党争的夹缝之中，一生很不得志。死后葬于家乡沁阳（今河南焦作市沁阳与博爱县交界之处）。作品收录为《李义山诗集》。

译文

挑着竹器的老翁看起来有情致，我们彼此遇见之后就一起绕着村子走。

烧荒的火光将天边映成白天的颜色，远处被照着的山显得更好看了，傍晚砍伐树木的声音在幽深的山谷里回荡。

鸥鸟与白沙云天相伴，人们也完全忘掉心计，与他相亲，鸟儿和谐融洽的在空中飞翔，可亲戚朋友却彼此一向不了解。

自我反省后觉得实在是感激这眼前的一切，谁说乡间没有有明智的人，朝野里的人却不知道，真是让我吃惊。

赏析

大中元年（847），李商隐曾依靠桂管观察使郑亚成为支使兼掌书记。大中二年二月，郑亚因吴湘案株连，被贬为循州（今广东惠州东）刺史。李商隐失去靠山，只得北归。三四月间从桂林启行，五月至潭州（今长沙），在刚被贬为河南观察使的李回幕中，做过短暂停留。夏秋之交到江陵，于秋末回到长安，此诗当作于罢桂管幕后，徘徊江汉时。

在李商隐诗中，具体表现为对自然景物的静照观赏、对山村野趣的忘我流连。诗歌首联写与田叟相逢之情景。颔联写所见所闻，皆为田园生活之景。颈联把田叟不以世事为怀与官场得志升官者进行对比，一歌颂一讽刺，表明了作者的爱憎。尾联用野无遗贤典故，既赞美了田叟，也讽刺了当权者。

全诗语言精工，用典精当。田园生活与尔虞我诈、钩心斗角的世俗人际关系相比，纯朴厚直、了无机心的田叟也能使诗人感受到返朴归真的禅意，自然清景，对于红尘喧嚣的世人，具有净化心灵、抚平躁动的效用。受无常左右的凡夫俗子，蝉蜕红尘，就可以在大自然中获得审美观照。一定程度上体现了作者对农村生活的了解和对田园生活的向往，反映了作者对官场污浊的憎恶。

引水行

【唐】李群玉

一条寒玉①走秋泉，
引出深萝②洞口烟。
十里暗流③声不断，
行人头上过潺湲④。

注释

①寒玉：清冷的玉石。古代诗人常用来形容月亮、清泉、翠竹等东西，这里指用竹筒做的渡槽。
②深萝：指藤萝深掩。烟：指洞口蒙蒙如烟的水雾。
③暗流：指泉水在竹筒里流动，行人只听到它的响声却看不见它的流淌。
④潺湲：一作“潺潺”，形容水流动的声音。

作者名片

李群玉（808—862），字文山，唐代澧州人。澧县仙眠洲有古迹“水竹居”，旧志记为“李群玉读书处”。李群玉极有诗才，他“居住沅湘，崇师屈宋”，诗写得十分好。《湖南通志·李群玉传》称其诗“诗笔妍丽，才力遒健”。关于他的生平，据《全唐诗·李群玉小传》载，早年杜牧游澧时，劝他参加科举考试，并作诗《送李群玉赴举》，.但他“一上而止”。后来，宰相裴休视察湖南，郑重邀请李群玉再作诗词。他“徒

步负琴，远至辇下”，进京向皇帝奉献自己的诗歌“三百篇”。唐宣宗“遍览”其诗，称赞“所进诗歌，异常高雅”，并赐以“锦彩器物”，“授弘文馆校书郎”。三年后辞官回归故里，死后追赐进士及第。

译文

那引水的竹筒像一条寒玉，潺潺的秋水在竹槽里流动。泉水汩汩流出，在藤萝的掩映下，水雾像不绝如缕的清烟般缓缓弥漫开来。

在这绵延十多里的地带里，清幽的暗流在隐隐作声。行人走在下面，如听天籁，只闻其声，不见其形。

赏析

唐代诗歌题材丰富，内容广阔，生动地反映出社会生活的千姿百态。但劳动人民改造自然的斗争，却很少得到反映。像李白的《秋浦歌·炉火照天地》这种描绘壮美的劳动场景的诗作，竟如空谷足音。这是封建文人的时代局限和阶级局限所造成的。正因为这样，李群玉的这首《引水行》便给人耳目一新的感觉。

诗里描写的是竹筒引水，多见于南方山区。凿通腔内竹节的长竹筒，节节相连，把泉水从高山洞口引到需要灌溉或饮用的地方，甚至直接通到人家的水缸里，叮咚之声不绝，形成南方山区特有的富于诗意的风光。

一、二两句写竹筒引泉出洞。一条寒玉，是对引水竹筒的生动比喻。李贺曾用“削玉”形容新竹的光洁挺拔（见《昌谷北园新笋》），这里用“寒玉”形容竹筒的碧绿光洁，可谓异曲同工。不说“碧玉”而说“寒玉”，是为了与“秋泉”相应，以突出引水的竹筒给人带来的清然泠然的感受。寒玉秋泉，益见水之清冽，也益见竹之光洁。玉是固体，泉却是流动的，“寒玉走秋泉”，仿佛不可能。但正是这样，才促使读者去寻求其中奥秘。原来这条“寒玉”竟是中空贯通的。泉行筒中，是看不见的，只能自听觉得之。所以“寒玉走秋泉”的比喻本身，就蕴含着诗人发现竹筒引水奥秘的欣喜之情。

“引出深萝洞口烟。”这句是说泉水被竹筒从幽深的泉洞中引出。泉洞外面，常有藤萝一类植物缠绕蔓生；洞口附近，常蒙着一层烟雾似的水汽。“深萝洞口烟”描绘的正是这种景色。按通常顺序，应先写深萝泉洞，再写竹筒流泉，这里倒过来写，是由于诗人先发现竹筒流泉，其声淙淙，然后才按迹循踪，发现它来自幽深的岩洞。这样写不但符合观察事物的过程，而且能将最吸引人的新鲜景物先描绘出来，收到先声夺人的艺术效果。

“十里暗流声不断，行人头上过潺湲。”竹筒引水，一般都是顺着山势，沿着山路，由高而低，蜿蜒而下。诗人的行程和竹筒的走向一样，都是由山上向山下，所以多数情况下都和连绵不断的竹筒相伴而行，故说“十里暗流声不断”。有时山路折入两山峡谷之间，而渡槽则凌空跨越，这就成了“行人头上过潺湲”。诗不是说明文，花费很大气力去说明某一事物，即使再精确，也不见得有感人的艺术力量。这两句诗对竹筒沿山蜿蜒而下的描写是精确的，但它决不单纯是一种客观的不动感情的说明，而是充满诗的情趣的生动描写。关键就在于它写出了山行者和引水竹筒之间亲切的关系。十里山行，竹筒蜿蜒，泉流不断，似是有意与行人相伴。行人在寂寥的深山中赶路，邂逅如此良伴，会平添无限兴味。“十里暗流声不断”，不只是写竹筒流泉，而且写出了诗人在十里山行途中时时侧耳倾听竹筒流泉的琤琤清韵的情景：“行人头上过潺湲”，更生动地抒写了诗人耳闻目接之际那种新奇、喜悦的感受。

竹筒引水，是古代劳动人民巧妙地利用自然、改造自然的生动事例，改造自然的同时也为自然增添了新的景色，新的美。而这种景色本身，又是自然与人工的不露痕迹的和谐结合。它本就富于诗意，富于清新朴素的美感。但劳动人民用自己的智慧创造出来的这种美的事物，能为文人所发现、欣赏并加以生动表现的却不多。仅此一端，也足以使后人珍视这首《引水行》了。

子夜四时歌

【南北朝】佚名

田蚕①事已毕，
思妇犹苦身②。
当暑理絺服③，
持寄与行人④。

注释

①田蚕：耕田和养蚕缫丝。
②思妇犹苦身：思，句首语气词。苦身，身体劳累。犹，依然，还要。
③当暑理絺服：理，料理，归拢。絺（chī），细葛布，即用葛织的布。
④行人：作客在外的人，这里指她的丈夫。

译文

盛夏时节，田里的农活结束了，养蚕缫丝的事也告一段落了，别的妇女开始休息了，而她还要继续辛辛苦苦地干活。

骄阳酷暑里，她正在整理葛布衣服，准备给出门在外的丈夫寄去。

赏析

“田蚕事已毕，思妇犹苦身。”这位农家妇女辛辛苦苦地下田耕地、养蚕缫丝，结果“田蚕事已毕”，收获多少姑且不说，单是丈夫在外，她一个人在家里支撑门户，原本就很辛苦，可是“田蚕”忙过之后，依然不能像别的妇女那样得以短暂的修整和喘息。“犹苦身”，即仍然要继续劳作，也就是说她没有时间和条件休息。她的丈夫为什么外出？出门干什么去了？是出征疆场了，还是不得已出去谋生了呢？诗中虽未点明，但我们不难想象，这不能不说与当时的社会背景有着千丝万缕的联系。

“当暑理絺服，持寄与行人。”从“思妇”归拢整理的家织粗布衣服我们不难想象，她虽然种地养蚕，但是她仍然穿不起绫罗绸缎之类的好衣服，最多也只能穿那些“絺服”——细密一点的葛布衣服，这说明她的收获除了苛捐杂税可能已经所剩无几了，她只能自己穿那些粗疏的葛布，而将稍为细密的葛布寄给出门在外的丈夫。正所谓“遍身罗绮者，不是养蚕人”哪！

这首民歌语言凝练优美，生动流畅，自然率真，委婉含蓄，恰切地表达思想感情，较为突出地体现了南朝乐府民歌的艺术特色。尤其值得一提的是，“当暑理絺服”是一个情景场面描写，也是一个极具色彩的细节描写，你看：骄阳当头，酷暑难耐，一位农家妇女，在院子里，细心地拍打晾晒着一件件准备给丈夫寄去的细密的家织葛布缝制的衣服，浸着汗津俊俏的脸庞，有欣慰，有期待，也有幽怨。此时，虽然没有像别的妇女那样躲在凉爽的屋檐下乘凉，但是她并不觉得辛苦，因为她心中充满了对丈夫的牵挂与思念，这也许就是千百年来中妇女的伟大之所在。

桃花源诗①

【晋】陶渊明

嬴氏①乱天纪，
贤者避其世。
黄绮②之商山，
伊人亦云逝③。
往迹浸复湮④，
来径遂芜废。
相命肆⑤农耕，
日入从所憩⑥。

注释

①嬴（yíng）氏：这里指秦始皇嬴政。
②黄绮：汉初商山四皓中之夏黄公、绮里季的合称。此指商山四皓。
③伊人：指桃源山中人。云：句中助词，无义。逝：离去，即逃至山中。
④往迹：人或车马行进所留下的踪迹。湮（yān）：埋没。
⑤相命：互相传令，此指互相招呼。肆：致力。
⑥从：相随。所憩：休息的处所。

桑竹垂余荫，
菽稷随时艺[7]；
春蚕收长丝，
秋熟靡[8]王税。
荒路暧[9]交通，
鸡犬互鸣吠。
俎豆[10]犹古法，
衣裳[11]无新制。
童孺[12]纵行歌，
班白[13]欢游诣[14]。
草荣识节和[15]，
木衰知风厉。
虽无纪历[16]志，
四时自成岁[17]。
怡然有余乐[18]，
于何[19]劳智慧？
奇踪隐五百[20]，
一朝敞神界[21]。
淳[22]薄[23]既异源，
旋[24]复还幽蔽。
借问游方士，

⑦菽（shū）：豆类。稷（jì）：谷类。艺：种植。
⑧靡（mǐ）：没有。
⑨暧（ài）：遮蔽。
⑩俎（zǔ）豆：俎和豆。古代祭祀、宴飨时盛食物用的两种礼器。亦泛指各种礼器。
⑪衣裳（cháng）：古时衣指上衣，裳指下裙。后亦泛指衣服。
⑫童孺（rú）：儿童。
⑬班白：指须发花白。班，通“斑”。
⑭诣（yì）：玩耍。
⑮节和：节令和顺。
⑯纪历：纪年、纪月、纪日的历书。
⑰成岁：成为一年。
⑱余乐：不尽之乐。
⑲于何：为什么，干什么。
⑳五百：五百年。从秦始皇到晋太元中的五百多年。
㉑神界：神奇的界域。
㉒淳：淳厚，指桃源山中的人情风尚。
㉓薄：浮薄，指现实社会的人情世态。
㉔旋：很快。

焉测尘嚣外。
愿言蹑[25]清风，
高举寻吾契[26]。

㉕蹑（niè）：踩。
㉖契（qì）：契合，指志同道合的人。

译文

秦王暴政乱纲纪，贤士纷纷远躲避。
四皓隐居在商山，有人隐匿来此地。
往昔踪迹消失尽，来此路途已荒废。
相唤共同致农耕，天黑还家自休息。
桑竹茂盛遮浓荫，庄稼种植按节气。
春蚕结茧取长丝，秋日丰收不纳税。
荒草遮途阻交通，村中鸡犬互鸣吠。
祭祀仍遵古礼法，衣裳没有新款式。
儿童欢跳纵情歌，老者欣然自游憩。
草木花开知春到，草衰木凋知寒至。
虽无年历记时日，四季推移自成岁。
欢快安逸乐无穷，哪还需要动智慧？
奇踪隐蔽五百岁，一朝开放神奇界。
浮薄淳朴不同源，转眼深藏无处觅。
请问世间凡夫子，可知尘外此奇迹？
我愿踏乘轻云去，高飞寻找我知己。

赏析

《桃花源诗》是以诗人的口吻讲述桃花源人民生活的和平、安宁。

《桃花源诗》内容丰富，对于了解陶渊明描写桃花源的意图和生活理想很有帮助。

诗分三段。开头六句为第一段，叙述、说明桃花源中人的来历，跟《桃花源记》中所记“自云先世避秦时乱，率妻子邑人来此绝境，不复出焉，遂与外人间隔”意思大体相同。但诗中具体列出黄（夏黄公）、绮（绮里季）避秦时乱到高山的实例，来暗示桃花源中人与这些古代贤者志趣一致，或者说，正是那些贤者带他们到桃花源的。

中间十八句为第二段，介绍桃花源中人的生活情景。先写桃花源里人参加劳动，日出而作，日没而息。“相命肆农耕”，是说相互招呼，努力耕作。“秋熟靡王税”，是说到了秋收时，劳动果实归劳动者所有，用不着向官府缴纳赋税，说明没有封建剥削和压迫。“荒路暧交通，鸡犬互鸣吠”和《桃花源记》中的“阡陌交通，鸡犬相闻”相照应，两句意思大体一致。接着写人与人之间和睦相处，仍然保持着古代的礼仪，衣裳也是古代的式样。孩子们纵情地歌唱，老人们自由自在地游乐。最后写那里的一切都是顺应自然，怡然自得。随着季节的自然变化调节生活和劳作，所以连历法也用不着，更不用竭尽思虑、费心劳神了。

最后八句为第三段，诗人发表议论和感慨。“奇踪隐五百”，是说从秦到晋，桃花源中人隐居了五百年（概数，实际是约六百年）。“一朝敞神界”是说桃花源被渔人发现，泄露了这个神仙般的世界的秘密。“旋复还幽蔽”，是说桃花源刚敞开又立即与外界隔绝，也就是《桃花源记》中所说的“遂迷，不复得路”。既然渔人离开桃花源时已“处处志之”，那么怎么会再也找不着呢？其实这个问题在《桃花源诗》里已经作了回答，那就是“淳薄既异源”，意思是说，世俗生活的浅薄与桃花源中民风的淳朴，是格格不入，决然不同的。如果真在那么一个桃花源，而它又果真给刘子骥他们找到了，那么，它就不能独立存在。东晋末期，战乱频繁，徭役繁重，人民逃亡。诗人把桃花源中人的生活写得那么安宁、和谐，这正是对黑暗现实的一种否定。千余年来，不知有多少人对桃花源的有无进行过探讨。有人说，避乱逃难时，确实有许多人跑到深山野林，穷乡僻壤去过理想的生活。但显然不能据此而把这个理想与桃花源等同起来，因为桃花源中的生活情景是被诗人理想化了的。“借问游方士，焉测尘嚣外”，意思是世上的一般人“游方士”是不可能真正理解“尘嚣外”（桃花源）的生活情景的。“愿言蹑轻风，高举寻吾契。”这是诗人抒发自己的感情，具有浪漫主义色彩。意思是希望能驾起轻风，腾飞而起，去追求那些与自己志趣相投的人们（其中包括诗的开头所说的古代贤者和桃花源中人）。